MICHEL BRÛLÉ
C.P. 60149, succ. Saint-Denis,
Montréal (Québec) H2J 4E1
Téléphone : 514 680-8905
Télécopieur : 514 680-8906
www.michelbrule.com

Maquette de la couverture et mise en pages:
Jimmy Gagné, Studio C1C4
Illustration de la couverture: Maxime Bigras
Révision: Élyse-André Héroux, Aimée Verret
Correction: Nicolas Therrien

Distribution: Prologue
1650, boul. Lionel-Bertrand
Boisbriand, Québec J7H 1N7
Téléphone : 450 434-0306 / 1 800 363-2864
Télécopieur : 450 434-2627 / 1 800 361-8088

Distribution en Europe: D.N.M. (Distribution du Nouveau Monde)
30, rue Gay-Lussac
75005 Paris, France
Téléphone : 01 43 54 50 24
Télécopieur : 01 43 54 39 15
www.librairieduquebec.fr

Les éditions Michel Brûlé bénéficient du soutien financier du gouvernement du Québec — Programme de crédit d'impôt pour l'édition de
livres — Gestion SODEC et sont inscrites au Programme de subvention
globale du Conseil des Arts du Canada. Nous reconnaissons l'aide financière
du gouvernement du Canada par l'entremise du Fonds du livre du Canada
(FLC) pour des activités de développement de notre entreprise.

LES AVENTURES DU TRENCH
3-Les barons du Multivers

Mathieu Daigneault

Les aventures du TRENCH

3-Les barons du Multivers

Prologue
À L'AUTRE BOUT DE LA VOIE LACTÉE

— De quoi j'ai l'air? demanda le capitaine Yaavik à son second.

Il tentait en vain d'ajuster le col de son uniforme de cérémonie.

— Nerveux, répondit le constable Marrt, qui était affublé du même costume inconfortable.

Les deux hommes attendaient l'arrivée imminente du baron Gaurshin, le monarque le plus important de ce coin du Multivers. Le système solaire de Sialus, avec ses douze planètes habitées, ses cent quatre peuplades différentes exploitant les ressources naturelles d'une dizaine de lunes, ainsi que plusieurs dimensions connexes aux variétés biologiques quasi infinies, lui appartenait en entier.

Bon nombre de soldats d'élite se trouvaient également sous son autorité, puisés à même les rangs de la Brigade, la branche militarisée qui protégeait les divers domaines de l'Alliance. Un de ces régiments de fidèles soldats résidait maintenant, depuis plusieurs années, sur une petite lune de glace, emprisonnée en orbite autour de l'astre mère Sialus Norma.

Coincée au fond d'un terrier temporel, la lune Sialus Secundus dissimulait, sous ses épaisses couches de glace, le secret du baron Gaurshin : un complexe militaire impénétrable. Celui-ci avait été confié au capitaine Yaavik, qui devait protéger ce qu'y cachait le baron : de puissantes armes expérimentales interdites par les traités de non-agression de l'Alliance. Seuls Yaavik et quelques-uns de ses hommes de confiance, dont le constable Marrt, connaissaient la véritable raison de leur présence sur cette lune perdue aux abords de la galaxie.

Quelques heures auparavant, une navette ennemie avait heurté de plein fouet la surface gelée de la lune, près de la base des soldats. Craignant une invasion de leurs installations, Yaavik avait rapidement envoyé un peloton de brigadiers fouiller le site de l'écrasement. Mais une fois sur place, la lame de dix soldats avait été anéantie lorsque la navette piégée avait soudainement explosé, faisant voler des blocs de glace à des kilomètres à la ronde. Au même moment, Yaavik et Marrt avaient reçu un message officiel annonçant que le baron Gaurshin, insatisfait de leur travail, arriverait à la base sous peu pour prendre le contrôle des opérations.

À cause de la distorsion temporelle du Terrier, qui soumettait régulièrement la lune de glace à d'importantes fluctuations dimensionnelles, le capitaine Yaavik et son second n'avaient disposé que de quelques heures pour préparer la venue de Gaurshin, un événement grandiose qui aurait normalement nécessité des mois de planification. Le constable Marrt avait insisté pour que leurs meilleurs soldats soient présents à la réception, question de bien paraître. Depuis, Yaavik attendait nerveusement l'arrivée de ses gardes d'honneur pour l'accompagner dans le grand hangar où devait atterrir le convoi de Gaurshin.

La situation était intolérable ; les espions devaient absolument être capturés ou abattus avant l'arrivée du baron. Gaurshin ne devait pas s'apercevoir de leur incompétence ; les deux hommes en avaient des maux d'estomac.

Puis, un éclaireur, parti en reconnaissance sur la face cachée de la lune, les avait prévenus que les capteurs de son manteau venaient d'enregistrer une puissante surcharge radioactive ; une flottille venait de se matérialiser, quelques centaines de mètres au-dessus du pôle Sud, planant dans la faible gravité.

Le baron et son entourage venaient d'arriver sur Sialus Secundus.

— Le communicateur de la base nous prévient qu'il a détecté plusieurs signaux, capitaine, expliqua Marrt en relatant un rapport qu'il venait de recevoir dans le col de son uniforme. Le baron ne semble pas être venu seul.

Yaavik inspecta une dernière fois leur tenue vestimentaire ; le campement de Sialus Secundus ne disposait que de très peu de moyens, mais il était coutume de recevoir le baron avec tous les honneurs qui lui étaient dus. À la dernière minute, Marrt et lui avaient réussi à dénicher des costumes de cérémonie dans leurs bagages, et ils les portaient maintenant le plus fièrement possible. Dix brigadiers arrivèrent au pas de course et se placèrent immédiatement en rang derrière le capitaine.

— Ce n'est pas trop tôt, lança Yaavik en toisant ses hommes d'un air sévère.

Il enfonça les touches pour composer le code d'accès qui ouvrait la porte renforcée du hangar, avant de se retourner vers son second.

— C'était à prévoir, constable ; Gaurshin ne serait pas venu sans son entourage. Il est toujours accompagné par des dizaines de vaisseaux, où prennent place des nobles et des journalistes.

— Vous croyez qu'il va nous réprimander, capitaine ? demanda Marrt.

— Avec Gaurshin, on risque plus de se retrouver à combattre dans son arène. Mais si on fait bien attention, on pourrait peut-être réussir à se sortir de toute cette affaire en un seul morceau. Alors, laissez-moi mener la discussion, voulez-vous, constable?

— Entendu, capitaine, répondit le soldat en se tenant bien droit.

Les portes du hangar s'ouvrirent en chuintant. Accompagné de son second et d'une lame de ses meilleurs brigadiers, Yaavik fit quelques pas en avant, prêt à accueillir son baron.

Les véhicules de la base militaire, pour la plupart des gyroplanes qui dataient déjà d'une ancienne guerre, étaient garés de chaque côté du spacieux hangar. Quelques chenillettes dormaient dans un coin, et le centre de la vaste pièce avait été rapidement nettoyé pour recevoir l'entourage du baron.

Plusieurs des hommes de Yaavik étaient déjà sur les lieux, pour la plupart des mécanos venus assister à l'arrivée de leur seigneur en personne. En apercevant le capitaine Yaavik et ses brigadiers qui faisaient leur entrée dans le hangar, les curieux s'écartèrent rapidement de leur chemin. Mais Yaavik n'était pas d'humeur à réprimander qui que ce soit; son attention était complètement rivée sur l'écran énergétique qui se dressait au bout du grand hangar.

Le champ de force servait à protéger les véhicules et les mécaniciens du froid impitoyable de la lune de glace. Les portes du hangar devaient mesurer une vingtaine de mètres de largeur; une fois ouvertes, elles permettaient d'admirer les plaines étincelantes qui s'étendaient à perte de vue sous le croissant orangé de Sialus Norma, la planète mère qui flottait paresseusement dans le ciel azuré.

Comme une nuée d'abeilles, les gyroplanes du baron, de petits avions sombres, firent soudain leur apparition et survolèrent quelques instants la surface avant de fondre sur la base comme des oiseaux de proie.

Les nobles, les artisans et les journalistes, qui accompagnaient régulièrement Gaurshin lors de ses déplacements, voyageaient à bord d'immenses navires de guerre fortifiés de couleur brune, flottant quelques kilomètres derrière le convoi. Quelques instants plus tard, ces croiseurs blindés atterrirent lourdement en s'enfonçant dans la surface gelée de la lune et, sous la protection constante des gyroplanes bardés de canons qui tournoyaient sans arrêt dans le ciel, les hommes du baron commencèrent le débarquement.

— On dirait de gigantesques enclumes, commenta Marrt en regardant les moteurs des mastodontes volants s'éteindre peu à peu.

Les sondes de communication des médias débarquèrent par les rampes d'accès en flottant, avant d'être aussitôt rappelées à bord des navires ; rien de ce qui allait se dérouler à la base secrète de Gaurshin ne devait être rapporté, et les représentants des médias seraient confinés aux croiseurs pendant leur séjour.

Une vingtaine de chenillettes dévalèrent la rampe d'accès du vaisseau central, avant de filer rapidement vers le hangar de Yaavik, balafrant au passage le paysage blanc et immaculé de la lune glacée. Après quelques mètres, les transporteurs de troupes déversèrent plusieurs lames de soldats armés, tous des sergents, à en juger par leurs galons. Ils sortirent en rangs, lame au poing et boucliers d'énergie enclenchés. Un des véhicules, plus petit que les autres, se sépara du reste du convoi et se dirigea vers la base, soulevant de la poudrerie derrière lui. Les lames de soldats escortèrent le fourgon au pas de course et s'arrêtèrent un instant devant le champ de force.

Yaavik s'apprêtait à donner l'ordre d'abaisser l'écran protecteur pour laisser entrer la garde de Gaurshin dans la base, mais il n'en eut pas le temps. Le mur énergétique s'évapora soudain, et le froid de la lune envahit rapidement le hangar. Yaavik lança un regard résigné à son second; après tout, cette installation appartenait au baron, il devait bien en posséder tous les codes d'accès.

Sans s'être arrêté plus de quelques secondes, le fourgon à chenilles reprit son élan et pénétra dans le grand hangar, accompagné par les pelotons de soldats; le champ de force fut aussitôt réactivé derrière eux. Après que le fourgon se fut immobilisé quelques mètres plus loin, une grande rampe se détacha de son ventre et tomba lourdement sur le sol. À l'intérieur, dans la lumière froide du sas, les hommes de Yaavik virent une patrouille de soldats en armure, munis de longs bâtons. Six hommes masqués et accoutrés de capes bleues descendirent rapidement du fourgon seigneurial et se placèrent en rang de chaque côté de la rampe, avant d'appuyer leurs lances à énergie contre leurs flancs.

— C'est qui, ces gars-là? demanda discrètement Marrt en tentant d'épousseter de son mieux son uniforme mal ajusté.

L'unité de soldats ne lui était pas familière.

— Les magistrats, répondit Yaavik. C'est la garde d'élite de Gaurshin.

— Ce sont des brigadiers?

Yaavik lança un regard réprobateur à son second; n'avait-il jamais entendu parler des magistrats?

— Ce sont des juges de l'Alliance, constable, répondit le capitaine, mais ce sont aussi des soldats. Ils sont formés personnellement par les services secrets de l'Alliance.

— Ils font partie du Conseil gris?

— Je l'ignore. Certains magistrats sont assurément à son service, mais la plupart travaillent sur acompte; leurs services sont retenus par les barons et les comtesses qui cherchent à obtenir une protection spéciale lors de visites officielles. Ceux-ci semblent être des gardes du corps à la solde de Gaurshin. On prétend que leurs uniformes sont si sophistiqués qu'ils ne ressemblent en rien à ceux des brigadiers habituels.

Marrt grogna.

— Si les barons veulent qu'on fasse la guerre pour eux, ne devraient-ils pas donner les tout derniers modèles de manteaux temporels à leurs soldats plutôt qu'à leurs gardes du corps?

— La ferme, constable.

Yaavik était très loyal. Il ne remettait jamais en question la logique de l'ordre établi.

— Le baron s'en vient, et je ne veux pas qu'il entende vos conneries.

— Désolé, capitaine, marmonna Marrt.

Un étrange véhicule dévala alors la rampe du fourgon seigneurial, une grande plate-forme de quelques mètres de longueur, blindée comme un tank et munie de pattes articulées. L'engin comptait des dizaines de ces pattes mécaniques, alignées de chaque côté de la base rectangulaire, conçues pour permettre au véhicule d'enjamber tout obstacle et de circuler sur la plupart des terrains. Elles semblaient toutes plus ou moins indépendantes les unes des autres, ce qui conférait au fourgon une allure de mille-pattes.

Déambulant entre les magistrats imperturbables, la plate-forme descendit la rampe d'accès, puis s'engagea bruyamment sur la piste d'atterrissage et se dirigea vers Yaavik et ses hommes. Sur le dos de l'engin, le baron

Gaurshin semblait enfoncé dans un étrange harnais ; on aurait dit un immense bras métallique replié sur lui-même, les rouages vers le haut. Le physique impressionnant du monarque était maintenu à la verticale par une armature renforcée qui le soutenait par les aisselles et l'entrejambe.

Avec ses petits yeux porcins, enfouis dans les replis de son visage boursouflé, et sa grande bouche de morue, Gaurshin était un des hommes les plus obèses que Marrt eut jamais vu. Le harnais de la plate-forme chancelante soutenait difficilement la masse du baron ; de petits soubresauts parcouraient les replis de sa graisse chaque fois que les servomoteurs des pattes en céramique corrigeaient leur direction.

Pour l'occasion, le baron avait revêtu un uniforme émeraude aux accents jaune citron. Derrière sa tête, un grand col en verre fumé entourait son énorme cou, et un collier en or massif décorait sa poitrine. Une bague dorée scintillait à chacun de ses doigts boudinés et, pour le voyage, ses longs cheveux blancs avaient été soigneusement coiffés en petits chignons. Il les laissait normalement tomber jusqu'aux fesses, mais avait tendance à les nouer à l'occasion de ses visites officielles.

Même si la plate-forme aux allures de mille-pattes effectuait tous les efforts pour lui, Gaurshin semblait néanmoins épuisé de se faire ainsi trimballer. Il aspirait régulièrement de grandes lampées d'air frais, qu'il recrachait aussitôt dans un soupir exténué.

Marrt ne put s'empêcher de commenter l'arrivée du baron ; c'était la première fois qu'il voyait son seigneur, et c'était un moment difficile pour lui.

— Mais… mais il est hideux ! souffla-t-il.

Le constable s'attendait à une réprimande de la part du capitaine, mais Yaavik ne daigna même pas lui répondre ; visiblement, il était du même avis.

Les magistrats du baron escortaient toujours la plate-forme. Sous leurs cagoules, les gardes du corps semblaient presque tous identiques, mais Yaavik remarqua qu'un des soldats portait un costume différent. Vêtu de tissu noir et luisant, il portait le masque multioptique d'un prêtre de la Technence, une visière noire qui se terminait en un long tube respiratoire. Les lentilles rouges qui ne cessaient de s'ajuster autour de son visage le faisaient ressembler à un insecte. À son cou, encastré dans le col de son uniforme, le prêtre portait le sceau de son ordre : une pyramide faite d'or et de cristal.

— C'est l'adepte que nous ont envoyé les évêques de la Technence, ça ? grommela Yaavik. Je me l'étais imaginé plus imposant !…

Évidemment, se rappela-t-il, les prêtres du culte technologique de la Technence ne se tenaient jamais bien loin des barons qui dominaient le Multivers ; après tout, l'Église devait bien avoir des intérêts dans toute cette affaire.

— Je ne savais pas qu'ils acceptaient des curés dans la Brigade…, commenta Marrt.

— C'est un prêtre, constable, répondit Yaavik. Ils opèrent tous de manière indépendante, et travaillent souvent pour le plus offrant. Mais je ne crois pas que ce prêtre soit l'un d'eux. Les magistrats forment une unité militaire à eux seuls ; ce sont tous des commandants de la Brigade, alors ils n'ont pas vraiment besoin de la présence d'un adepte pour renforcer leurs rangs. En théorie, tous ces gens sont nos supérieurs, Marrt, alors faites bien attention à ce que vous allez dire.

— Je sens que ce ne sera pas une partie de plaisir, grommela le constable.

L'étrange véhicule s'immobilisa devant eux, et le capitaine Yaavik, d'un geste discret, ramena son second à l'ordre. À l'arrière de la plate-forme, quelques engrenages grincèrent péniblement, puis le bras mécanique se déplia majestueusement pour soulever la masse imposante du baron. Suspendu au-dessus du tarmac dans son harnais, Gaurshin fut lentement porté jusqu'à eux, et Yaavik et Marrt observèrent distraitement les pattes articulées qui cessaient leur activité pendant un instant.

Après un moment pénible durant lequel Marrt crut que le bras chancelant allait céder sous le poids du monarque, Gaurshin se retrouva suspendu au-dessus de leurs visages. Sa robe émeraude pendouillait autour de lui au gré du souffle des recycleurs à oxygène de la base. Le gros homme en vert et jaune fit un geste de la main, et le bras mécanique gronda un instant avant d'abaisser le harnais de quelques centimètres. Gaurshin respirait difficilement ; il semblait épuisé par le transport. Les magistrats coururent aussitôt à l'avant du véhicule pour encercler les deux soldats.

— Notre seigneur, commença poliment Yaavik, tentant de se faire entendre de tous. Baron Gaurshin, héros de Soyouze Balto, soyez le bienvenu.

— Il… manque d'air…, énonça Gaurshin péniblement. Il… fait trop clair ici…

Les paroles du baron, malgré sa corpulence, ne portaient pas très loin ; ses mots semblaient tomber sur le sol dès qu'ils sortaient de sa bouche. Dans l'atmosphère artificielle de la base, la teneur en oxygène était pourtant adéquate, mais un homme de la taille de Gaurshin pouvait éprouver quelques difficultés d'adaptation lors d'un premier débarquement.

Yaavik tendit l'oreille pour tenter de distinguer les propos de son maître, tandis que Marrt, maladroit, fit semblant de tout comprendre.

— La…, tenta Yaavik sans trop savoir si le baron désirait obtenir une réponse, la gravité artificielle n'est pas au point, seigneur. Mais, à vrai dire, après plusieurs années ici, je ne m'en rends même plus compte.

Le capitaine esquissa un sourire qui se voulait sympathique ; il n'avait pas tout compris des paroles du baron, mais il espérait au moins avoir répondu de manière satisfaisante.

— Oui, enchaîna Marrt à ses côtés, l'unique pylône atmosphérique qui nous a été livré ne suffit pas à créer une enveloppe d'air adéquate pour une lune de cette taille ; il en aurait fallu au moins deux autres. La gravité est faible, et les gyroplanes ne volent que grâce à leurs moteurs antigravité, car il n'y a pas assez d'air pour nourrir les rotors. Mais, au moins, ajouta-t-il d'un ton faussement enjoué, le pylône que l'on a en fournit assez pour nous permettre de respirer dans la base !

Yaavik toussota ; il avait craint que son second ne dise quelque chose de déplacé, mais Marrt semblait s'en tirer à merveille.

— L'atmosphère est mince, renchérit le capitaine, mais on s'y habitue.

Marrt afficha un sourire satisfait.

— C'est pour ça que la lumière du soleil est si bleue sur la glace vive de la lune, expliqua-t-il sur un ton suffisant. Le pylône produit quand même assez d'air pour créer un ciel d'azur par beau temps, et des éclats éblouissants tôt le matin. La vue est souvent splendide, vous savez…

Suspendu devant eux comme un gigot dans la vitrine d'un boucher, Gaurshin les toisa un instant sans rien dire. Les magistrats autour d'eux ne bougèrent pas d'un micron, et le moment sembla s'éterniser.

Yaavik toussota encore une fois, puis observa Marrt du coin de l'œil ; il semblait lui aussi attendre patiemment que quelque chose se produise. Seule la respiration laborieuse du baron entrecoupait le silence inconfortable.

Gaurshin fit un petit geste de la main et les capteurs de son véhicule ordonnèrent encore une fois au bras mécanique d'abaisser sa masse de quelques centimètres. Le mouvement saccadé fit gigoter ses bourrelets. Le baron s'arrêta tout juste à la hauteur des visages de Yaavik et de Marrt. L'ombre de sa masse imposante plongea les deux hommes dans l'obscurité ; on ne pouvait voir que le blanc de leurs yeux écarquillés.

— Qui…, demanda enfin le baron, haletant, de vous deux… est le capitaine Yaavik ?…

Celui-ci afficha son meilleur sourire et se présenta à son baron en lui tendant la main.

— Je suis responsable de ce campement, seigneur.

Depuis son char, Gaurshin prit la tête de Yaavik entre ses grosses mains potelées et, entrelaçant ses doigts boudinés derrière son crâne, souleva le capitaine de terre. Des petits aiguillons sortirent de ses bagues dorées, un aiguillon par bague, et s'enfoncèrent dans le crâne de Yaavik. Celui-ci poussa un cri de surprise et tenta de se dégager des griffes du baron, mais il n'aurait pu le faire sans déchirer la peau de son visage. Sa tête était presque complètement enfouie au creux des amples mains dodues de son maître.

Gaurshin fit grincer le crâne de Yaavik. Les yeux du brigadier devinrent ronds comme des billes, et un filet de sang coula d'une de ses narines. Le baron le tint fermement en place, sans faire de mouvements inutiles, et enfonça lentement ses pouces dans les orbites de l'officier jusqu'à y faire disparaître ses bagues. Gaurshin se mit à haleter ; il humecta ses grandes lèvres sèches d'une langue râpeuse et plissa ses petits yeux fatigués, serrant de plus belle l'arrière de la tête de Yaavik de ses doigts entrelacés. Il maintint la pression un moment et fit craquer la tête du capitaine comme une noix, avant de laisser brusquement tomber sa carcasse sur le sol du hangar.

Un de ses magistrats lui tendit le pan de sa cape bleue, et le baron s'essuya les mains distraitement.

Marrt demeura figé ; il n'osa même pas regarder son baron. À ce moment, il ne pouvait entendre que la respiration haletante du monarque. C'était comme si son geste barbare l'avait épuisé autant que son déplacement.

— Constable…, marmonna Gaurshin après un moment. Quel est votre nom ?

Marrt leva le regard vers lui, terrifié, soumis. Il scruta les yeux ronds et sombres de son maître, deux petits globes vitreux lovés au fond de terriers de graisse. Il ne s'en dégageait aucune émotion, et Marrt sentit la froideur de cet homme jusque dans ses os.

— M… Marrt, monsieur.

Gaurshin finit de s'essuyer les mains et laissa retomber la cape souillée de son garde du corps.

— Vous êtes maintenant… responsable de cette base…, annonça le baron en reprenant une position plus confortable dans son étrange harnais.

Le bras mécanique le souleva de nouveau dans les airs et les pattes articulées se remirent en marche, manquant d'écraser le corps de Yaavik au passage. Les cinq magistrats et le prêtre en noir suivirent aussitôt leur maître au pas de course.

La grande plate-forme à pattes se dirigea de son pas chaloupé vers le fourgon seigneurial, garé près de l'entrée, et Gaurshin dut parler par-dessus son épaule pour se faire comprendre.

— À partir de maintenant…, poursuivit-il de sa voix enrouée, je vous dis quoi faire… et vous le faites… Je vais vous tenir responsable… du succès de cette visite… Est-ce bien clair…, capitaine Marrt ?

Marrt jeta un coup d'œil à son commandant, qui gisait sur le sol.

— Très clair, maître.

Il se racla la gorge et emboîta lui aussi le pas au cortège du baron.

— Est-ce que vous prendriez quelque chose à boire, seigneur ?

Épisode 1

LES DEUX LUNES

Les destins conduisent celui qui veut,
ils traînent celui qui ne veut pas.

— Sénèque

Chapitre 1
SUR LA FERME DE MONSIEUR LAUZON
1791

Éric cessa de labourer le champ un instant et prit le temps d'inspirer l'air frais de la fin d'automne. Il sortit un chiffon souillé de la poche de son pantalon, s'épongea le front en observant le ciel d'un bleu uni et soupira, satisfait. Il enfila une chemise de chasse par-dessus sa camisole ; malgré la transpiration qui baignait son corps, il sentait l'hiver arriver enfin. La récolte était terminée et il devait maintenant labourer les champs pour retourner la terre avant la venue des premières neiges. C'était un travail éprouvant, mais cela l'empêchait de trop penser à ce qui avait bien pu arriver à ses collègues, perdus quelque part dans le temps.

Sur la rive sud du fleuve Saint-Laurent, les gens du coin se préparaient déjà pour la Toussaint, fête religieuse qui, au fil des siècles, perdrait son sens pour être un jour remplacée par la célébration des morts. À cette époque, les cultivateurs célébraient la moisson au cours de fêtes foraines, et certains en profitaient même pour porter des déguisements de leur cru. Mais Éric n'avait pas le cœur à la fête. Au cours de sa carrière d'aventurier, il avait rencontré trop de croque-mitaines, des vrais, pour avoir envie de faire semblant d'être un des leurs. Il poussa un soupir et contempla l'immense champ qui s'étendait devant lui : que de la solitude et du travail, à perte de vue.

Mais son moment de pur abandon fut de courte durée : au loin, il vit une silhouette se dessiner, venir vers lui en courant, sa robe flottant autour d'elle au rythme de sa gambade, ses cheveux bruns défaits. Cette femme élégante dévalait le sentier de terre en direction de la ferme. Elle portait une robe bleue beaucoup trop voyante pour laisser indifférents les villageois qu'elle croisait sur son chemin. On aurait dit qu'une carte de mode parisienne venait de débarquer chez eux. La femme semblait trop légèrement vêtue pour se promener ainsi en public, surtout par une telle fraîcheur.

— Jenny ? murmura le Trench. Jenny !

Il lui fit un signe de la main.

Au loin, la reporter se remit à courir dans sa direction en lui envoyant la main à son tour.

— Éric ! s'écria-t-elle. Devine d'où je reviens !

Elle courut jusque dans ses bras et lui donna une accolade chaleureuse, le temps qu'une brise passe entre eux.

— Hmmm, dit-elle en le repoussant, tu ferais mieux de prendre un bain, toi.

Le Trench sourit.

— Tu sais, ce n'est pas de tout repos, labourer les champs.

Jenny l'observa un instant : il avait la barbe mal rasée, sa peau avait été durcie par le soleil, et ses épaules, découpées par l'effort physique. Elle ne l'avait jamais vu ainsi.

— Tu prends des couleurs !

— Et toi, tu sembles avoir profité de ton séjour en Europe.

Elle tourna sur elle-même pour montrer sa nouvelle robe.

— Je suis allée faire un tour à Paris, puis à Vienne…

Éric fit semblant de bâiller.

— Tu ne regrettes pas d'être resté ici tout ce temps ? s'enquit-elle. Tu as manqué tout un spectacle à Vienne… Le dernier de Mozart…

Ils marchèrent ensemble en direction de la ferme de monsieur Lauzon, un gentilhomme qui avait accepté d'engager Éric pour la fin de la saison et de fournir un endroit où lui et le professeur Adler pourraient vivre, moyennant quelques travaux routiniers.

— Comment se porte ce cher Wolfgang ?

Jenny pinça les lèvres.

— Pas très bien. La rumeur court déjà qu'il est mourant, et les foules se ruent pour voir ses spectacles, craignant chaque fois que ce soit le dernier. Dommage que l'orage revienne si vite, j'aurais vraiment aimé assister à ses funérailles…

— Si *vite* ? glapit le Trench. Ça va bientôt faire six mois que nous sommes coincés à cette époque… Tu n'en as pas assez ?

— Oh, je pourrais m'y habituer à la longue…

Elle prit sa main en marchant.

— Lorsque Ridley m'a déposée à Vienne avec son manteau, cet été, j'ai tout de suite commencé à faire la rencontre de gens fabuleux. Au cours des derniers mois, je me suis promenée un peu partout en Europe… J'ai même écrit quelques articles pour des dames de la noblesse, tu sais.

Elle passa sa main dans les plis de sa longue robe soyeuse.

— Cela m'a permis de m'acheter quelques provisions, ainsi qu'un siège privilégié à bord d'un navire marchand pour le retour. Le trajet fut long et pénible, mais au moins je suis revenue à temps.

— Des articles? fit le Trench.

— Ne t'en fais pas, répondit la journaliste. J'ai fait bien attention de ne pas altérer le cours du temps, comme tu nous l'as demandé.

Elle lui lança un coup d'œil de biais.

— Je n'en reviens toujours pas... Toi, fermier?

— Garçon de ferme, Jenny. Je n'y connais rien...

— Mais tout de même... Plutôt que de voyager, de faire le tour du monde avec ton manteau, tu as préféré rester ici tout ce temps avec le professeur et labourer des champs... C'est comme ça que tu prends des vacances, toi?

— J'ai voyagé sans cesse pendant des années, Jenny. Je désirais prendre un moment de repos. Et puis, si jamais nous manquons le prochain passage de l'orage temporel, ça nous fera un endroit où vivre. Au fond, je commence à me plaire ici, moi aussi... Peut-être que je pourrais m'installer dans le coin...

— La retraite du brigadier? Cela ne t'irait pas très bien, Éric.

Ils ricanèrent tous les deux, mais ce moment d'abandon fut bientôt terminé.

— Adler a trouvé du nouveau? demanda-t-elle.

— Ridley et lui ont plusieurs hypothèses, mais pour l'instant, on ne peut rien faire à partir d'ici. Il faudrait retourner au vingtième siècle pour effectuer des changements tangibles et empêcher l'invasion de Montréal par les Banshee.

— Et c'est pour ça que je suis revenue aujourd'hui, dit-elle, à la date convenue. Simon est en train d'apporter mes bagages dans la maison de monsieur Lauzon.

— Et comment va ton cameraman? Il ne se sent pas trop perdu dans cette époque sans technologie?

— Oh, il compense le manque de gadgets par un appétit pour les femmes assez surprenant. Tu aurais dû le voir à Paris, un vrai don Juan.

Elle retint son souffle.

— Tu crois que je pourrais le rencontrer?

— Qui? Don Juan?

— Oh, laisse tomber, ce n'est probablement qu'un mythe de toute manière. J'aimerais bien continuer à voyager avec toi, Éric, mais avant toute chose, je dois retourner à mon époque et faire quelques reportages.

— Après tout ça, tu penses encore à ton métier de journaliste? Vienne, Mozart, la noblesse, et tu rêves encore à ton téléjournal?

— Et toi, tu envisages de prendre ta retraite, dit-elle d'un ton espiègle. Tu ne crois pas qu'il serait temps de retourner à notre époque pour tenter de jeter un peu de lumière sur la situation? Pour éviter que la planète s'autodétruise avant que tes puissants barons ne s'en chargent? C'est toi-même qui l'as dit.

La reporter le fixa dans les yeux.

— Admets-le, Éric: tu ne serais pas capable de laisser le futur sens dessus dessous. Tu ne serais pas l'homme que je connais si tu restais ici à te cacher dans le temps, à fermer les yeux et à espérer que tout se règle comme par magie.

— La magie n'existe pas, répondit Éric d'un ton morose.

— Oui, tu me l'as déjà dit.

Elle arrêta de marcher un moment, l'air décidé.

— Il est temps de reprendre notre chemin, Éric. Pense à tous les civils pulvérisés par les Banshee. Pense à Xing-Woo, à Stavros… Ils nous attendent quelque part dans le temps, à espérer qu'on aille les chercher. Tu as une responsabilité…

— Hé, oh! Ça va, je ne faisais qu'apprécier mes derniers moments sans pollution. Laisse-moi respirer une
minute, veux-tu?

Jenny se mordilla les lèvres.

— Désolée, Éric, je…

— Allons, dit-il, de meilleure humeur. Demain,
l'orage devrait repasser. Je vais pouvoir redevenir un
soldat, un aventurier, une figure mystérieuse perdue dans
le temps, avec tout ce que cela comporte… Mais ce soir,
nous allons fêter, et espérer revoir tous nos amis en vie.

Il la prit par l'épaule et l'emmena vers la maison
principale, une grande habitation de deux étages, peinte
de blanc et de vert.

— Tu aimes le ragoût de pattes? Monsieur Lauzon
en fait un très bon…

— Après le caviar, rétorqua Jenny en prenant un air
hautain, ça va me changer… Hé, au fait, où as-tu mis ton
manteau?

Le Trench haussa les épaules.

— Je l'ai rangé. Je n'en avais pas besoin pour labourer.

Il prit Jenny dans ses bras.

— Allez, viens avec moi, tu commences à grelotter.

— Professeur!

Simon entra dans l'écurie en déposant quelques sacs
de voyage sur le seuil. Au fond du bâtiment, le professeur Adler avait installé un petit laboratoire scientifique
improvisé: des liquides douteux bouillonnaient dans
des alambics et des copeaux de fer parsemaient la paille
fraîche du plancher. L'ingénieur avait pris soin d'effectuer
ses expériences plus compliquées loin des bêtes, qui ne

semblaient pas apprécier le martèlement qu'Adler faisait résonner jusque tard dans la nuit. Près des lucarnes, sous lesquelles vacillait la flamme de nombreuses lampes à l'huile qui projetaient des halos de lumière jaune sur son établi, le petit brigadier avait installé une enclume et une série d'outils pour travailler le fer. Un feu sommeillait au fond d'un cercle de pierres, où il chauffait ses instruments.

En entendant Simon l'interpeller, Adler leva la tête et remarqua le jeune homme blond qui se dirigeait vers lui, un sourire aux lèvres.

— Professeur Adler, il me fait tellement plaisir de…

Mais le cameraman s'arrêta net. Sous ses yeux, une ombre immense réfractait la lumière des lanternes avant qu'elle n'atteigne les stalles au fond de la grange. De la taille d'un petit yacht de luxe, la forme sombre semblait flotter dans les airs, à quelques mètres du sol. Simon dut tendre le cou pour voir le navire en entier, dont le sommet frôlait de près la voûte du plafond.

— La navette, souffla Simon, ébahi. Vous avez retrouvé la navette du baron Van Den Elst !

Il s'approcha du vaisseau sans oser y toucher.

— Cela n'a pas été facile, répondit modestement Adler. Elle était enfouie aux abords du fleuve, dans une grande grotte effondrée. Grâce aux entreprises de Ridley et à mon expertise, nous avons obtenu assez d'argent pour payer des hommes, mais cela nous aura pris deux semaines juste pour la sortir de terre. Et je ne parle même pas de son écran protecteur…

Constatant que Simon ne l'écoutait plus que d'une oreille, le professeur abrégea son récit.

— Enfin, disons que nous avons fait beaucoup d'efforts pour la retrouver. Mais nous l'avons. La navette de Van Den Elst est enfin entre nos mains !

Le petit brigadier sourit fièrement. Il ne portait plus son manteau, lui non plus, et avait revêtu un veston nettement plus austère. Heureusement, au cours de sa carrière de reporter, Simon avait dû travailler en compagnie de plusieurs techniciens anglophones, et n'eut donc aucun problème à comprendre le professeur américain. Adler prit le caméraman par le bras et lui fit faire un tour rapide du sombre véhicule.

— Et... elle fonctionne? demanda Simon, subjugué.

— Tel est le problème, mon garçon. Comme tu peux le constater, même après toutes ces années, le vaisseau de Van Den Elst semble encore en état de marche. Mais ce n'est qu'une coquille vide entourée d'un champ réfractaire; il n'y avait personne à l'intérieur quand nous l'avons découverte.

Il poussa un petit soupir fatigué.

— Nous sommes présentement incapables de nous en servir pour effectuer des mouvements temporels. Éric croit avoir trouvé la solution, mais nous n'avons pas encore eu le temps de...

— Et l'autre signal lumineux? l'interrompit Simon. Sur l'holocarte du gantelet que nous avons retrouvé il y a six mois, il y avait deux signaux. Vous êtes parvenus à déterrer ce qui correspondait au deuxième?

Adler secoua la tête.

— Malheureusement, cet objet était trop profondément enfoui; nous aurions été incapables de le retirer du roc de l'île. Et je n'ai aucune idée de ce dont il s'agit. Dans l'avenir, peut-être serons-nous capables de le déterrer, maintenant que nous savons où creuser, mais ici, à cette époque...

— Et ça? fit Simon en remarquant un objet cylindrique par terre.

Depuis les dernières semaines, l'historien avait passé la plupart de ses nuits à faire des expériences liées à cet objet. On aurait dit un silo allongé sur le flanc, de la grosseur d'une motoneige. À ses pieds, sur la paille, le petit manteau de l'ingénieur était éventré, et plusieurs fils lumineux dépassaient ici et là de ses entrailles. Adler était sur le point d'incorporer dans sa nouvelle invention des circuits récupérés à même son manteau lorsque Simon avait fait irruption dans la grange.

— Ma dernière invention, annonça Adler. Ce serait compliqué à expliquer ; j'ai dû utiliser des bouts de mon propre manteau pour la terminer.

Le vieux brigadier ramassa son manteau en tirant sur quelques fils. Pour éviter d'être empoisonnés par les radiations, Éric et lui avaient dû retirer leurs engins pour conserver le plus d'antitoxines possibles ; après plusieurs mois, le navire temporel du professeur Adler était complètement empoussiéré.

— Et toi, tu reviens d'Europe ?

— Hein ? Oh, oui…, répondit distraitement Simon en inspectant de loin le long cylindre métallique ; on aurait dit un projectile d'arme à feu, sous l'obus sombre qu'était le navire de Van Den Elst.

Après un moment, le cameraman détacha son regard de l'invention de l'ingénieur.

— Qu'est-ce que vous venez de dire, professeur ?

— Je parlais des énergies temporelles de mon invention. J'ai utilisé des bouts de mon propre manteau, et la pile nucléaire que nous avons ramassée sur la Banshee que Fünf a abattue dans une ruelle…

— Non, pas ça, répondit Simon sur un ton attendri ; les explications alambiquées du petit historien lui avaient vraiment manqué. Vous avez parlé des entreprises de Ridley ?

Adler hocha la tête en souriant.

— Qu'est-ce que vous voulez dire, au juste ? demanda Simon en fronçant les sourcils. Quel genre d'entreprises ?

→|

— Un à la fois !

Simon empoigna son sac en bandoulière dans la carriole, donna au cocher quelques pièces de monnaie et se dirigea vers l'attroupement qui s'était formé près du petit campement que Ridley avait installé sur les rives du fleuve Saint-Laurent.

Le rouquin semblait débordé : il avait mis sur pied une petite entreprise et cueillait ses clients à même l'auberge des Trois-Rois, lors de ses soirées de beuverie. Sa réputation de marchand grandissait, et il s'en servait pour louer les services d'Adler, un inventeur hors pair. Les fermiers du coin faisaient la file tous les soirs devant l'écurie de monsieur Lauzon pour demander au petit Adler de réparer leurs outils, aiguiser leurs ciseaux, ou pour acheter de nouveaux appareils leur permettant de labourer les champs sans se fatiguer.

Évidemment, Éric leur avait strictement interdit de vendre des objets dont la technologie était trop avancée, ce qui aurait pu déstabiliser davantage les lignes temporelles ou altérer le cours du temps, et Adler respectait fidèlement ces consignes. Historien, il tenait à maintenir l'humeur des époques où il voyageait ; il n'avait pas osé se servir de technologies modernes qui auraient pu refaire surface dans l'avenir, mais cela ne l'empêchait nullement d'améliorer les outils alors en usage à l'époque.

Ridley, de son côté, profitait de leur situation pour négocier avec les marchands, les fermiers et les villageois qui venaient faire un tour à l'auberge, et pour leur vendre les outils d'Adler. Il leur donnait ensuite des rendez-vous clandestins sur la berge du fleuve et les rencontrait au coucher du soleil pour effectuer des transactions plus illicites.

En s'approchant du groupe de curieux, Simon intercepta des bribes de conversation ; Ridley semblait négocier comme un vrai contrebandier.

— Deux piastres ! lança l'un des fermiers en brandissant son poing au-dessus de la foule.

— Deux piastres ? rétorqua Ridley. Je n'ai rien à faire de votre argent, moi. Je veux des produits, et rien de moins. Une caisse de rhum ! dit-il à un des fermiers.

La foule grogna de surprise.

— Une caisse ?

Le fermier leva les mains pour indiquer qu'il ne possédait nullement ce genre de provisions.

— C'est ridicule !

— Alors, vous n'aurez pas le cristal magique. Suivant !

— Non, non, attendez… J'ai peut-être quelques bouteilles en trop, quelque part sous ma remise…

— Il me fait plaisir de faire affaire avec vous.

Le rouquin retira doucement un petit cristal focalisateur de l'implant encastré à sa main gauche et le déposa, avec un geste théâtral, au creux de la main terreuse du fermier.

— À minuit ce soir, dit-il en prenant un air mystérieux, tu lanceras ce cristal dans le feu…

— L'âtre de ma cheminée, ça fera l'affaire ? demanda le fermier, fasciné.

Ridley haussa les épaules.

— Seulement si tu veux que tout cela se déroule dans ton salon. Alors, tu lances le cristal dans le feu, et tu attends quelques minutes…

— Et des femmes ? demanda le même fermier, entouré de ses cousins. Tu nous as promis des femmes.

— Lorsque le cristal aura été chauffé par le feu, vous aurez des visions bleutées, des belles femmes en tenue légère, et même… plus. Beaucoup plus !

Les fermiers rirent grassement et s'en retournèrent chez eux, satisfaits d'avoir fait un si bon achat.

— Et n'oubliez pas le rhum ! lança Ridley sévèrement. Vous pouvez laisser les bouteilles sur le seuil de la porte, devant l'écurie de monsieur Lauzon !

Tandis que les derniers clients de la soirée quittaient les berges du fleuve dans la pénombre, Simon observa les allées et venues des fermiers du coin avant de se diriger vers Ridley.

— Eh bien, dis donc, dit-il en arrivant près de lui. Tu t'es tenu occupé tout ce temps-là, toi. Le professeur Adler m'a dit que tu avais lancé une entreprise, mais je ne m'étais pas imaginé ça !… Tu fais fortune sur le marché noir, maintenant ?

Ridley remarqua la présence de Simon, poussa un grognement et se remit à interpeller les clients avant qu'ils ne quittent son marché improvisé.

— Tu leur donnes de la technologie du futur ? insista discrètement Simon. C'est une bonne idée, ça ?

— Le cristal, chauffé par l'implant, projette une image holographique programmée par le manteau, répondit Ridley. Ça ne durera que quelques minutes, le temps qu'ils prennent un verre. Après, le cristal sera brûlé.

— Et les images ? poursuivit Simon. Elles viennent de ton manteau ? Il y aurait de l'argent à faire avec ta collection, je suppose.

Ridley n'avait que faire de l'argent. À un autre temps, lors d'un séjour à une époque où les femmes auraient été plus présentes et moins retenues par les mœurs, la situation aurait probablement été différente, et Ridley aurait exigé des paiements plus consistants. Mais considérant que sa présence risquait de n'être que temporaire de toute façon, il s'en tenait plutôt au troc.

— Comme les premiers colons, avait conclu Adler lorsque Ridley avait organisé ses premiers rendez-vous illicites sur les rives du fleuve, faisant du même coup référence aux modestes origines martiennes du constable.

Au cours des dernières semaines, les hommes du Trench avaient réussi à accumuler une bonne quantité de provisions qui sommeillaient au fond de l'écurie. De l'alcool, des tissus, des livres interdits par l'Église, de quoi satisfaire tous les acheteurs du coin.

— Eh bien, dis donc, répéta Simon en déposant son sac au pied du talus qui surplombait le fleuve. Tu as manqué ta vocation, toi : tu aurais dû être marchand !

Ridley portait toujours son manteau. Ses cheveux couleur rouille étaient lissés vers l'arrière. Il grommela en faisant le tour de son inventaire pour la dernière fois, tentant d'ignorer le cameraman. Il se mit à pleuvoir et les derniers clients décidèrent de remettre le marchandage à un autre soir.

— C'est le temps des soldes ! lança Ridley. Demain, nous n'y serons plus, alors si vous avez quelque chose à acheter, c'est le moment !

Ridley parlait un genre d'anglais vulgarisé, un dialecte en usage dans la plupart des colonies martiennes où il avait grandi. Son manteau éprouvait parfois de la difficulté à traduire tous ses propos, mais le dialecte était encore assez familier pour que Simon puisse le comprendre sans trop de problèmes. En remarquant les paquets de provisions et de marchandises troquées que Ridley cachait sous un sac de jute, le cameraman ne put s'empêcher de siffler d'admiration.

— Qu'est-ce que tu prévois faire avec ça, Ridley ? On ne va pas repartir avec tout ça, quand même !

— Meuh non, répondit Ridley en se servant un verre d'une bouteille d'alcool déjà bien entamée qu'il gardait à ses côtés. Nous allons prendre quelques provisions, au cas où on se retrouverait à la période crétacée, ou quelque chose du genre, et le reste…

Simon attendit la suite.

— Je pensais laisser tout ça à monsieur Lauzon, termina Ridley après avoir bu une rasade. Le monsieur chez qui on habite depuis que vous êtes partis vous pavaner en Europe.

— Tu n'avais qu'à venir avec nous…

— Bah…

— Tu vas lui laisser tous ces trucs ?

— Il nous a hébergés et nourris tout ce temps, il me semble que c'est la moindre des choses…

Simon hocha la tête.

— C'est… presque gentil de ta part, ça, Ridley.

— Ta gueule, répondit le rouquin en s'asseyant dans l'herbe.

Simon s'assit à ses côtés et admira la vue de l'autre côté du fleuve. Montréal semblait si sauvage, si pure… Toute trace de civilisation était tapie dans les boisés et les collines verdoyantes.

— C'est tellement beau ici, commenta le jeune cameraman en humant l'air du fleuve, qui coulait quelques mètres devant eux. Dire que dans quelques centaines d'années, l'eau va devenir imbuvable, et la ville sera transformée en jungle de ciment…

Ridley soupira.

— Je suis né sur Mars, Simon. Pour moi, l'avenir est gris et rouge, alors ne sombre pas trop dans la nostalgie, veux-tu ?

— Pourquoi vous n'êtes pas restés sur l'île ? demanda le cameraman en regardant la silhouette de Montréal se dessiner au fur et à mesure que se couchait le soleil à leur droite.

— À quoi bon ? Nous ne savions pas exactement quand l'orage temporel repasserait. Plutôt que de se faire engloutir par surprise, ou de se faire réduire en bouillie avec tout le reste de l'île, on a préféré trouver un endroit dans le coin en attendant qu'il repasse. D'ici, au moins, l'île demeure bien en vue.

Simon soupira.

— Tu crois que nous avons encore une chance de la sauver ?

— L'île ou la planète ?

— Les deux, je l'espère.

Ridley arqua un sourcil, cynique.

— Disons que nous ne sommes pas encore sortis du bois, comme dirait Éric.

— Tu portes encore ton manteau ? Tu n'as pas peur des radiations ? Je croyais que vous commenciez à être à court d'antitoxines…

— Je le retire chaque jour.

Ridley redevint silencieux, le regard perdu dans le fond de sa bouteille.

— Nous sommes revenus de Vienne, déclara Simon après un instant, question de changer de sujet.

— J'avais remarqué.

— Je crois que Jenny a fait un peu trop d'achats, poursuivit le jeune homme blond. Tu devrais voir sa nouvelle robe, elle est…

Quelque chose apparut soudain dans le ciel de l'île, à peine visible dans la pénombre du crépuscule. Une, puis deux silhouettes humanoïdes filèrent dans les cieux empourprés, plusieurs centaines de mètres au-dessus des arbres majestueux.

Un éclair illumina le ciel, suivi d'un violent coup de tonnerre; le reflet métallique qui luisait sur les dos des silhouettes ne laissa aucun doute quant à leur identité.

Ridley se leva d'un bond.

— Des Banshee! cria-t-il en distinguant les chasseurs de têtes cybernétiques.

— Quoi? s'écria Simon. C'est impossible! Elles nous ont retrouvés?

Ridley foudroya le jeune homme du regard.

— Tu ne comprends pas, Simon! Si les Banshee sont ici…

— Quoi, qu'est-ce qu'il y a?

— L'orage temporel, grommela Ridley. Je crois que nous allons le manquer!

Chapitre 2
SONGE D'UNE NUIT D'AUTOMNE

Le ciel était zébré d'éclairs ; la tempête semblait devenir de plus en plus folle.

Sa course du fleuve à l'écurie de monsieur Lauzon aurait détrempé Ridley n'eût été le petit champ de force qu'il maintenait érigé autour de lui en permanence grâce à son manteau. À ses côtés, Simon tentait sans succès de se protéger de la pluie avec son sac acheté à Paris.

— Professeur ! hurla Ridley en entrant dans l'écurie.

Ils entendirent de petits bruits sous la masse sombre de la navette suspendue, provenant du fond de l'écurie.

— Professeur ? répéta Ridley.

Assis à califourchon sur sa dernière invention, l'ingénieur descendit lentement de sa position inconfortable et s'étira en bâillant.

— Je suis ici. Je crois que j'ai terminé…

— Professeur Adler !

Ridley se rua sur lui et agrippa le petit homme par le bras pour le forcer à l'écouter.

— Nous avons un problème.

Adler parut irrité par l'attitude du rouquin et se dégagea de son étreinte pour ramasser son manteau sur le sol.

— Constable ? fit poliment Adler en s'essuyant les mains sur son tablier de travail.

— Oh! merde, grommela Ridley. Sergent, nous avons un problème. L'orage…

— Quoi, l'orage? demanda le professeur en balayant du revers de la main les copeaux métalliques qui recouvraient son petit manteau poussiéreux. Il est prévu pour demain, soldat.

— Nous venons de voir des Banshee dans le ciel, au-dessus de l'île!

Ridley aida le vieux brigadier à enfiler son manteau à la hâte. Les connexions dorsales commençaient déjà à s'attacher au dos de l'inventeur.

— Une demi-douzaine, au moins.

— Des Banshee?

— Oui, balbutia Simon. Euh, vous nous aviez dit que les Banshee apparaissaient souvent quelques minutes à peine avant l'arrivée de l'orage…

Adler devint blême.

— Mais… si c'est vrai…

— Nous les avons vues, sergent! insista Ridley.

Adler résolut rapidement dans sa tête quelques calculs compliqués.

— Comment ai-je pu faire une telle erreur? Je croyais que nous avions jusqu'à demain!… Cela veut dire que nous n'aurons pas le temps de nous rendre sur l'île avant que passe l'orage!

— C'est ce que je disais!

Ridley empoigna de nouveau le professeur et l'entraîna dehors.

— Ne restez pas là; nous devons prévenir Éric!

Mais Adler se libéra de la poigne du soldat.

— Un instant, mon grand. Aidez-moi, vous deux.

Il alla refermer quelques compartiments dans le flanc de son invention, tentant de remettre en place les circuits éventrés dans le long silo métallique.

— Nous devons absolument apporter mon invention avec nous.

— Mer-DE!! s'impatienta Ridley. Nous n'avons pas le temps pour vos machins! Les Banshee sont revenues! Nous allons manquer notre chance de fuir cette époque!

— On ne quitte pas sans mon invention!

Adler se tourna vers Simon.

— Aide-moi, le jeune, on va transporter ça avec nous.

Ridley mit sa main sur l'épaule de son supérieur.

— Sergent…

Mais le vieil ingénieur se renfrogna.

— C'est important, constable. Nous devons l'apporter.

Ridley allait protester, mais Adler lui fit signe de se taire.

— Ça va aller plus vite si tu nous aides.

Le rouquin poussa un soupir et aida Simon à soulever la lourde machine. À l'extérieur, un éclair frappa le sol à quelques mètres de l'écurie, suivi d'un violent coup de tonnerre. Dans leurs stalles, les chevaux, arrachés brusquement à leur sommeil, hennirent de surprise; la foudre était tombée beaucoup trop près. Adler laissa les deux jeunes hommes, plus costauds que lui, transporter l'engin qu'il avait confectionné au cours des dernières semaines, et alla rapidement jeter un coup d'œil par les grandes portes entrouvertes de l'écurie.

— Ça ne me semble pas naturel, ça, commenta-t-il en voyant la tempête s'intensifier aux abords du fleuve. L'orage ne peut pas déjà s'être rendu jusqu'à nous!… Allez, dépêchez-vous, vous deux, nous devons prévenir Éric et mademoiselle Moda! Vous venez, oui? Nous n'avons plus une minute à perdre!

Soudain, le professeur s'arrêta net; devant lui, les éclairs qui pleuvaient comme des aiguillons lumineux dessinèrent une silhouette qui entra en trombe dans l'écurie, accompagnée de deux autres formes tout aussi sinistres.

Adler retint son souffle.

Ce soir-là, monsieur Lauzon fit preuve d'une discrétion exemplaire. Il ne posa aucune question à la vue de Jenny, même s'il refusait toujours qu'Éric et elle dorment ensemble sous le même toit, et les laissa discuter seuls autour d'un bon vin qu'il avait offert à Éric pour célébrer sa dernière journée de travail.

— Tu as finalement opté pour la faux? demanda la journaliste, échauffée par le vin.

— Hmmm?

Éric n'avait pas encore touché à son verre.

— Ta faux! L'arme que tu utilises au combat. Je vois que tu as décidé d'en prendre une vraie et de travailler à autre chose qu'à faire la guerre.

Éric rit amèrement. Il se leva et alla lancer une bûche dans le foyer pour raviver le feu. Les flammes orangées illuminèrent ses traits crispés.

— Ça ne va pas? s'enquit Jenny. Je pensais que tu serais content de repartir.

— Je ne sais pas, marmonna le Trench, qui lui tournait le dos.

Il observa un instant l'implant toujours encastré au creux de sa main gauche, et referma les doigts.

— Des fois, je me demande si le temps n'est pas venu de cesser tout ça.

— Quoi, tes aventures? fit-elle en sirotant son verre.

— Mes... aventures, oui. J'ai l'impression de perdre tout le monde autour de moi. Morotti, Stavros... Lody...

44

— Et ton amie, ajouta doucement Jenny. Mary Jane…

Un brillant éclair zigzagua soudain de l'autre côté de la fenêtre, suivi d'un violent coup de tonnerre; les lucarnes se couvrirent de gouttelettes de pluie.

Jenny se leva et alla à la fenêtre; l'orage devenait violent.

— Tiens, de la lumière… Il pleut des éclairs, ou quoi?

Face au foyer, Éric ne répondit rien, perdu dans ses pensées.

— Éric!…, dit-elle, soucieuse. Viens ici; je crois que tu devrais voir ça.

Il alla la rejoindre pour jeter un coup d'œil à l'orage et resta saisi en remarquant une lueur qui émanait de Montréal. Visible même de loin, une immense muraille ambrée, haute de quelques kilomètres, ondulait parmi les boisés et semblait traverser l'île en entier.

— L'orage temporel! lança le Trench. Non, pas déjà!

— Je croyais qu'il n'était pas censé repasser avant demain! s'écria la reporter.

— Vite, Jenny, ramasse ce dont tu as besoin! Nous partons!

Éric ouvrit la porte qui menait à la cave et dévala les petites marches deux par deux. Dans le caveau sombre, il se dirigea rapidement vers un caisson qu'il avait laissé près de l'endroit où était empilée une corde de bois de chauffage. Jenny lui emboîta le pas.

— Éric?…

Quelques éclairs illuminèrent la pièce au travers de petites lucarnes à la hauteur de leurs visages, et Jenny put voir le Trench s'agenouiller près de la malle avant de l'ouvrir. À l'intérieur, elle aperçut le tissu doublé de microcircuits de son long manteau gris, soigneusement plié, là où il l'avait laissé pendant des mois. Éric le sortit en vitesse, s'emmêla dans les manches en tentant de l'enfiler et s'arrêta, découragé. Il demeura agenouillé, son manteau entre les mains, et secoua la tête, l'air embêté.

Jenny s'accroupit à ses côtés.

— Éric... nous allons manquer l'orage, c'est bien ça?

— On ne se rendra pas à temps...

— Tu ne peux pas nous transporter jusque-là? Je croyais que ton manteau pouvait aussi se téléporter, comme celui de Ridley.

Le Trench hocha la tête.

— Si nous nous matérialisons trop près de l'orage, nous serons désintégrés par la muraille énergétique. Nous devions y être au moment de son passage... Il est trop tard maintenant.

— Éric...

— C'était peut-être notre dernière chance.

— Et sinon?

— Sinon, nous allons demeurer coincés ici.

— Ce ne serait pas la fin du monde, non?

— Ce serait la fin du nôtre, en tout cas... L'orage n'est déjà plus très puissant à cette époque; il est de plus en plus instable. Il ne repassera peut-être jamais. Et s'il repasse, à cette époque, si loin du point zéro, cela pourrait prendre des années... C'était probablement notre dernière chance de nous sortir d'ici, Jenny...

Ne sachant trop quoi dire, elle serra le jeune aventurier dans ses bras pour tenter de le réconforter. Un moment passa; le feu crépita nerveusement à l'étage du haut. À l'extérieur, l'orage s'intensifia et la pluie fit vibrer toutes les fenêtres de la maison.

— C'était notre seule chance de sauver la planète, marmonna le Trench, abattu.

Jenny pesa ses mots.

— Tu sais, Éric, tu pensais justement à arrêter… Je ne suis pas très heureuse d'être prisonnière du dix-huitième siècle, moi non plus, mais… peut-être que c'est pour le mieux. Tu n'as jamais pensé à… t'installer ?

Éric la dévisagea, troublé.

— Jenny…

Ils remontèrent lentement l'escalier en se tenant par la main.

— D'où nous venons, expliqua-t-il, des milliers de personnes meurent chaque fois que repasse cet orage. Des dimensions entières sont en train de se faire broyer dans le carrefour temporel que nous avons probablement contribué à déstabiliser… Tu avais raison, Jenny : je ne peux pas laisser les choses comme ça. Il faut trouver un moyen de démêler les lignes temporelles.

— Tu ne peux pas être responsable de tout, tu sais.

Le Trench poussa un grognement.

— Je suis au moins responsable de mes hommes.

— Tu ne veux pas plutôt dire : les hommes de Lody ? Je croyais que tu détestais l'armée.

— Je la déteste, aussi. Mais cela n'empêche pas que Lody n'est plus là, et que la vie de ses hommes dépend maintenant de moi. Je ne peux pas les laisser comme ça, perdus dans le temps !… Oh ! merde, Jenny, qu'est-ce que je vais faire ?

On cogna à la porte ; ils entendirent une commotion à l'extérieur, entrecoupée de coups de tonnerre. Le Trench alla rapidement ouvrir avant que monsieur Lauzon ne soit tiré du sommeil.

Dans l'entrebâillement de la porte, Éric et Jenny virent Ridley, Adler et Simon, ruisselants de pluie. Ils avaient l'air consterné.

— Nous avons manqué l'orage ? demanda sombrement le Trench.

— Mieux que ça, répondit Ridley en se retirant pour laisser passer les étrangers qui se tenaient derrière eux sous la pluie.

Un éclair vint illuminer le visage du grand Stavros, tout souriant, accompagné de Nikka, qui tenait une forme par l'épaule, un homme à la peau de lézard.

— Stavros ! s'exclama Éric. Morotti !

L'homme-lézard fit quelques pas chancelants à l'intérieur ; il semblait mal en point. Il avait posé une main sur son abdomen, et Éric put voir du sang couler entre ses griffes. Son visage semblait difforme, les écailles rendues grises par une exposition prolongée aux radiations de son manteau. En le voyant, Éric comprit que Morotti avait frôlé la mort.

— Constable ? demanda le Trench.

Morotti le dévisagea un instant avant de lui flanquer un coup de poing au visage. Éric tomba par terre sous la droite du pugiliste.

— Ton plan ne valait pas de la merde, Éric, grommela l'homme-lézard en passant à côté de lui.

Nikka entra derrière lui et aida Morotti à se mettre au sec.

— Alors, vous nous avez retrouvés, fit le Trench, assis par terre, en essuyant un filet de sang qui coulait entre ses dents.

— Ils nous ont retrouvés ! répéta joyeusement Simon en entrant dans la maison.

— Qu'est-ce qui est arrivé à votre collègue ? fit Jenny en aidant le Trench à se relever.

— J'ai dû intervenir le plus près possible de son décès, expliqua Stavros. Il fallait que Morotti ait le temps de nous laisser les indices qui nous permettraient de le retrouver, en l'an 600. Mais lorsque nous sommes arrivés au village des Mayas… disons qu'ils étaient en train de… l'opérer.

— De l'opérer ? demanda Éric. Qui ça, les Mayas ?

Stavros lança un coup d'œil à Nikka, qui aidait Morotti à maintenir une pression sur la blessure de son abdomen ; ils semblaient tous les deux abattus. Lorsque l'homme-lézard retira sa main griffue pour inspecter sa plaie, Éric remarqua qu'il ne portait plus d'implant défensif ; l'écu métallique semblait avoir été arraché de sa paume.

— Mais pourquoi ?

— Oh, souffla le grand brigadier barbu, disons qu'en allant le chercher dans le temps, nous avons rencontré de la résistance.

Du salon, Nikka lança un *HA !* sarcastique, et Morotti se contenta de grogner, affaibli.

— Les indigènes n'ont pas voulu renoncer à leur dieu-serpent aussi facilement qu'on aurait pu l'espérer, conclut Stavros en épongeant son crâne dégarni.

Éric demeura hébété.

— Je… Leur dieu ?…

— C'est une longue histoire. Ce sera pour une autre fois, répondit Stavros en serrant de nouveau la main du Trench. Nous vous avons enfin retrouvés, c'est tout ce qui compte.

Jenny alla serrer le gros xénobiologiste dans ses bras.

— Ça fait du bien de vous revoir ! On s'est fait du mauvais sang.

Stavros embrassa chaleureusement Jenny sur une joue avant de répondre.

— Nous aussi, mademoiselle Moda, nous aussi.

— Venez, dit Éric en se massant la mâchoire, j'ai fait un feu. Vous allez pouvoir vous réchauffer.

Mais Stavros le prit à part.

— Il faut que je vous parle, lieutenant.

— On a tout notre temps, maintenant, répondit amèrement le Trench. Mais comment avez-vous fait pour voyager dans le temps, sergent ? Je croyais que vos manteaux…

— Lieutenant…, l'interrompit Stavros. En allant chercher Morotti, nous avons réussi à retrouver le drakkar.

Éric redevint sérieux. Son regard était intense.

— Notre drakkar ?

— Il était perdu dans le passé, chez les Mayas, mais il était encore en état de marche. C'est comme ça que nous avons pu venir vous rejoindre ici, en 1791.

— Tu veux dire que nous avons un moyen de fuir cette époque ? ! s'écria le Trench.

Adler se faufila entre eux pour aller se sécher un moment près du feu.

— Je crois que nous allons pouvoir partir, en fin de compte, déclara le petit professeur en se dirigeant vers l'escalier du salon. Je vais aller prévenir monsieur Lauzon de notre départ.

— Et moi, je m'occupe d'aller verrouiller l'écurie, ajouta Ridley. Les chevaux détestent les tempêtes. Et n'oubliez pas de dire à monsieur Lauzon que les cadeaux qu'il va trouver sur le pas de sa porte demain matin sont de ma part, lança-t-il en retournant sous la pluie.

— Ah oui, j'allais oublier, ajouta Simon en grelottant ; il ne possédait pas de manteau pour se protéger de la pluie d'automne, et il semblait frigorifié. Le professeur Adler a insisté pour qu'on apporte une espèce de truc avec nous. On l'a laissé à l'extérieur.

— Nous allons pouvoir quitter, répéta Éric tout bas, n'y croyant toujours pas.

Stavros s'assit près du feu et observa longuement le Trench.

— Vous semblez troublé, lieutenant. Nous suivons toujours le plan, non ?

Éric baissa les yeux.

— Je suis désolé, Stavros. C'est que nous sommes ici depuis six mois, déjà, et… je commençais à croire que j'allais passer le restant de mes jours sur cette ferme.

Stavros poussa un gros rire gras. Blottie contre son amant, Nikka les dévisagea.

— Six *mois*?! s'écria-t-elle. Mais… nous nous sommes vus il y a à peine une semaine!

— Comme dirait le professeur Adler, expliqua Stavros, c'est une question de distorsion temporelle. À cette époque, le temps ne semble pas s'être écoulé à la même vitesse pour eux.

— Alors, cela veut dire qu'il y a encore de l'espoir pour les autres, soupira le Trench. Nous allons enfin pouvoir partir à la recherche de Xing-Woo et de Fünf…

— Lieutenant, lança Stavros, nous avons fait beaucoup d'efforts pour vous retrouver. Vous allez venir avec nous, j'espère?

Éric lança un coup d'œil complice à Jenny, qui sourit doucement.

— Nous y allons tous, répondit le Trench après un moment. Allons chercher nos hommes. Et allons sauver la planète!

Chapitre 3
1942

Des voix. T'gan entendit des voix bourdonner à ses oreilles.

Ce navire de guerre est-il hanté?…

Sur le pont du sous-marin allemand, le Déternien chassa les idées folles de son esprit de plus en plus embrouillé pour porter son attention sur la scène qui se déroulait sous ses yeux; au-delà de l'immense cloison transparente qui formait l'avant du navire futuriste, une vue saisissante des fonds marins dominait la salle des commandes. L'homme-musaraigne essuya distraitement ses lunettes d'aviateur avec un mouchoir propre en attendant la fin du décompte que récitait machinalement l'officier assis à ses côtés.

Soudain, il y eut un éclat de lumière intense, presque surnaturel.

La détonation fut si éblouissante que T'Gan dut se protéger les yeux pour éviter d'être aveuglé. Il replaça rapidement ses verres fumés sur le bout de son nez de rongeur et contempla les conséquences de l'explosion nucléaire dans toute leur splendeur. L'effet fut sidérant; les raz-de-marée se répercuteraient jusqu'en Europe. L'onde de choc roula dans toutes les directions, soufflant la faune et la flore sur son passage, agitant les fonds marins, et ébranlant même le puissant navire de guerre blindé, dissimulé sous les flots sombres du fleuve Saint-Laurent en attendant que les nazis aient la chance de conquérir le Québec.

L'objectif de la mission était simple : défoncer la croûte terrestre sous l'île de Montréal jusqu'à une profondeur de plusieurs kilomètres. Les poissons seraient contaminés sur des lieues à la ronde, et l'eau deviendrait imbuvable pendant des centaines d'années, mais le capitaine Lody n'avait guère semblé s'en faire à ce sujet.

Pendant que T'Gan, confus, cherchait à se souvenir de ce qu'il faisait là en compagnie de tous ces soldats taciturnes, quelques étages plus bas, dans un des sas de l'immense U-Boat, la brigadière Xing-Woo Tipsouvanh referma une écoutille renforcée par laquelle elle avait elle aussi observé l'explosion. La soldate poussa un soupir ; elle vivait à bord de ce navire depuis quelques jours déjà, mais ne comprenait toujours pas ce qu'elle faisait là, elle non plus. Comme T'Gan, on aurait dit que son esprit était embrouillé, sous l'emprise de quelqu'un... ou de quelque chose. Que lui était-il arrivé, au juste ?

En attendant que le tsunami dévastateur causé par la déflagration se dissipe autour du navire, la jeune Asiatique fit apparaître un masque respiratoire sur le bas de son visage et vérifia si les palmes intégrées à ses bottes bougeaient bel et bien selon ses désirs. Une fois prête, elle activa le programme de navigation sous-marine qu'elle avait intégré à son manteau en prévision de cette mission, une série de capteurs dont les données étaient superposées à une carte topographique des fond marins situés sous l'île.

Des soldats arborant des brassards marqués de croix gammées aidèrent la communicatrice à prendre place dans le sas d'une torpille, avant de se retirer et de verrouiller l'écoutille derrière elle. À cause des radiations diffusées par la puissante explosion, seule Xing-Woo, vêtue de son long manteau noir, pourrait survivre le temps nécessaire pour compléter la mission que lui avait confiée le capitaine Lody.

— Je suis prête, annonça-t-elle dans le communicateur dissimulé à la manche de son manteau. Ouvrez le sas.

Sur le pont du sous-marin, un officier relaya le message au capitaine, une superbe femme aux longs cheveux noirs soyeux vêtue d'un trench-coat sombre. Elle se tenait debout au beau milieu de toute l'activité et observait l'écran mural avec intérêt. À ses côtés, un colosse à tête de chien montait la garde, les bras croisés sur sa poitrine.

T'Gan tapota nerveusement le bras de son siège. À l'écran, grâce aux faisceaux lumineux braqués sur le dessous rocailleux de l'île, il vit la forme élancée de Xing-Woo se faire éjecter dans une traînée de bulles par une des écoutilles du navire, puis filer rapidement vers le lieu de l'explosion, des kilomètres plus loin.

— Les capteurs de Xing-Woo semblent confirmer ce que vous aviez anticipé, capitaine, annonça T'Gan en consultant un rapport sur l'écran d'une console. Il existe bel et bien une deuxième caverne enfouie sous l'île, plus petite que la première. Vous croyez qu'elle va réussir ?

Lody hocha la tête en observant la jeune brigadière, qui nageait aussi habilement qu'un requin. Elle tourna le dos à l'écran, l'air satisfait.

— Nous le saurons d'ici quelques heures, constable. Tenez-moi au courant de ses recherches.

Elle quitta le pont par une porte coulissante avant de se retirer dans sa cabine privée.

T'Gan contempla la scène d'un air détaché, les yeux assombris par le virus de la Technence que Lody avait injecté dans son système quelques jours auparavant. Il savait, quelque part au fond de lui-même, qu'il n'avait pas complètement la maîtrise de ses moyens, mais le virus le forçait à obéir, sans opposer de résistance, aux ordres du capitaine. L'anthropologue aux longues moustaches soyeuses plia et déplia les doigts machinalement, tentant de se rappeler ce qu'il était venu faire sur cet engin de guerre. Il jeta un regard à Fünf, l'éclaireur canin, et, sans dire un mot, quitta le pont à son tour pour se diriger vers la chambre de Lody.

— Capitaine, dit-il en entrant dans la pièce aux faux murs beiges.

Lody était déjà occupée à se verser un verre de liquide ambré. Elle se laissa choir confortablement au fond d'un siège et fit signe à T'Gan qu'il pouvait entrer.

— Vous désirez me parler de quelque chose, constable?

La porte étanche de la cabine coulissa derrière lui, atténuant du même coup une bonne partie de la cacophonie du pont. T'Gan savait qu'il devait se méfier de Lody; elle avait été infectée, elle aussi. Le virus l'obligeait peut-être à lui vouer allégeance, mais elle n'était plus la femme qu'il avait connue durant son entraînement militaire à la Citadelle. Il fit quelques pas à l'intérieur et accepta humblement le verre que lui tendit Lody.

— Vous vous en faites pour votre collègue, Moustaf?

Le Déternien leva le regard et ajusta la monture de ses lunettes.

— Non, capitaine. Je fais entièrement confiance à votre stratagème. Mais même avec les puissantes anti-toxines que vous avez incorporées à son manteau en l'infectant, je doute que Xing-Woo survive bien long-temps aux radiations environnantes.

— Cela vous peine?

T'Gan scruta sincèrement sa propre conscience.

— Non, répondit-il après un moment. La… la cause est plus forte que tout.

Lody hocha la tête en savourant son brandy.

— Mais quelque chose vous tenaille néanmoins?

— Capitaine, tenta T'Gan, perplexe, vous venez de faire détoner une bombe nucléaire directement sous l'île de Montréal…

— Une petite, concéda Lody, mais assez puissante pour élargir la crevasse que nous avons repérée la semaine dernière. Les moyens technologiques de cette époque-ci nous empêchent encore de créer les véritables bombes H que nous verrons apparaître d'ici quelques années. Mais cette bombe devrait suffire à nos besoins.

— Mais cela ne risque-t-il pas également de tuer de nombreux civils à la surface ?

Lody toisa longuement le brigadier avant de répondre.

— Sans aucun doute. Mais cela est sans conséquence. Une fois que Xing-Woo aura retrouvé ce que nous sommes venus déterrer, nous n'aurons plus jamais affaire aux hommes de Cro-Magnon qui vivent à cette époque.

Elle sirota son verre, l'air satisfait.

— Ne craignez-vous pas les représailles de l'Alliance, capitaine ? demanda doucement T'Gan. Car bon nombre de ses effectifs sont issus d'une époque ou d'une autre de cette planète, et…

Lody afficha un sourire condescendant.

— Constable, sans le leadership de Van Den Elst pour renforcer l'Alliance des barons, il n'y aura pas de représailles contre nous. Tous ces rebelles qui tentent de renverser le règne de Gaurshin et les prêtres de la Technence qui se sont alliés à lui se retrouveront bientôt entre nos mains ; le Multivers sera à nous.

— À vous ? répéta T'Gan. La Technence est au courant ?

Elle fit la moue.

— Pas encore. Je préfère attendre d'avoir des résultats plus concrets avant d'annoncer la bonne nouvelle aux évêques de l'Église.

T'Gan fit tournoyer le liquide ambré dans son verre ballon, l'air songeur.

— Vous croyez vraiment que le baron Van Den Elst est encore vivant, capitaine, même après toutes ces années d'exil sur Terre? Qu'il est enfoui quelque part dans cette crevasse sous-marine? C'est bien pour ça que vous nous avez emmenés ici, non?

— Van Den Elst, au fond de ce trou?! rétorqua Lody en ricanant. Mon pauvre constable, Van Den Elst est mort depuis longtemps. Ne le saviez-vous pas?

T'Gan demeura stupéfait.

— Le baron est… mort?!

— Notre seigneur Van Den Elst a été frappé de plein fouet par une explosion nucléaire, expliqua calmement Lody, lorsque les Banshee du père Bruton l'ont finalement retrouvé en plein centre-ville de Montréal, en 1997.

T'Gan secoua la tête, confus.

— Je ne comprends pas très bien…

— En arrivant sur Terre, expliqua Lody, Van Den Elst a décidé d'adopter une identité…, disons, terrestre, pour demeurer incognito et pour brouiller les capteurs des Banshee. En 1997, celles-ci ont fait exploser l'une des leurs au cœur de Montréal, comme elles le font à toutes les époques qu'elles visitent pour tenter, sans succès, de le retrouver. Mais comme elles sont plutôt simples d'esprit et que leurs systèmes de communication temporelle ne sont pas très au point, elles ne savent pas encore que certaines d'entre elles ont déjà réussi leur mission. Leur proie est morte depuis un bon moment déjà.

T'Gan frotta nerveusement une de ses tempes et repensa à leur rencontre avec les chasseurs de têtes cybernétiques, quelques jours plus tôt, dans les ruelles éventrées de la métropole.

Le baron est mort… lors de la toute première attaque des Banshee sur Terre ? Celle qui a plongé la planète dans un état de panique et déréglé les lignes du temps ?

— Mais…, balbutia le Déternien. Mais le manteau du baron devait bien avoir des propriétés de régénération impressionnantes, comme les nôtres ! Il pourrait encore être vivant quelque part, non ?…

— Van Den Elst a été réduit en vapeur, l'interrompit sèchement Lody. Il a été happé au point zéro par l'explosion d'une Banshee ; il ne restait plus rien à régénérer. Van Den Elst est mort comme il l'aurait souhaité, T'Gan, comme un homme parmi tant d'autres. À l'heure où l'on se parle, le Trench et les autres soldats de notre ancienne lame mènent probablement une chasse inutile à travers l'espace-temps pour tenter de le sauver.

Elle se permit un petit rire satisfait.

— Ils ne retrouveront jamais sa dépouille.

— Mais notre mission ?… insista l'anthropologue. Tout ce temps passé à la Citadelle à s'entraîner avec le Trench… Tous nos efforts pour retrouver le baron sur Terre n'auront donc servi à rien ?

— Notre mission devait surtout servir à redonner un peu d'espoir aux troupes, révéla Lody d'un air vague. Les hommes de Van Den Elst étaient plutôt démoralisés lorsque celui-ci a pris la fuite comme un trouillard au début de la guerre. Nous n'étions pas vraiment censés le retrouver.

Elle vida son verre d'un trait.

— Ceci… ceci est notre mission désormais.

Elle leva un bras en indiquant le sous-marin dans lequel ils se trouvaient.

— Le virus de la Technence m'a permis de comprendre mon véritable rôle dans toute cette affaire, constable. Certaines informations encodées m'ont été transmises

lors de l'infection. Van Den Elst n'est peut-être plus…
mais il n'est pas parti sans laisser derrière lui certaines
traces de sa présence.

Elle se versa un nouveau verre et le vida aussitôt.

— Mais si Van Den Elst n'est plus à Montréal,
dit T'Gan, étourdi, qu'est-ce que nous sommes venus
chercher ici, à cette époque? Qu'est-ce que Xing-Woo…

Soudain, T'Gan comprit quelque chose qu'il aurait
dû déduire bien auparavant. Quelque chose que même le
Trench n'avait pu deviner lorsqu'ils avaient atterri pour la
première fois sur cette île maudite.

— Le baron, lança T'Gan en observant Lody. À sa
mort… il ne portait pas son manteau…

Lody se versa un troisième verre à partir d'une petite
carafe déjà bien entamée en hochant la tête.

— Bonne déduction, constable. En arrivant sur
Terre, Van Den Elst savait bien que, tôt ou tard, son
rival Gaurshin enverrait des troupes pour le capturer,
ou l'éliminer. Même en exil, il n'aurait pu se cacher bien
longtemps des forces de la Technence qui conspiraient
contre lui. Il a probablement retiré son manteau afin
d'adopter une identité civile, pour mieux se dissimuler
parmi les citoyens de Montréal au tournant du millénaire. Cela aurait été pour lui la seule manière d'éviter les
puissantes sondes de la Technence. Ce fut là son erreur: il
aura enfoui son manteau quelque part sous cette île pour
éviter de se faire repérer, et cela lui aura coûté la vie. Il a
malheureusement emporté dans la mort les informations
permettant de repérer cette cachette.

Elle s'accouda sur ses genoux pour dévisager le
Déternien.

— Mais maintenant que je suis infectée, constable,
mon manteau peut désormais accéder à presque toutes
les banques de données de la Technence. À partir de

quelques-uns de leurs schémas, j'ai fait installer sur ce navire de puissantes sondes capables de percer le champ réfractaire du manteau perdu de Van Den Elst. Elles ne sont peut-être utilisables qu'à une échelle planétaire, mais elles se sont néanmoins avérées efficaces. Nous n'avons peut-être pas réussi à retrouver de trace de la navette du baron, mais devinez ce qui se cachait tout près du fleuve, enfoui près d'une large caverne sous-marine? Devinez ce que nous avons trouvé en fouillant les alentours au nord-ouest de l'île?

— Le manteau de Van Den Elst, souffla T'Gan. Tout ce temps, Gaurshin ne cherchait pas à retrouver son rival, mais bien son… son manteau?

— Vous commencez à comprendre, constable. Avant de mourir, Van Den Elst a caché son manteau temporel au fond d'une grotte située quelques kilomètres sous l'île, non loin d'une immense caverne effondrée. Cette cachette n'était accessible qu'en creusant sous Montréal à partir du fleuve… et cela n'aura pris qu'une toute petite explosion nucléaire pour parvenir à y entrer.

Elle se rassit au fond de son siège.

— Toute cette mission est sur le point de prendre fin, brigadier, ce n'est plus qu'une question de temps.

— Et…

T'Gan chercha ses mots.

— Et qu'a-t-il de si spécial, au juste, ce manteau?

Lody soupira avant de répondre.

— Ne vous êtes-vous jamais demandé comment le professeur Adler faisait pour se battre si agilement, alors qu'il n'est en fait qu'un petit intellectuel habituellement confiné aux recoins poussiéreux d'une université ou d'une autre? Et vous, vous n'êtes pas guerrier, T'Gan! Et pourtant, jusqu'à présent, vous avez survécu assez habilement aux situations de combat, non?

— Notre entraînement, répondit T'Gan, confus. Je croyais que…

— L'entraînement avait pour but de vous apprendre comment vous servir de vos manteaux, répondit Lody d'un ton moqueur, mais vous étiez loin d'être les meilleurs combattants du Multivers!

Elle se leva et se mit à arpenter la petite cabine, son verre à la main.

— Saviez-vous que les manteaux de l'Alliance possèdent des fonctions différentes selon leur assignation? Nous ne donnons pas nos navires à n'importe qui, T'Gan, seulement à ceux qui ont réussi à faire leurs preuves.

— Je… je ne saisis pas très bien…

— Les historiens comme Adler, poursuivit Lody en marchant toujours, se voient confier des modèles dotés de vastes banques de données, de gigantesques bibliothèques auxquelles ils ont accès en tout temps. En mission, cela leur permet d'analyser les données historiques plus rapidement.

— Un… un manteau d'historien? tenta T'Gan.

— Les manteaux de la Brigade, eux, poursuivit Lody, augmentent les habiletés naturelles de leurs porteurs. À la Citadelle, par exemple, tous les soldats se sont vus confier des programmes militaires de base. Les recrues possèdent donc dès le départ une connaissance des armes à feu et du combat au corps à corps, ce qui facilite leur entraînement par la suite. C'est ce qui est arrivé à Nikka, à Stavros, et aux autres, incluant vous-même, constable.

— Des manteaux militaires?

— Oui, et les plus haut gradés, comme l'était le commandant York, comme moi-même, disposent de programmes d'espionnage et de combat plus avancés, qui leur sont remis en fonction de leur rang.

— Et Éric?

Lody tiqua avant de se reprendre.

— Eh bien, telle est la question, n'est-ce pas ? Lorsque j'ai vu le Trench pour la première fois, j'ai été incapable de déterminer les origines de son engin. Même après l'avoir épuré, son manteau semblait être un amalgame de divers programmes rapiécés, une véritable mosaïque d'informations. Rien de précis, rien de spécialisé, mais que de connaissances ! À ce jour, je me demande encore d'où provient ce manteau.

— Vous ne l'avez pas découvert ? fit T'Gan, de moins en moins à l'aise.

— Non, répondit sombrement Lody. Pendant mon analyse, à la Citadelle, j'ai remarqué que son vieux T-27 semblait doté de systèmes de sécurité sophistiqués, comme je n'en avais jamais vu auparavant. Je doute qu'il sache lui-même ce qu'il tient entre les mains. Je commence même à me demander s'il n'existe pas une autre faction de brigadiers quelque part dans le Multivers, des porteurs de manteaux qui opéreraient en échappant au radar de l'Alliance. Le manteau que porte le Trench provient peut-être d'un de ces agents…

Elle s'avança soudainement vers le Déternien d'un air complice.

— Je peux vous confier quelque chose, T'Gan ? Je crois que certains membres de notre ancienne lame font partie du Conseil gris.

T'Gan faillit s'étouffer avec sa gorgée.

Le Conseil gris ? se dit-il. *Ce groupe ultrasecret qui surveille même les moindres faits et gestes des puissants magistrats ?*

— Vous croyez qu'Éric ?…

— Non, non, bien entendu, je doute qu'Éric soit un agent secret. Mais le manteau qu'il possède, par contre, aurait bien pu appartenir à un agent du Conseil. Et si c'est le cas, tôt ou tard, nous devrons retrouver le Trench pour en avoir le cœur net. Car il pourrait bien y avoir d'autres agents à la solde du Conseil gris, ailleurs dans le Multivers… peut-être même sur Terre.

— Capitaine, tinta une voix dans un haut-parleur encastré dans le mur. La communicatrice vient de nous faire parvenir un rapport. Elle s'apprête à pénétrer dans la crevasse que nous avons dégagée.

Lody cala le fond de son verre avant d'appuyer sur le bouton de l'interphone fixé à son siège.

— Bien, j'arrive immédiatement.

Elle s'apprêta à sortir du bureau, mais T'Gan la retint par le bras.

— Capitaine…

Lody se retourna pour dévisager le grand rongeur.

— Vous ne m'avez pas répondu : si nous avons fait tous ces efforts pour retrouver le manteau du baron Van Den Elst… si notre mission à Montréal ne servait en fait qu'à cela…

T'Gan choisit ses mots avec précaution.

— Qu'a-t-il de si important ? C'est un modèle spécial ?

Lody eut un rire caverneux.

— Spécial ?

Elle déposa une main gantée sur son épaule. T'Gan put sentir la force accrue de ses doigts contre les muscles de son bras.

— Oui, constable, c'est un manteau très spécial.

— Il aura valu la vie de tous ces innocents ?

Il pensait plus à sa femme, Is'Talla, et à ses enfants, tous prisonniers de la Technence, qu'aux malheureux terriens coincés à la surface, mais n'en laissa rien transparaître.

— Le manteau du baron est le manteau d'un monarque, T'Gan ! Lody sourit de plus belle et resserra sa poigne contre son épaule.

— À l'apogée de son règne, Van Den Elst contrôlait bon nombre des systèmes de la Voie lactée. Avant que Gaurshin ne commence à se tailler une place de force, Van Den Elst régnait sur des centaines de planètes, de lunes, d'installations minières et de mondes fabuleusement riches en ressources et en soldats. Dans son manteau se trouvent les codes permettant de lever les armées de milliers de peuplades, constable, qu'elles le veuillent ou non. Le manteau d'un monarque permet au porteur d'insuffler du courage à ses hommes, qu'ils soient civils ou militaires. Mais, surtout, ce manteau possède le pouvoir d'imposer et de récolter des trillions de ressources monétaires en taxations universelles. Le manteau de ce fou exilé, T'Gan, permet à son porteur de dominer le Multivers!

L'anthropologue était désemparé.

— Ne devriez-vous pas prévenir la Technence? Ou maître Gaurshin? Je veux dire, ils risquent de déplacer des montagnes pour le retrouver, ce manteau, et ils ne savent pas encore que Van Den Elst est déjà mort. Ils pourraient peut-être rappeler les Banshee à temps avant qu'elles ne fassent tout sauter… Capitaine, la Terre pourrait encore être épargnée, non?

Lody lui donna une petite tape au visage.

— Venez, constable; allons voir si Xing-Woo a retrouvé ce joyau perdu depuis trop longtemps dans le passé de cette planète.

Elle sortit de la pièce en faisant claquer les pans de son long manteau noir derrière elle. Une fois la porte coulissante refermée, T'Gan se retrouva seul.

C'est votre planète à vous aussi, songea le Déternien en observant le fond de son verre. *Vous vous en souviendriez si vous n'étiez pas infectée par ce foutu virus.*

Il sentit une pointe de culpabilité grandir en lui; après tout, c'était en grande partie à cause de lui si Lody avait été infectée par Nikka dans l'infirmerie de l'Impérial désaffecté.

Et une fois que ce puissant manteau sera entre vos mains, capitaine, à qui reviendra le privilège de posséder tous les codes d'accès qui affecteront la vie de milliards de gens ? Remettrez-vous ce manteau aux prêtres de la Technence, qui m'ont ordonné de vous empoisonner… ou au baron Gaurshin lui-même ? Laisserez-vous cette crapule obèse terroriser le Multivers, maintenant que Van Den Elst est bel et bien mort ?

Il voulut fuir, protester, ou même, s'il en avait eu le culot, tenter de prévenir le Trench ou ses hommes, perdus quelque part dans les lignes du temps à mener une vaine quête, mais le virus de la Technence qui coulait dans ses veines et qui pesait contre ses yeux comme un nuage sombre l'en empêcha.

Il déposa son verre sur une petite table et sortit de la chambre de Lody pour aller rejoindre le reste de son nouveau peloton sur l'immense pont du sous-marin allemand.

Chapitre 4
LES ÉTOILES FILANTES

— Tu es prêt à te brancher, Ridley ? s'enquit le Trench dans le communicateur encastré dans le col de son manteau.

Après avoir passé des mois sans son engin, Éric avait enfin revêtu son trench-coat. Il se massa les épaules en attendant la réponse du constable ; les connexions neurales qui reprenaient lentement place dans son dos commençaient à lui démanger.

Ses hommes et lui étaient tous réunis à l'extérieur de la grange de monsieur Lauzon, sous la pluie, et prenaient place sur la grande plate-forme que Stavros et Nikka étaient allés récupérer dans les lignes du temps, leur drakkar intersidéral. Seul Ridley était demeuré dans la grange, à bord de la navette qu'ils avaient déterrée aux abords de l'île et qu'Adler avait vaillamment tenté de réparer pendant l'été.

La navette du baron Van Den Elst comprenait trois compartiments : les chambres, au centre, la soute de cargaison ainsi qu'un laboratoire, à l'arrière, et le cockpit, à l'avant. Chacune de ces sections était légèrement plus grande à l'intérieur qu'à l'extérieur, une des merveilles d'ingénierie dimensionnelle de l'Alliance.

— Tu es sûr que ça va fonctionner, ton idée, Éric ? demanda le rouquin, assis dans le petit cockpit de la navette.

— Reste où tu es, Ridley, on te revient. Prépare-toi à activer les moteurs à mon signal.

Éric mit un terme à la communication avant que Ridley n'ait le temps de se plaindre de nouveau et finit de recharger son manteau avec la précieuse énergie nucléaire dont il avait tenté de se débarrasser pendant des mois. Adler venait lui aussi de débrancher son manteau des moteurs du drakkar et prenait place aux commandes de la grande plate-forme métallique ; Éric avait dû installer un banc à la proue pour permettre au petit professeur d'atteindre le gouvernail. Derrière eux, Stavros finissait de magnétiser un silo sombre, la dernière invention d'Adler, au pont du navire.

— Stavros ! ordonna le Trench. Vous vous occupez de prendre Simon dans votre manteau, je vais m'occuper de Jenny. Et Nikka…

— J'y veillerai, répondit la recrue en prenant la main de Morotti.

L'homme-lézard était affaibli par son périple, et la radiation qui recommençait à circuler dans ses veines après des semaines de sevrage ne l'aidait en rien à se remettre sur pattes. Grâce aux doses d'iodure de potassium que le Trench et Adler avaient économisées au cours des derniers mois en retirant leurs manteaux, ils avaient réussi à immuniser le reste de l'équipage, mais au prix de leurs réserves d'antitoxines.

— Sssi ssça ne foncsstionne pas, Éric…, le prévint faiblement Morotti dans le communicateur de son propre manteau.

— Je sais, je sais. Nous n'aurons pas de deuxième chance, termina Éric.

Après s'être assuré que toutes les fonctions du drakkar étaient en état de marche, le Trench monta à son tour sur la plate-forme et alla rejoindre Jenny.

— Ne serions-nous pas plus en sécurité à bord de la navette du baron ? demanda la reporter, qui grelottait de plus en plus sous la pluie. Avec Ridley ?

Éric la prit dans ses bras et l'enveloppa de la tête aux pieds dans son long manteau gris. La reporter avait à peine eu le temps d'enfiler des vêtements plus appropriés ; il fit apparaître un masque respiratoire, une demi-visière qui recouvrit le bas du visage de Jenny, avant d'ajuster le thermostat interne de son engin pour la réchauffer.

— Nous ne l'avons pas encore testée, Jenny, répondit le Trench en s'assurant qu'elle respirait bien. Ça pourrait être dangereux.

— Mais elle peut voler ?

Dans son masque, sa voix lui parvenait en sourdine.

— Cet été, nous n'avions pas assez d'énergie pour activer la navette de Van Den Elst, expliqua Éric. Mais maintenant que Stavros et Nikka ont retrouvé notre drakkar, Adler a pu réalimenter ses moteurs en énergie nucléaire. Avec un peu de chance, Ridley devrait pouvoir la piloter.

— Elle fonctionne avec vos manteaux ? demanda Simon, non loin derrière eux.

— C'est la navette d'un baron de l'Alliance, Simon : aucun de ses systèmes ne peut être activé, à moins que ce soit par un brigadier ou un magistrat. C'est d'ailleurs pour cela que j'ai confié le gantelet que l'on a trouvé à Ridley, car il pourrait bien être indispensable au maniement de la navette. Mais nous ne connaissons pas encore tous les dispositifs de sécurité qu'elle renferme, alors je préfère ne pas prendre de risques inutiles. Vous resterez donc tous les deux avec nous sur le drakkar jusqu'à ce que la mission soit terminée.

— Et…

Simon avait de la difficulté à respirer, coincé contre la corpulence du gros Stavros.

— Quelle est notre mission, au juste ?

— Professeur Adler ! lança le Trench. Nous sommes prêts à décoller. Cramponnez-vous, tout le monde, dit-il en magnétisant ses bottes au pont du drakkar. Nous allons bientôt survoler l'orage !

➡️

Enveloppée de la tête aux pieds dans les pans protecteurs du manteau du Trench, Jenny regarda les étoiles filer au-dessus de leurs têtes entre les nuages gonflés de pluie. Le drakkar avait pris son envol et se dirigeait vers l'immense orage temporel qui projetait des éclairs ambrés au-dessus de Montréal.

Leur embarcation était munie d'une mince couche atmosphérique, mais elle commençait à faire défaut ; Adler n'avait pu réparer tous les systèmes à temps, et, ne sachant pas trop où ils allaient aboutir, Éric avait préféré doter Jenny d'un masque respiratoire pour le voyage. Les cheveux au vent, la journaliste vit le fleuve déferler, une dizaine de mètres sous ses pieds, avant de se fondre dans la terre boisée de l'île. Elle oublia un instant le danger vers lequel ils se dirigeaient tous rapidement.

Sous la lumière de la Lune, Éric serra Jenny contre lui et huma l'air frais de l'époque, filtré par les recycleurs de son manteau. Il allait laisser derrière lui la vie qu'il menait depuis six mois et il se sentit… curieusement soulagé.

À la proue du navire, Adler se tenait sur le petit banc attaché à la plate-forme par des sangles, ses mains serrées autour du gouvernail. Debout près des gros réacteurs à l'arrière, Morotti avait éteint le champ protecteur de son manteau pour laisser sa peau écaillée respirer sous la pluie. À ses côtés, Nikka le tenait par l'épaule pour s'assurer que son collègue ne passe pas par-dessus bord, le temps qu'il puisse lui aussi magnétiser ses bottes au pont du drakkar. Stavros, qui se tenait près du petit garde-fou de l'embarcation, avait également fait apparaître un masque respiratoire pour recouvrir le visage de Simon, blotti contre lui sous son manteau.

Au loin, les hommes du Trench purent voir l'anomalie temporelle dans toute sa splendeur : une immense muraille de couleur ambre qui parcourait l'île comme un ouragan déchaîné, soufflant tout sur son passage. En 1791, la force de l'orage s'était peut-être amoindrie, les arbres pliaient maintenant sur son passage sans céder, mais au sol, les villageois couraient dans tous les sens, terrorisés. Quelques instants plus tard, le drakkar n'était plus qu'à quelques kilomètres de la tourmente énergétique.

— Je ne comprends pas pourquoi, dit Simon, la voix étouffée par le masque respiratoire du manteau de Stavros. Pfft !... Pourquoi nous devons repasser par l'orage...

Les moteurs de la plate-forme sifflèrent en accélérant, et le cameraman dut hausser le ton.

— Je croyais que votre drakkar pouvait voyager jusqu'à n'importe quelle époque ?

— Nous ne retournons pas dans l'orage, répondit Éric en calculant la distance entre eux et la masse scintillante qui déchirait l'espace-temps sur son passage. Il risque de disparaître d'un instant à l'autre. Nous cherchons à attirer l'attention des Banshee.

— Quoi ?!

Simon tenta de se dégager, mais Stavros le maintint fermement en place.

— Je refuse d'abandonner les colons de cette époque aux mains des Banshee, rétorqua le Trench en se servant de son communicateur pour se faire entendre au-dessus du vrombissement de plus en plus intense de la tempête.

Si nous voulons régler le problème au tournant du vingt et unième siècle, nous ne pouvons laisser les Banshee ici, dans le passé. Lorsqu'elles vont se rendre compte que la navette de Van Den Elst n'est plus à Montréal, pas plus que le baron lui-même d'ailleurs, elles risquent de se faire exploser, comme les autres fois. Et cela ne nous avancerait guère dans l'avenir. Nous devons les attirer loin d'ici.

La membrane lumineuse de l'orage qui s'étendait sur plusieurs kilomètres projeta de nombreux éclairs dans le ciel sombre, ce qui permit aux brigadiers de discerner au loin les silhouettes des Banshee qui tournoyaient dans le ciel comme un essaim enragé.

— Tu les vois, Jenny ? demanda le Trench en indiquant la nuée de cyborgs.

— Qu'est-ce qu'elles font ? s'enquit la reporter, curieuse. Elles ont l'air désorienté.

— Les décharges de la tempête doivent affecter leurs capteurs, commenta le Trench en signalant à Adler d'ajuster leur approche. Ces modèles sont incapables de voyager dans le temps par eux-mêmes. Si les Banshee s'approchent trop de l'orage, celui-ci aura tôt fait de les détruire, comme des papillons de nuit autour d'un feu de camp.

— Le professeur a dit qu'elles apparaissaient toujours quelques minutes avant l'orage, remarqua Jenny. Ça veut dire quelque chose ?

— J'en suis venu à croire que oui.

La plate-forme roula sur le côté pour éviter une série d'éclairs, et le Trench, magnétisé au pont du drakkar, serra la journaliste de plus près ; l'embarcation volait rapidement et ce n'était pas le moment de lâcher Jenny, qui tomberait alors directement dans les replis dévastateurs de la tempête.

— Mais d'où viennent-elles? fit encore Jenny. De Montréal? Elles se cachaient ici, à cette époque, en attendant la venue de l'orage?

— Je ne suis pas convaincu que les Banshee résident sur Terre, répondit le Trench. Je crois plutôt qu'elles sont contrôlées à distance, qu'elles disparaissent dans l'atmosphère et que quelqu'un leur ordonne de revenir ici chaque fois que repasse l'anomalie. Mais, pour ce faire, elles doivent posséder un autre moyen de naviguer dans le temps. Un portail, peut-être, dissimulé dans les environs, quelque chose que nous n'avons pas encore rencontré.

— Un portail? s'étonna Jenny.

— Un portail temporel, expliqua Adler dans son propre communicateur, les yeux rivés devant lui. Un engin doté des mêmes capacités que nos manteaux, mais immense, capable de transporter des patrouilles entières de Banshee et des centaines de brigadiers à n'importe quelle époque d'une même planète. C'est seulement de cette façon qu'autant de Banshee auraient pu fouiller les lignes temporelles de la Terre à la recherche de Van Den Elst.

Le Trench hocha la tête.

— Et je tiens à découvrir par où elles passent et, surtout, d'où elles viennent.

Il ordonna au professeur de s'approcher de la muraille rugissante. Sous le couvert des éclairs qui zigzaguaient dans tous les sens, les Banshee ne semblaient pas avoir repéré leur drakkar, mais ce n'était qu'une question de temps.

— Trouvez-nous un endroit où nous planquer, professeur.

— Mais, Éric! s'écria Simon dans le communicateur de Stavros. Tu tiens vraiment à attirer l'attention de ces horreurs? La dernière fois qu'on les a rencontrées, on a bien failli y laisser notre peau!

— Il a raison, ajouta Jenny, lovée contre le Trench. Ces créatures pourraient exploser à tout moment…

— Et c'est justement pour cette raison qu'on doit les attirer loin d'ici, expliqua calmement le Trench. Les Banshee ne peuvent savoir que la tempête temporelle ne repassera peut-être jamais à cette époque. Si elles veulent éviter de se faire broyer par l'orage, elles vont devoir quitter l'île et retourner là d'où elles sont venues, quelque part dans l'atmosphère, afin de poursuivre leur chasse à travers le temps. Comme la dernière fois, tu t'en souviens, Jenny? C'est ce qu'elles ont fait à ton époque, lorsque l'orage est repassé. Le problème, c'est qu'elles risquent de laisser une ou deux d'entre elles sur place pour réduire la région en cendres atomisées après leur départ.

— Comme en 1997? demanda Simon.

— C'est exact, répondit le Trench. Et nous ne pouvons les laisser faire ça. C'est pour cela que devons les attirer toutes, nous ne pouvons en laisser aucune derrière nous.

— Et comment pensais-tu faire ça, au juste? demanda Jenny.

— La navette, déclara Éric. Si nous quittons la Terre avec la navette de Van Den Elst, les Banshee vont peut-être lancer un signal de rappel à leurs consœurs et décider de la suivre, croyant avoir enfin retrouvé le baron.

— Et cela va réparer les dégâts qu'elles ont causés dans toute l'histoire? insista la journaliste.

— Je l'espère, soupira le Trench. Si elles sont rappelées à temps, elles n'auront peut-être pas la possibilité de se faire exploser dans le passé de la Terre.

Dans ses bras, Jenny lui lança un regard inquisiteur.

— C'est possible, ça?

— Le temps est relatif, Jenny. Si les Banshee reçoivent le signal de rappel dès qu'elles arrivent à leurs époques respectives, tous les dégâts qui déstabilisent les lignes du temps pourraient encore être évités.

— Et si ton plan ne fonctionnait pas ?

— Alors, nous ne pourrons peut-être pas sauver toutes les époques où elles sont tombées, mais, au moins, nous aurons sauvé les colons du Nouveau Monde, et l'avenir à partir d'ici sera rétabli.

— Tu supposes beaucoup de choses, Éric, fit-elle remarquer en observant les silhouettes des Banshee qui tournoyaient au loin. Si tu te trompes, la planète au complet pourrait bien y passer.

Adler lança un bref regard vers le Trench, et tous deux hochèrent la tête solennellement.

— Un problème à la fois, répondit Éric. Mais, effectivement, je présume que le maître des Banshee se fout pas mal de ce qui va arriver à la Terre.

— Tu veux dire ?…

— Les Banshee ne possèdent pas un très grand instinct de survie, enchaîna le Trench. Elles sont programmées pour chasser, et pour vaincre. Dans ce cas-ci, leur proie est Van Den Elst ; toute autre cible est secondaire. Celui qui les a envoyées sur Terre n'a jamais eu l'intention de les récupérer. L'orage temporel va continuer de broyer Montréal jusqu'à ce que la planète tout entière soit détruite, emportant les Banshee du même coup.

Même dans les pans chauds du manteau du Trench, Jenny eut un frisson.

— Tout ça pour éliminer Van Den Elst ?

Éric hocha tristement la tête.

— Le baron sera tué, même si cela coûtera la vie à des milliards d'innocents.

— Mais c'est horrible! s'exclama Simon dans le col de Stavros. Votre Alliance permet ce genre de génocide?

— L'Alliance, non, répondit le Trench. Plusieurs de ses soldats et de ses barons sont issus d'une époque ou d'une autre de la Terre; si elle venait à être détruite, cela altérerait énormément leur propre histoire. Mais il doit s'être passé quelque chose en notre absence, quelque chose qui pousse les ennemis de l'Alliance à mettre leurs plans à exécution plus tôt que prévu. Je commence à croire que les barons du Multivers n'ont plus vraiment le contrôle de la situation. L'un d'eux est en train de prendre le dessus dans cette guerre…

— Gaurshin? grommela Stavros dans son manteau.

— Gaurshin, acquiesça le Trench, et ses prêtres de la Technence.

— Ce culte technologique se serait associé à lui? demanda Jenny.

Éric demeura songeur.

— Je crois plutôt qu'il s'agit d'une faction indépendante, des prêtres renégats qui doivent avoir uni leurs forces à celles de Gaurshin pour s'emparer du contrôle de l'Alliance. La Technence est redoutable, elle possède de la technologie bien en avance sur celle de notre Brigade, mais elle n'est pas invulnérable. Notre point faible, c'est que les manteaux temporels que nous portons sont basés sur de la technologie que la Technence a fait progresser. Cette dépendance force la Brigade à négocier avec l'Église; si elle désire conserver un arsenal compétitif, elle doit faire bien attention avant d'intervenir dans les plans de l'un ou l'autre de ses cultes.

— La Technence a inventé vos manteaux? tenta de résumer Jenny.

— Non. D'après ce que m'a expliqué Mary Jane, la Technence a volé les plans… et les a perfectionnés.

— Et comment sait-elle tout cela, au juste? C'est une espionne ou quoi?

Éric poussa un soupir; après avoir voyagé pendant des années à l'aide de son manteau, le Trench s'était buté plus d'une fois aux agents de l'Alliance, et il ne tenait pas à expliquer à Jenny toutes les complexités du Conseil gris. Il ignora sa question, ce qui ne fit que froisser davantage la reporter.

— Les lignes temporelles sont complètement déréglées, poursuivit le Trench après un moment. La Brigade a trop hésité avant de nous envoyer régler les problèmes sur Terre. En arrivant ici, nous étions censés réparer la situation, mais le sabotage de T'Gan a tout chambardé. L'heure est grave; à cause de cette foutue guerre civile, j'ai bien peur que nous n'ayons plus beaucoup d'alliés au sein de l'Alliance… Nous sommes maintenant les seuls à pouvoir arrêter les Banshee.

— Et tu prévoyais faire cela comment? grommela Jenny en tentant de demeurer au chaud, serrée contre lui. Car même si tu réussissais à attirer toutes les Banshee à nous…

— Si nous ne pouvons les forcer à nous suivre, rétorqua Éric, alors nous passerons au plan B.

Il indiqua la forme cylindrique de l'invention qu'Adler avait perfectionnée au cours des derniers mois, magnétisée à la coque près de Stavros.

— C'est quoi, ce bidule, au juste? s'enquit Simon en observant l'engin à ses pieds.

— Une bombe, répondit simplement le Trench. J'ai demandé à Adler de trouver un moyen de refermer la brèche temporelle; il a décidé d'improviser.

Simon voulut faire quelques pas à reculons, mais Stavros l'en empêcha. Aux côtés de Morotti, Nikka écarquilla les yeux; comme les autres, elle avait écouté toute la conversation dans son propre communicateur.

— Une bombe? s'écria-t-elle. Quel genre de bombe?

— Une chronobombe, lança Adler en maintenant la trajectoire de leur embarcation. Évidemment.

Jenny jeta au Trench un regard de biais.

— C'est sérieux?…

— Si nous ne pouvons pas retrouver le baron Van Den Elst avant que les Banshee ne le fassent pour leur maître, expliqua-t-il, nous allons faire exploser la bombe, et l'orage temporel qui engloutit Montréal se désintégrera. Du moins, c'est le plan. Reste à voir si la chronobombe du professeur va fonctionner. Nous jouons au chat et à la souris, dit-il en observant les Banshee au loin, et, pour une fois, ce n'est pas nous qui sommes la proie.

— Et cela va rectifier la situation?

Jenny remarqua les regards lourds de sous-entendus que le Trench et Adler se lancèrent de nouveau.

— Éric? insista-t-elle. Est-ce que cela va sauver la planète?

Mais le jeune homme ne répondit rien; une chronobombe de ce genre risquait d'engloutir complètement l'île. Il aurait préféré trouver un autre moyen, mais s'il devait faire sombrer Montréal pour sauver le reste de la planète, il n'hésiterait pas bien longtemps.

Adler fit plonger le drakkar en direction de la nuée de Banshee, et les brigadiers purent entendre les hurlements stridents de leurs synthétiseurs vocaux au-dessus du grondement de l'orage. Un éclair vint frapper leur embarcation et illumina brièvement la passerelle, sans les toucher.

À partir de maintenant, se dit le Trench, *on va devoir jouer serré.*

Chapitre 5
LA RUCHE

— Ah, je crois que ça y est! lança soudain Mary Jane, interrompant le silence qui durait depuis plusieurs minutes.

Dans le complexe souterrain enfoui au cœur de la lune glacée de Sialus Secundus, l'aventurière aux cheveux roux comme le feu éteignit les petites flammes qui dépassaient du bout de ses doigts et se laissa descendre sur le sol. Elle tentait depuis un bon moment déjà de dégager les portes scellées du hangar secret du baron Gaurshin, coincées sous d'épaisses couches de glace. Le capitaine Brian Pylmer, qui la soutenait à bout de bras devant le panneau d'accès du hangar, la relâcha en se massant les épaules. Ils avaient réussi à faire fondre assez de glace pour parvenir à forcer les portes, et Brian alla se ranger d'un côté de l'entrée pour aider Mary Jane à ouvrir les cloisons. Après quelques instants, les immenses verrous qui bloquaient l'accès au hangar commencèrent à grincer, faisant craquer et voler en éclats cristallins la glace qui les recouvrait.

Après que Mary Jane eut fait exploser la navette de Pylmer afin d'empêcher les soldats installés à la surface de descendre dans le complexe pour les arrêter, la jeune pilote Eketerina Pletiouk s'était assise dans un coin, furieuse, refusant de leur adresser la parole. Le capitaine Pylmer et elle avaient passé quatre ans de leur vie à reconstruire et à perfectionner le *Bathlopin* pour qu'il leur permette de voyager dans le Multivers, et le geste brutal de Mary Jane avait plongé la petite blonde dans une profonde déprime.

La brigadière avait pourtant retiré l'intelligence artificielle qu'était Bath avant d'abandonner la navette ; elle avait téléchargé la personnalité du vaisseau justement pour éviter qu'elle ne soit perdue à jamais. L'essence même de Bath se trouvait présentement dans une petite mallette noire que Ket gardait jalousement serrée contre elle.

Pylmer avait tenté de lui expliquer que Mary Jane avait eu raison de faire surchauffer les moteurs de leur navette, que cela avait été la seule manière d'empêcher les brigadiers installés depuis des années à la surface d'envahir le complexe et de venir les abattre. La mission qu'avait confiée le Conseil gris à Mary Jane devait être leur priorité maintenant, lui avait dit le vétéran à la peau sombre, même s'ils ne savaient pas encore précisément ce qu'ils étaient venus faire ici.

Eketerina avait écouté les arguments de Pylmer d'une oreille distraite, choquée par l'attitude froide et détachée que Mary Jane avait affichée en appuyant sur le bouton du détonateur ; elle n'avait même pas bronché. Elle aurait pu prendre le temps de leur expliquer le but de leur mission pendant le trajet jusqu'à Sialus Secundus, se disait la pilote, ou au moins ses intentions quant à la destruction du *Bathlopin*. En un clin d'œil, Mary Jane avait non seulement pulvérisé un véhicule qui leur tenait à cœur, leur seul moyen de parcourir le Multivers sans devoir débourser les sommes exorbitantes que réclamait l'Alliance, mais elle avait également éliminé une dizaine de soldats, des brigadiers ennemis, soit, mais des hommes tout de même. Elle aurait pu faire exploser la navette bien avant que les hommes de Gaurshin ne descendent dans le trou, elle aurait pu tenter de bloquer la crevasse glacée sans tuer quiconque. Cette femme ne ressemblait en rien à la Mary Jane dont lui avait parlé Pylmer pendant leur long séjour à Tankograd, en Russie. Cette espionne vêtue de noir était froide, manipulatrice et impitoyable. Sa mission rongeait peu à peu son humanité, et Ket refusait de lui faire confiance.

Pylmer avait tenté d'en discuter avec l'aventurière, mais en vain ; Mary Jane n'avait semblé éprouver aucun regret. Ce que Gaurshin et ses alliés de la Technence dissimulaient derrière les portes de ce hangar était beaucoup trop important, beaucoup trop dangereux, pour laisser quelque remord l'empêcher d'accomplir sa mission pour le Conseil, et Mary Jane avait poursuivi son travail d'un air résolu.

En l'aidant à ouvrir les portes coincées, Pylmer observa de nouveau sa collègue ; il lui semblait aussi que Mary Jane avait changé. Peut-être en avait-elle assez vu… Ce conflit entre les diverses baronnies de l'Alliance commençait à s'étirer, et Mary Jane se retrouvait aujourd'hui obligée de commettre des actes qui, en temps normal, lui auraient semblé amoraux. Ou peut-être avait-elle tout simplement reçu un entraînement rigoureux de la part du Conseil gris, ce qui lui permettait de faire abstraction de ses états d'âme dans des situations de crise. D'une manière ou d'une autre, Mary Jane n'avait plus rien de la jeune femme idéaliste que Pylmer avait rencontrée des années auparavant.

Après plusieurs minutes d'efforts, la caverne se mit à gronder autour d'eux : le système d'ouverture automatique s'enclencha, et les portes du hangar s'ouvrirent lentement, se séparant par le milieu et fracassant du même coup les quelques plaques de glace qui s'y accrochaient encore. Mary Jane fit signe à Pylmer de reculer, de peur qu'il ne soit heurté par les morceaux de glace qui commençaient à se détacher du plafond.

En se retirant, les portes coulissèrent à l'intérieur des murs du hangar pour révéler une longue passerelle vitrée, illuminée par des phares aveuglants installés quelque part au-delà des parois.

Intriguée, Eketerina se leva, mallette à la main, et alla rejoindre Pylmer et Mary Jane en plaçant une main devant son visage pour se protéger de la lumière éblouissante. La brigadière se contenta d'ordonner à son manteau de faire apparaître des lunettes fumées sur l'arête de son nez.

— Madame Rosencraft..., fit Ket, méfiante. Dans quoi nous avez-vous embarqués ?

— Qu'est-ce que cet endroit, au juste ? ajouta Pylmer en lui emboîtant le pas.

La lumière éblouissante les empêchait de voir le bout de la passerelle, mais Ket et le capitaine se sentirent soudain en danger ; un frisson parcourut le dos de la jeune femme blonde, et elle se mit à trembler.

— Nous ne devrions pas être ici, Brian, marmonna-t-elle. Vous ne devriez pas avoir ouvert ces portes, tous les deux.

Pylmer fit quelques pas hésitants sous les projecteurs, poussant doucement Ket dans le dos. Il ouvrit la bouche pour lui répondre, mais Mary Jane l'interrompit.

— Non, Ket. Tu as bien raison, nous ne devrions pas être ici ; nous ne devrions pas avoir ouvert ce hangar. Mais laissez-moi vous montrer pourquoi je nous ai fait venir ici ; laissez-moi vous montrer pourquoi la destruction de votre précieuse navette était nécessaire.

Elle s'avança sur la passerelle vitrée d'un pas confiant.

— Laissez-moi vous montrer ce qui se cache au cœur de cette lune de glace depuis des siècles ; ce que Gaurshin tenait tant à garder secret.

Ils se dirigèrent tous les trois vers le bout de la grande passerelle suspendue. Au passage, Ket tenta de deviner ce qui pouvait bien se trouver au-delà des parois vitrées, dans le hangar lui-même, mais fut incapable de discerner quoi que ce soit au-delà des halos des puissants projecteurs.

Sous leurs pieds, les rails du complexe souterrain se poursuivaient jusqu'à la passerelle, signe que le hangar, jadis, avait dû être accessible par les convois temporels de Gaurshin. Après avoir fait quelques mètres, lorsque leurs yeux s'habituèrent enfin à la lumière, Ket et Pylmer remarquèrent que les rails semblaient conduire à une grande rampe inclinée. Celle-ci descendait sur plusieurs mètres à l'intérieur d'une salle aux proportions gigantesques ; on aurait dit une immense pièce sphérique, entièrement blanche, avec une grande plate-forme installée en son centre. Les rails semblaient se terminer à cet endroit, comme s'il s'agissait d'un embarcadère.

— Il fait trop clair, remarqua Eketerina en grelottant.

— Un instant, répondit Mary Jane.

Elle se dirigea vers un panneau encastré dans une des parois translucides de la passerelle et y enfonça la manche de son manteau.

— Manteau, dit-elle à voix haute.

— Oui, brigadière ? répondit la voix mélodieuse de son engin.

— Accédez aux fonctions de ce terminal. Éteignez tout système de sécurité, et donnez-moi accès aux commandes.

— Bien, brigadière.

Quelques instants plus tard, les lampes qui inondaient de lumière aveuglante le couloir vitré derrière eux s'éteignirent. Puis, à l'intérieur de la salle sphérique, de nouveaux projecteurs s'allumèrent autour d'eux en émettant un vacarme effroyable ; ils n'avaient pas été utilisés depuis des années.

Une masse sombre se dessina alors au centre de la pièce, un monticule noir hérissé de pointes qui occupait l'embarcadère presque en entier.

— Mais qu'est-ce que…, commença Pylmer en descendant de quelques pas sur la rampe.

Lorsqu'il comprit enfin de quoi il s'agissait, il retint son souffle, abasourdi. Derrière lui, Eketerina s'approcha timidement et, protégée par son compagnon, jeta elle aussi un coup d'œil à ce qui leur avait coûté si cher.

Le monticule, haut de plusieurs mètres, réfléchissait difficilement la lumière des projecteurs encastrés dans la voûte du hangar sphérique, comme si son opacité absorbait la lumière elle-même. Ket devina lentement des arêtes qui hérissaient régulièrement la surface de la masse sombre et comprit alors qu'il s'agissait en fait d'un amas de plusieurs petits objets angulaires. On aurait dit une ruche, vaste, difforme, construite à partir de ces petites boîtes sombres.

— Mais qu'est-ce que c'est ?, demanda Ket. On dirait que ça bouge…

Les cubes, qui devaient mesurer environ trente centimètres de largeur, étaient empilés pêle-mêle les uns sur les autres. L'immense formation n'était visiblement pas naturelle, elle paraissait trop désordonnée pour être organique, mais, pourtant, la masse sombre formée de ces cubes semblait bel et bien gigoter.

Un énorme amas de cubes noirs, noirs comme le vide de l'espace, rehaussés de quelques points scintillants, comme de lointaines étoiles.

— Mary Jane…, souffla Pylmer après un moment, la gorge serrée par l'effroi.

— Oui, termina Mary Jane, c'est une ruche de Malkheds. Des dizaines et des dizaines de Malkheds.

Aux côtés de son compagnon, Eketerina fut parcourue d'un frisson ; quelque chose dans cette formation sombre la terrorisait. Elle sentit une vague d'énergie la contourner un instant, une présence qui cherchait à l'envahir, à l'habiter.

— Des… des Malkheds ? répéta la petite blonde.

Pylmer la retint d'un geste protecteur.

— Mary Jane…, pourquoi nous as-tu amenés ici ?

Sur l'embarcadère, la grappe de boîtes noires grouillait lentement, agglutinée aux parois lisses de la plate-forme comme une colonie de termites endormies.

— Les Malkheds sont des reliquaires, expliqua Mary Jane à Eketerina d'un ton neutre. Ce sont des cubes en méthanium contenus dans un champ de force antitemporel. Cela veut dire qu'à l'intérieur, le temps n'existe pas, ce qui en fait un endroit idéal pour cacher des reliques précieuses. C'est la Technence qui les a construits en premier ; elle s'en servait pour dissimuler certains de ses objets sacrés, souvent trop puissants pour les laisser entre les mains de ses acolytes. Mais comme les Malkheds sont en fait des dimensions de poche et qu'ils sont pratiquement indestructibles, au cours des années, les évêques de la Technence en sont plutôt venus à les utiliser comme des prisons.

Eketerina dévisagea la grande aventurière.

— Des prisons ? Mais qu'est-ce que vous voulez dire ?

— Chaque cube noir que tu vois dans cette ruche renferme un esprit puissant et dangereux, un renégat banni de l'Alliance à cause de ses crimes crapuleux. Parfois, ce sont des barons corrompus, emprisonnés à vie par les magistrats de l'Alliance ; d'autres contiennent des prêtres imbus de pouvoir qui auront trop souvent défié les ordres de la Technence, et qui auront été enfermés là par leurs supérieurs afin qu'ils ne puissent plus nuire à leurs plans. Certains de ces cubes contiennent même des généraux sanguinaires.

— Il y a des *gens* dans ces cubes ? fit Ket, renversée.

— Chacune de ces entités, barons, prêtres ou criminels notoires, détenait jadis assez d'influence et de pouvoir pour manipuler la destinée de millions d'hommes, sur des dizaines de planètes. Et certains, emprisonnés à jamais dans ces cubes indestructibles, tentent à tout prix d'en ressortir pour régner de nouveau et semer la terreur dans le Multivers. Même à l'intérieur de ces caissons renforcés, leur esprit corrompu perdure, et leur influence maléfique se fait encore sentir.

— C'est pour ça que je me sens si mal ? demanda Ket. Ils semblent… je veux dire, ils semblent… fâchés…

— Ça, ce n'est rien, dit Mary Jane. Ce n'est que la première impression que l'on a en les voyant. Qu'il s'agisse d'un tyran, d'un général fou ou d'un prêtre corrompu, ils sont tous enfermés dans ces dimensions de poche depuis des siècles, et certains ont même réussi à développer de puissantes habiletés. J'ai même déjà vu un Malkhed réanimer à distance des soldats décédés et utiliser leurs cadavres comme des pantins sur le champ de bataille. Mais ce qui en fait un réel danger, c'est la combinaison des parois en méthanium et du puissant champ chrono-réfractaire, jumelée à l'essence emprisonnée à l'intérieur.

— Qu'est-ce qu'elle raconte, Brian ? fit la jeune Russe. De quelle habileté parle-t-elle ?

— Les Malkheds peuvent être activés. Quelqu'un peut les faire exploser de manière spectaculaire, expliqua Pylmer d'un air lourd de sous-entendus. Ils ont la réputation de pouvoir anéantir une planète, peut-être même une dimension en entier, en l'espace de quelques instants.

— Ce sont des *bombes*?! s'écria Ket.

— Ce sont des *piles*, rétorqua Mary Jane. Elles contiennent de puissantes énergies dimensionnelles. Entre de mauvaises mains, une seule de ces boîtes noires, un seul Malkhed, pourrait servir à altérer le cours du temps et à influencer la destinée de milliers de mondes habités. Ou même, à faire sombrer une civilisation tout entière dans l'oubli. Mais jumelées ensemble, comme pour une batterie…

Pylmer estima qu'il devait y avoir au moins une cinquantaine de Malkheds dans le hangar, et les possibilités que cela représentait le terrifièrent. Un seul de ces cubes aurait dû les faire fuir bien avant, mais ce n'était rien en comparaison de ce qu'ils auraient dû ressentir face à des dizaines de ces entités maléfiques.

Ancien brigadier, Pylmer ne portait plus de manteau temporel depuis plusieurs années déjà, mais, comme tous les soldats de la Brigade, il avait reçu un entraînement spécialisé pour lui permettre de résister aux influences mentales des Malkheds. Près de lui, Eketerina semblait de plus en plus désorientée ; elle se massait les tempes, comme pour éloigner un mal de tête persistant. Le vétéran la comprenait : sans manteau pour la protéger, Ket devait être en proie aux terribles pressions qu'exerçaient les Malkheds. Pylmer lui-même commençait à avoir de la difficulté à se concentrer ; il ressentait lui aussi une présence terrifiante aux abords de ses perceptions.

— Cette pièce sphérique doit servir à contenir leur influence, commenta Pylmer, car une seule de ces boîtes suffit habituellement pour repousser des dizaines d'hommes à des kilomètres à la ronde.

Mary Jane, protégée par son manteau expérimental, observa la ruche sombre sans répondre. Elle semblait calme, en contrôle d'elle-même. Pylmer était certain que, sans son manteau, elle aurait réagi de la même manière qu'eux. Mais depuis quelque temps, on aurait dit que de la glace lui coulait dans les veines.

— Tu… tu savais ce que renfermait ce hangar? demanda Pylmer.

Mary Jane l'épia de ses grands yeux verts.

— Mais évidemment qu'elle le savait! hurla Ket, aussi fâchée qu'elle était terrorisée.

Même atténuée, la présence des Malkheds commençait à gruger la santé mentale de la jeune pilote. Elle s'avança vers Mary Jane.

— Je devrais vous tuer… Vous nous avez fait écraser sur cette foutue lune de glace par exprès! Vous vouliez trouver ces Malkheds? Eh bien, les voilà! Si ce ne sont pas eux qui vous tuent, ce sera moi! Vous êtes folle de nous avoir amenés ici! FOLLE!

Elle quitta la chambre forte des Malkheds par la grande passerelle vitrée, broyant du noir; elle cherchait surtout à fuir cet endroit maudit.

— Tu ferais mieux de la contrôler, Brian, dit calmement Mary Jane après un moment. Je ne voudrais pas lui faire de mal.

Le grand homme chauve serra les mâchoires.

— Je n'ai pas à la contrôler, Mary Jane. Elle est peut-être désorientée à cause des Malkheds, mais je suis d'accord avec elle: je ne sais pas ce que tu es venue faire ici, mais tu te trompes si tu crois pouvoir maîtriser une ruche complète de ces saloperies. Je commence à me demander si tu n'es peut-être pas devenue folle, effectivement…

Le capitaine lui tourna le dos et suivit son amie vers la sortie.

— Le Conseil gris m'a demandé de venir sur Sialus Secundus, lança Mary Jane par-dessus son épaule. Les conseillers ont soulevé de bons arguments, tu sais, et je ne suis pas venue ici sans prendre des précautions.

Pylmer hésita avant de revenir lentement vers elle.

— Mais ce sont des *prisonniers*, Mary Jane!…

— Ce sont des armes de guerre illégales! ragea la brigadière.

Elle se retourna pour le dévisager.

— Qu'est-ce que tu crois que Gaurshin a l'intention de faire avec tous ces prisonniers, Brian? Les libérer? Ce sont des bombes temporelles! Une poignée de ces cubes suffirait à faire imploser une planète de la taille de la Terre en quelques minutes à peine! C'est *ça*, le secret de Gaurshin: il détient l'arsenal le plus redoutable du Multivers! Et il y a fort à parier que, s'il les accumule ici depuis des années, c'est qu'il a l'intention de s'en servir au cours de cette guerre, tu ne crois pas?

— Et toi, tu préfères les rapporter au Conseil gris? lança Pylmer. Tu crois vraiment que le Conseil a de meilleures intentions que Gaurshin dans toute cette affaire? Ces cubes représentent beaucoup trop de puissance pour…

— …pour qu'on les abandonne entre les mains d'un tyran comme Gaurshin, trancha la grande femme.

— Mais, Mary Jane, si tu remets ces… ces bombes au Conseil, tu cours le risque de déséquilibrer l'ordre des choses. Avec un arsenal de douzaines de Malkheds, le Conseil gris deviendrait plus puissant que toutes les armées de la Brigade combinées; plus puissant que l'Alliance elle-même!

Mary Jane décida de ramener le vétéran à l'ordre.

— Les dirigeants du Conseil gris en ont ainsi décidé, *capitaine* Pylmer; ils ont besoin de ces Malkheds pour défendre les baronnies du Multivers contre les révolutionnaires.

Pylmer fronça les sourcils.

— Je te rappellerai que je ne fais plus partie de la Brigade, Mary Jane, alors évite de me donner des ordres, veux-tu? Nous t'avons accompagnée jusqu'ici car nous te faisions confiance, et non pour que tu nous embarques de force dans un conflit sanglant!

Sans ajouter un mot, il remonta la rampe du hangar blanc et traversa la passerelle pour aller rejoindre sa compagne.

À son passage, sur le mur près de la rampe, un écran mural s'activa soudain et le visage boursouflé du baron Gaurshin apparut, plus grand que nature, couvrant presque en entier le mur concave du hangar. Mary Jane s'y dirigea rapidement en rappelant Pylmer à elle. Devant eux, le baron observa un instant la lentille de la caméra de ses petits yeux porcins et s'humecta les lèvres avant de parler.

— Nos instruments…, marmonna-t-il d'un ton las, nous indiquent… que vous avez réussi à accéder… à mon hangar privé…

Peut-il nous voir? se demanda Mary Jane. *Non; en accédant au terminal, mon manteau a du même coup éteint toutes les caméras du hangar. Gaurshin doit se fier aux capteurs internes du complexe.*

— J'ignore qui vous êtes… ou pour qui vous travaillez, brigadier…, mais sachez que je ne tolérerai pas ce genre d'affront… bien longtemps. J'envoie immédiatement mes meilleurs hommes… vous arrêter… Je vous recommande de vous rendre… Je pourrais encore être magnanime… et vous laisser la vie sauve, à vous et à vos collègues… Sinon, vous serez abattus sur-le-champ.

La menace du baron livrée, l'écran s'assombrit aussitôt.

Au sommet de la rampe d'accès, Mary Jane et Pylmer se dévisagèrent.

— Cela veut dire que Gaurshin est déjà arrivé sur Sialus Secundus, comprit Mary Jane. Il est venu ici, en personne ! Excellent. Nous allons devoir faire vite, Brian ; je vais avoir besoin de votre aide à tous les deux.

— Qu'est-ce que tu as en tête, au juste ? demanda l'ancien capitaine.

Mary Jane lui expliqua ce qu'elle attendait d'eux. Pylmer hocha la tête sans rétorquer, tandis qu'au loin, sur la passerelle, Eketerina piétinait sur place en grommelant qu'elle en avait assez de jouer les espions. Mais après quelques minutes d'explications pressées, ils convinrent tous les trois d'un plan ; leur vie, sans parler de celle de milliards de civils à la grandeur du Multivers, dépendait maintenant de ce qu'ils allaient tenter aujourd'hui. La jeune pilote et le vétéran à la peau sombre s'exécutèrent aussitôt.

Laissée seule, Mary Jane demeura un moment songeuse. Elle enjamba les rails qui parcouraient la passerelle et se dirigea vers une des parois vitrées. À l'aide d'un commutateur encastré dans la cloison transparente, elle ajusta l'intensité des projecteurs à l'intérieur du hangar sphérique derrière elle et redirigea les faisceaux pour illuminer une portion de la ruche empilée sur l'embarcadère, grouillante de Malkheds noirs. Elle ordonna ensuite à son manteau d'atténuer temporairement ses défenses pour pouvoir, elle aussi, entendre le bourdonnement sinistre des Malkheds. Sans ses protections habituelles, elle pourrait peut-être mieux comprendre ce qu'Eketerina et Pylmer avaient pu ressentir.

Mais l'agglomération de boîtes noires dans la pièce sphérique demeura étrangement silencieuse. Le complexe en entier avait dû être construit pour maintenir les Malkheds en veilleuse.

C'est plutôt ingénieux, admit Mary Jane en elle-même. *Du moment qu'ils demeurent dans cette pièce sphérique, ils* ne représentent aucun danger. *Mais dès qu'on les sort de là, ils deviennent de véritables bombes à retardement. Lequel sera le premier à se réveiller? Quelle vengeance ce condamné voudra-t-il exercer après des siècles d'emprisonnement?*

Évidemment, se dit-elle, *le problème consiste à trouver une manière de les sortir de là sans les réveiller. Tous ensemble, ou un à la fois, il ne faudrait pas leur donner le temps de reprendre conscience trop vite.*

Mary Jane observa longuement la ruche en évaluant ses chances de succès. Gaurshin avait visiblement été informé qu'un brigadier inconnu venait de découvrir la cache d'armes la plus redoutable qui soit; *sa* cache d'armes. Le gros baron n'avait pas perdu de temps à venir récupérer son investissement et s'était rendu sur Sialus Secundus en personne, probablement accompagné par son entourage habituel et par quelques pelotons de redoutables soldats.

Tant mieux, se dit-elle. *Cela complique peut-être les choses, mais, au moins, je sais où Gaurshin et ses hommes se trouvent en ce moment… Et si le baron est venu accompagné de ses magistrats, cela veut dire qu'ils ont un moyen de transporter des prisonniers.*

Elle éteignit les projecteurs braqués sur la grappe de cubes étoilés et se tourna à son tour vers la sortie; elle en avait assez vu. De toute manière, à partir de maintenant, son échéancier allait progresser rapidement. Elle allait devoir demander l'aide de Ket, ainsi que celle de l'intelligence artificielle du *Bathlopin* si elle voulait que son plan fonctionne, mais…

Soudain, elle crut entendre des bruits étranges derrière elle, des murmures, des chuchotements sinistres. Elle se retourna lentement et put alors entendre faiblement plusieurs voix différentes. Les voix la suppliaient de se joindre à elles, de les libérer, de les servir.

Les supplications devinrent des menaces, puis des ordres.

Chapitre 6
L'APPÂT

Il ne restait plus que quelques kilomètres carrés avant que l'île au complet soit rasée par l'immense muraille énergétique ambrée qui signalait la présence d'une brèche temporelle au-dessus de la jeune métropole. Les Banshee tournoyaient nerveusement dans le ciel ennuagé, toujours à la recherche de leur proie.

— Tu crois qu'elles nous ont vus ? demanda discrètement Jenny, debout sur le drakkar, emmitouflée dans les pans du manteau du Trench.

— Non.

Éric était d'un calme exemplaire ; la situation était critique et ce n'était pas le moment de paniquer. Il devait suivre son plan jusqu'au bout.

Le professeur Adler avait réussi à placer le drakkar en vol stationnaire tout juste au-dessus de l'orage ; de si près, la distorsion empêcherait les Banshee de repérer leur présence. La plate-forme avait failli sombrer dans la vague scintillante à quelques reprises, mais le petit ingénieur était parvenu à maintenir leur embarcation en place malgré les contrecoups imprévisibles de la tourmente.

Ils flottaient présentement au-dessus de la membrane énergétique, à plusieurs kilomètres du sol, dissimulés par les nombreux éclairs qui se dégageaient de l'orage. Le crépitement constant qui les entourait ne rassurait en rien la poignée de brigadiers debout sur le pont, mais, au moins, le drakkar semblait tenir le coup pour l'instant. Ils pourraient ainsi demeurer cachés de la nuée de Banshee pendant quelques minutes encore, le temps de terminer leur plan.

— Professeur, fit Simon après une secousse guère rassurante. Comment se fait-il que nous puissions être si près de l'orage sans nous faire engloutir?

— C'est une question de point d'entrée, répondit Adler en surveillant les instruments sur sa console de pilotage. Un orage temporel déchire l'espace-temps dans toutes les directions de la dimension affectée à part une seule, le point d'entrée de l'anomalie. Dans ce cas-ci, cette direction est vers le haut… relativement parlant.

— Et… et, en ce moment, nous sommes directement au-dessus de ce trou temporel? s'enquit timidement le cameraman.

— Ne t'en fais pas, petit, répondit Adler d'un ton rassurant. Nous sommes plus en sécurité à flotter au-dessus de cette déchirure infinie qu'à affronter les Banshee elles-mêmes.

Comme pour le contredire, un éclair ambré vint heurter le pont du drakkar avant d'être redirigé vers le sol par le navire.

— M'en faire? balbutia Simon. Qui ça, moi?

Assis près des réacteurs, Morotti semblait reprendre des couleurs.

— Éric, siffla l'homme-lézard, sssi nous sssommes au-desssus du point d'entrée de l'orage, et que sscette chose que vous avez à bord est une bombe, nous devrions la larguer. Immédiatement.

— Ridley serait du même avis, approuva Adler.

Mais le Trench secoua la tête.

— Pas encore. Nous devons d'abord tenter d'éloigner les Banshee d'ici.

— Ssce sssera peut-être notre ssseule chanssce de faire exssploser l'orage, lieutenant. Après tout, sssi l'invensstion du professseur…

— Je sais, mais c'est notre arme de dernier recours. Je préfère attendre.

Morotti haussa les épaules et observa sombrement la vague scintillante qui grondait sous leurs pieds.

Dans les bras du Trench, Jenny prit quelques bonnes respirations dans le recycleur appuyé sur le bas de son visage. Des gouttelettes de pluie fouettèrent ses joues lorsqu'elle releva la tête pour parler.

— Tu crois que ton plan va fonctionner, Éric?

— Nous *devons* forcer les Banshee à quitter la Terre, répondit le Trench, à retourner d'où elles sont venues. Mais, pour réussir cela, nous avions besoin d'un appât, d'un moyen de les attirer toutes au même endroit, au même moment.

— Un appât? demanda Jenny.

— Ridley! lança le Trench dans le col de son manteau. Allume les moteurs de la navette, maintenant!

Loin derrière eux, à la ferme de monsieur Lauzon, sur la rive sud de Montréal, un étrange vrombissement se fit entendre dans la grande grange qu'Adler avait utilisée comme laboratoire pendant des mois. Le son de plus en plus nasillard se perdit dans la pluie et les crépitements de l'orage; les yeux rivés sur la vision infernale de la muraille scintillante qui dévastait l'île de l'autre côté du fleuve, aucun villageois du fief de Mouillepied ne remarqua l'étrange onde gravitationnelle qui émana de l'écurie.

— C'est censé faire ce bruit? tinta la voix de Ridley à leurs oreilles. Je viens d'enfoncer la lame du gantelet dans la console, comme Adler me l'a indiqué, mais…

— Concentre-toi, Ridley! aboya le Trench.

— Mon manteau semble avoir trouvé l'intelligence artificielle de la navette, répondit nerveusement le constable en sourdine. Elle tente de communiquer avec moi, mais… Oh! Oh, merde!

— Quoi? fit Nikka, assise aux côtés de Morotti. Qu'est-ce qui se passe?!

Non loin d'eux, les cris modulés des Banshee devenaient de plus en plus insupportables.

— L'ordinateur de bord semble complètement emballé! s'écria Ridley dans leurs communicateurs. Il tente d'entrer en contact avec mon manteau, mais il ne reçoit pas les codes d'activation du magistrat de Van Den Elst!

— Ridley! prévint le Trench. Du calme!…

— C'est facile à dire! grogna le soldat. Ce n'est pas toi qui es assis dans le cockpit!

— Tu n'as qu'à garder le contrôle, et…

— La navette semble avoir une autre idée en tête, Éric!

Il y eut un moment de silence entrecoupé de grésillements.

— Elle… elle vient d'enclencher un système d'urgence!

— Un… quoi?

Éric avait de la difficulté à le comprendre à cause des hurlements stridents des Banshee et du crépitement incessant des éclairs.

— Répète, constable! Un système de quoi?

— Je viens de perdre le contrôle! hurla Ridley. La navette refuse les commandes de mon manteau; elle décolle d'elle-même! Je ne sais pas où je vais!…

Il y eut un fracas. Sur le drakkar, Stavros et Éric jetèrent un coup d'œil par-dessus leur épaule, vers la rive, et utilisèrent une lentille grossissante fournie par leurs manteaux pour repérer la ferme de monsieur Lauzon, à des kilomètres d'eux. Au loin, le toit de la grange explosa en une soudaine pluie de poutrelles arrachées et de brindilles de bois soufflées, alors qu'une immense masse sombre s'extirpait de l'écurie pour se fondre dans la nuit. Sous les hennissements des chevaux affolés, la navette du baron venait de défoncer le toit de la grange et décollait dans le ciel à toute allure, incontrôlable.

— C'est monsieur Lauzon qui va être content, lança Adler.

Au-dessus de la tempête, les Banshee s'immobilisèrent soudain et semblèrent prêter l'oreille, comme si elles venaient de détecter un nouveau signal. Elles reprirent leur envol à toute vitesse, abandonnant l'orage dévastateur derrière elles. Elle foncèrent en direction du drakkar avant de le dépasser et de se lancer à la poursuite de la navette de Ridley, qui filait déjà vers les étoiles.

— Elles nous ignorent? s'étonna Jenny.

— Maintenant! ordonna Éric. Professeur, suivez-les!

Adler fit aisément tourner le drakkar pour pourchasser les Banshee. L'embarcation s'éloigna de l'orage en prenant rapidement de l'altitude.

— Où vont-elles? demanda Jenny, fascinée.

— Elles viennent de mordre à l'hameçon, déclara le Trench. Elles ont reconnu la signature énergétique de la navette de Van Den Elst. Comme je le croyais, elles doivent être programmées pour poursuivre le baron dès qu'elles repèrent sa trace.

— Éric! tinta la voix de Ridley au col de son manteau. La navette refuse toujours mes instructions. Les commandes sont complètement figées!

— Ce doit être un système automatisé, expliqua Adler en tentant de garder les Banshee à l'œil; leur vitesse était vertigineuse, et le petit professeur avait de la difficulté à les suivre. Éric, la navette de Van Den Elst doit être munie d'une balise de repérage pour la ramener à lui; elle se sera enclenchée automatiquement lorsque Ridley a enfoncé le gantelet du magistrat dans la console de pilotage. Elle doit chercher à retrouver le baron…

— Ou, alors, elle retourne simplement d'où elle est venue, commenta le grand Stavros.

Éric tint fermement Jenny dans ses bras et lui conseilla de ne pas regarder le continent qui commençait à se dessiner sous leurs pieds.

— En situation de danger, expliqua le Trench, en présence de Banshee ou d'un orage temporel, la navette doit avoir l'ordre de retourner en lieu sûr.

— Mais Ridley ne peut-il pas la piloter? lança la journaliste.

— Nous n'avons pas eu le temps de désactiver tous ses systèmes de sécurité, Jenny. Van Den Elst a dû installer une base d'opérations avant de venir s'exiler à Montréal, et la navette tente présentement d'y retourner!

— Et où est-elle, cette base? insista la jeune femme.

Ils traversèrent bientôt les premières couches atmosphériques de la Terre. Éric et Stavros enveloppèrent aussitôt Jenny et Simon dans l'aura indestructible de leurs manteaux pour les protéger du vide de l'espace. Derrière eux, la surface de la planète devenait de plus en plus indistincte; leur vitesse était phénoménale, et les journalistes faillirent perdre connaissance.

Si seulement j'avais ma caméra, se dit Simon entre deux haut-le-cœur. *Le premier homme à voyager dans l'espace sans scaphandre… enfin, le premier cameraman à voyager dans l'espace sans scaphandre…*

Loin devant eux, les Banshee volaient toujours à vive allure en s'éloignant de la Terre, les mains braquées devant elles. Le halo des rétropropulseurs encastrés dans leurs bottes était le seul moyen de les repérer au loin, et Adler avait beaucoup de mal à maintenir leur vitesse pour les suivre. À l'occasion, il put voir la masse sombre de la navette que pilotait Ridley, bien en avance sur la nuée de Banshee, obscurcir la lumière des étoiles scintillantes.

Sentant la gravité changer autour d'elle, Jenny eut un haut-le-cœur à son tour avant que le manteau du Trench n'ajuste leur masse en conséquence. Elle se blottit contre le jeune aventurier, de plus en plus convaincue qu'aucune journaliste ne devait jamais se retrouver dans l'espace sans protection.

— Regardez !

Le Trench pointa le ciel noir parsemé d'étoiles ; un objet impossible apparut soudain devant eux, un immense anneau de pierre et de métaux reluisants qui flottait en orbite géostationnaire au-dessus de l'Amérique. Au centre, une lucarne de lumière bleutée reflétait la surface de la Terre derrière eux, comme un miroir.

— C'est un autre vaisseau, ça ? demanda Jenny, étourdie.

— Ça, mes enfants, c'est un anneau temporel, répondit fièrement Adler.

— Le portail dont tu parlais ? demanda Jenny au Trench.

Éric observa l'immense structure qui se dressait devant eux, les yeux écarquillés.

— Je ne m'étais jamais imaginé !…

Face à l'anneau à la taille démesurée, il se sentit aussi petit qu'une tache à la surface du soleil et prit un moment pour se ressaisir.

— Professeur ? Vous y connaissez quelque chose ?

— La Technence ne donne jamais de manteaux temporels à ses adeptes, répondit l'historien, les mâchoires serrées, tandis qu'il tentait de garder le contrôle du gouvernail. Elle a donc inventé des portails stables où ses troupes, et, on peut le supposer, ses prêtres, peuvent se réunir et ainsi voyager à n'importe quelle époque. Un peu comme notre drakkar, mais à une échelle beaucoup plus grande.

— C'est un portail de la Technence? demanda Jenny.

Le petit brigadier hocha la tête.

— J'en avais déjà entendu parler, mais je n'en avais jamais vu auparavant, dit-il, lui-même impressionné par l'ampleur de la technologie déployée en orbite.

Les brigadiers virent soudain la masse sombre de la navette de Van Den Elst, hors de contrôle, disparaître au cœur de l'anneau et se volatiliser en un clin d'œil; Ridley avait sombré dans le portail temporel.

— Ridley! hurla le Trench.

Il n'y eut qu'un grésillement à l'autre bout.

— C'est là qu'elles se dirigent? s'écria Jenny en voyant les premières Banshee disparaître à leur tour au centre de l'immense portail. Éric, c'est là que nous nous dirigeons, nous aussi?!

Nikka serra Morotti contre elle nerveusement, et Simon se blottit encore plus contre le gros Stavros à l'intérieur du champ de force de son manteau.

— Je sens que je ne vais pas adorer ce voyage, déclara le cameraman à voix basse.

Au centre de l'immense anneau de pierre et de métaux qui flottait dans l'espace de manière impossible, ils virent le reflet de la Terre se diriger rapidement vers eux.

— Nous allons suivre Ridley, annonça le Trench, déterminé. Nous allons suivre les Banshee au travers de ce portail, jusqu'à leur maître. Et quand nous l'aurons enfin trouvé… nous allons mettre fin à toute cette affaire une bonne fois pour toutes !

Tandis que les Banshee disparaissaient une à une dans l'anneau temporel en orbite autour de la planète depuis la nuit des temps, le drakkar s'extirpa violemment des couches atmosphériques de la Terre et fila à la poursuite des cyborgs pour aboutir dans le vide de l'espace.

Le Trench et ses hommes foncèrent droit vers la lucarne lumineuse du portail de la Technence.

Chapitre 7
LA LUNE PERDUE

Le conducteur activa les rayons caloriques montés à l'avant du vaisseau et fit fondre les débris de glace qui bloquaient encore l'accès au complexe souterrain du baron Gaurshin. À l'aide de ses moteurs antigravité, le véhicule de la taille d'une locomotive dévala en trombe la pente de glace avant de s'aligner enfin sur les rails du complexe pour filer à vive allure dans les couloirs de glace souterrains, illuminé au passage par quelques néons paresseux.

À bord, trois magistrats cagoulés attendaient avec impatience de débarquer dans les niveaux inférieurs pour mettre la main sur les intrus qui avaient osé envahir le complexe de leur baron. À la surface, Gaurshin commençait déjà à rager, et les soldats ne désiraient pas faire attendre leur seigneur plus qu'il ne le fallait ; lorsqu'il s'impatientait, le baron avait tendance à devenir dangereux. Après quelques instants, le vaisseau pénétra dans un des niveaux encore dotés d'une faible atmosphère artificielle, et les hommes à bord sentirent la gravité s'emparer de nouveau de leurs corps.

— Nous arrivons dans trois minutes, indiqua le conducteur par l'entremise d'un interphone.

— Parfait, grommela un des magistrats en empoignant son arme, un long bâton dans lequel étaient stockées de dangereuses impulsions électriques. Nous ne ferons qu'une bouchée de ces espions.

Il ordonna à ses collègues, aux épaules couvertes d'une petite cape bleue, de prendre leurs armes et de se préparer à l'assaut.

Un des magistrats remarqua que le bourdonnement énergétique des moteurs s'atténuait; le vaisseau semblait ralentir.

— Conducteur! aboya le magistrat à l'interphone. Que se passe-t-il? Pourquoi nous arrêtons-nous?

— Je suis désolé, capitaine, mais il semble y avoir... il y a quelqu'un sur les rails!...

Une fois le vaisseau immobilisé, les magistrats, méfiants, ouvrirent le sas et débarquèrent rapidement dans le complexe engorgé de poudrerie. Au loin, dans la demi-obscurité des couloirs glacés, une silhouette était couchée sur les rails, une fillette, à en juger par son apparence.

— Hé! lança un des hommes. Levez-vous! Immédiatement!

Ils se dirigèrent rapidement vers la forme étendue, faisant crépiter leurs armes en les activant. Un des soldats souleva la jeune femme et remarqua qu'elle semblait encore consciente.

— Allez, jeune fille, on vous embarque.

Tandis que ses collègues scrutaient minutieusement le bout du couloir pour détecter tout signe de mouvement, le magistrat agrippa la blonde par le bras et se mit à la traîner vers la navette, toujours garée sur les rails. Il remarqua alors que la jeune femme tenait une petite mallette noire serrée contre elle.

— Qu'est-ce que vous avez là, au juste?

— Votre vaisseau, demanda Eketerina, feignant la somnolence, il est conçu pour... transporter des prisonniers, c'est bien ça?

— Oh oui, répondit le soldat en l'amenant de force. Et vous allez bientôt découvrir, mademoiselle, ce qui arrive aux espions qui trahissent le baron. Vous allez voir…

Soudain, en arrivant à l'arrière de la locomotive, il réalisa que ses collègues ne le suivaient plus. Il poussa un juron en forçant Eketerina à monter à bord, puis chercha à voir ce qu'ils faisaient.

— Excellent, lança la jeune pilote en observant l'intérieur de la soute. Cela devrait faire l'affaire.

Le magistrat lui lança un regard méprisant avant de refermer le sas pour la cloîtrer à l'arrière du véhicule, puis se retourna aussitôt, scrutant chaque recoin du couloir sombre.

— Hé, les gars! Qu'est-ce que vous faites, au juste?

Au loin, il les vit tous les deux au fond du couloir, étendus sur le sol. Quelqu'un avait-il réussi à neutraliser ses collègues? Mais comment? C'étaient des magistrats de l'Alliance! Il n'avait pourtant rien vu ni rien entendu!

Il fit jaillir une petite lame bordée d'or à son gantelet; la dague indestructible pouvait trancher n'importe quel objet, et le soldat avait fermement l'intention de s'en servir pour malmener ces espions qui avaient osé s'en prendre à eux. Il fit quelques pas en direction des soldats inconscients et remarqua une silhouette qui les enjambait pour se diriger furtivement vers la cabine du conducteur.

— HÉ! hurla le magistrat en pointant sur lui son bâton électrifié. Immobilisez-vous! Vous êtes en état d'arrestation!

Mais le grand homme chauve l'ignora et traversa les rails pour se poster de l'autre côté de la locomotive, hors de vue. Le magistrat se mit à sa poursuite en grognant.

En contournant le nez du vaisseau, il tomba face à face avec Pylmer, tout souriant, qui leva les mains en guise de reddition.

— Désolé, fit le vétéran à la peau sombre, nous sommes un peu perdus, je crois. Vous pourriez me donner les indications pour me rendre à Cardiff?

Le magistrat grogna de nouveau en brandissant sa lame indestructible.

— Je ne sais pas comment vous avez fait pour assommer mes hommes, mais vous êtes en état d'arrestation. Je vous ordonne de me suivre immédiatement!

Il s'avança vers Pylmer d'un air menaçant, mais ne parvint même pas à le rejoindre. Sortie de nulle part, une lame noire comme la nuit se matérialisa soudain près de lui et lui trancha l'avant-bras d'un coup sec. Le gantelet dans lequel étaient encastrés la lame indestructible du magistrat ainsi que son poing tomba lourdement dans la neige à ses pieds.

Le soldat cagoulé s'effondra sur le sol en se tordant de douleur tandis qu'une silhouette sortit des ombres devant lui, une femme vêtue d'un long manteau noir; on aurait dit qu'elle était apparue de nulle part.

— C'est vraiment pratique, ce champ réfractaire, commenta Pylmer en ramassant le gantelet sanguinolent. Je n'ai jamais réussi à faire cela avec mon manteau, moi... Je veux dire, quand j'en possédais encore un.

Mary Jane éteignit l'écran qui lui avait permis de demeurer dissimulée dans les ombres sans répondre. Elle se dirigea vers l'arrière du véhicule et ouvrit le sas pour libérer Eketerina.

— Tu es bien certaine qu'on va avoir besoin de ce truc? insista Pylmer en se dirigeant vers la cabine du conducteur; il tenait toujours le gantelet du magistrat dans une main.

— C'est la seule manière d'activer un de leurs vaisseaux, répondit Mary Jane en aidant Eketerina à descendre. Tu as besoin d'aide avec le conducteur, Brian?

De l'autre côté, l'aventurière entendit un bruit sourd, puis un cri étouffé. Quelques instants plus tard, Pylmer alla déposer le corps du conducteur inconscient près des autres, sur les rails.

— Apparemment, non, marmonna Mary Jane. Ket, tu crois pouvoir relier la matrice de Bath à cette navette?

Mallette en main, la jeune pilote se dirigea vers la cabine du conducteur d'un air déterminé.

— Ça ne devrait prendre que quelques minutes, répondit-elle froidement par-dessus son épaule.

Au passage, Pylmer lui lança le gantelet couvert de sang, et Ket l'agrippa en faisant une moue de dédain.

— Je vous ai mentionné que vos techniques me donnent froid dans le dos? grommela la petite blonde en montant à l'avant de la locomotive.

— Fais vite, Ket, répondit Mary Jane en inspectant rapidement la soute. Nous n'avons plus beaucoup de temps…

La jeune Russe ne répondit rien et s'affaira à connecter le programme d'intelligence artificielle de son ancienne navette à la console de pilotage de la locomotive.

— Pylmer, lança Mary Jane en se retournant vers son collègue. Tu viens m'aider? Il faut avoir terminé d'ici vingt minutes!

Chapitre 8
DANS LE PASSÉ LOINTAIN

Jenny ne put s'empêcher de fermer les yeux ; en voyant le reflet de la Terre foncer droit vers elle, la journaliste eut l'impression qu'elle allait heurter la surface d'un miroir et tomber à la renverse dans l'atmosphère qu'elle venait tout juste de quitter. En traversant l'immense portail, elle s'était préparée à vivre le même genre d'expérience que la première fois, lorsqu'elle s'était retrouvée dans la tempête temporelle avec le Trench, c'est-à-dire à être engloutie par d'innombrables distorsions et assaillie par des échos déroutants. Protégée contre le froid de l'espace par le puissant champ de force du manteau du Trench, elle prit de grandes respirations dans le masque à oxygène qu'Éric avait fixé sur son visage et se prépara au pire. Mais tout fut terminé en un instant.

Elle ouvrit les yeux.

À l'avant du drakkar, une sphère bleue parsemée de coton blanc et d'îlots colorés dominait son champ de vision. Elle observa sa planète natale, incrédule. Avaient-ils traversé le miroir ? De ce côté, tout semblait identique à leur point de départ. Jenny tourna la tête pour regarder l'immense anneau du portail temporel, suspendu dans l'espace derrière eux, et y vit le même reflet azuré.

— Ça a fonctionné ? demanda-t-elle lentement. On l'a traversé ?

— Regarde, répondit Éric en la serrant contre lui dans les pans protecteurs de son manteau invulnérable.

Il pointa le doigt devant eux ; dans l'atmosphère de la Terre, une tache sombre plana au-dessus de l'océan Pacifique avant de virer brusquement pour revenir à vive allure dans leur direction. De loin, on aurait dit un insecte ; le masque réfractaire de la navette que tentait de piloter Ridley les empêcha de distinguer clairement les formes du vaisseau. À sa suite, Jenny vit les Banshee, déjà de l'autre côté du portail, rebrousser chemin pour poursuivre leur proie dans l'espace. Elles effectuèrent un immense arc en laissant flotter les émanations de leurs bottes derrière elles dans la thermosphère.

Aux commandes du drakkar, Adler voulut prendre les cyborgs en chasse, mais il remarqua soudain une nouvelle escadrille qui sortait du portail.

— Éric, à tribord ! prévint le petit professeur, éberlué. C'est fantastique !

Le Trench se retourna à temps pour voir une nouvelle nuée de Banshee filer directement au-dessus d'eux, les ignorant, pour aller se joindre aux premiers chasseurs de têtes qui poursuivaient sans relâche la navette pilotée par Ridley. Éric compta des douzaines de cyborgs chromés, un essaim silencieux qui ne cessait de sortir du portail comme d'une ruche défoncée. À bord du drakkar, les hommes du Trench écarquillèrent les yeux, intimidés par la multitude de Banshee.

— Mais d'où viennent-elles ? lança Simon. Ce sont toutes des Banshee, ça ? !

— Il doit y en avoir des centaines ! s'exclama Jenny. Des centaines !

— Lieutenant, grommela Morotti, elles sssortent d'où, toutes ssces Banshee ?

— Le portail, souffla Éric dans son communicateur. Elles ont toutes été rappelées ! C'est encore mieux que ce que nous avions prévu !

Aimanté à la plate-forme, le Trench se retourna vers ses hommes, un sourire aux lèvres.

— Comprenez-vous ? fit-il, émerveillé. Lorsque la navette de Van Den Elst a été réactivée, les Banshee éparpillées partout dans l'histoire ont automatiquement reçu le signal de la pourchasser ! Nous avons réussi : elles abandonnent la Terre !

— Toutes ? !

Jenny regarda le portail qui déversait des hordes de Banshee meurtrières. Une fois qu'ils en étaient sorties, les cyborgs se mettaient aussitôt à poursuivre la navette que Ridley pilotait de peine et de misère.

— Toutes les Banshee, répéta la journaliste, de toutes les époques ?

— Toutes, répondit fièrement le Trench, de toutes les époques ! Ridley ! beugla-t-il dans le col de son manteau. Beau travail !

— Je n'y suis pour rien ! protesta aussitôt le rouquin, assis dans le cockpit de la navette. Les moteurs infraluminiques viennent de s'enclencher ; le pilotage automatique semble me mener droit vers la Lune ! Éric, ça a marché, ton truc, au moins ? !

Le Trench se permit un sourire.

— Oui, constable ! Les Banshee sont à ta poursuite... Bien joué !

Il ordonna à Adler de laisser passer les derniers cyborgs qui se déversaient du portail avant de se remettre à les talonner. Au loin, devant eux, la navette de Ridley disparut soudain en un point lumineux. Les Banshee enclenchèrent aussitôt leurs propres moteurs infraluminiques et s'évaporèrent à leur tour à sa suite, zigzaguant entre les étoiles.

— Euh, à vrai dire, Ridley, dit le Trench, elles sont *toutes* à ta poursuite, alors fais bien attention. Nous allons tenter de te suivre à la même vitesse ; tu devrais bientôt apercevoir la Lune. Mais disons que tu as réussi à sauver les colons du passé et, j'en mettrais ma main au feu, plusieurs lignes temporelles du même coup !

— J'espère que tu vas t'en souvenir ! répondit le soldat à l'autre bout. Car si je continue à la même vitesse, je vais heurter la Lune de plein fouet !

— Tiens bon, on arrive !

Adler enclencha les moteurs du drakkar, et la lame du Trench vit les étoiles filer tout autour à une vitesse vertigineuse.

Quelques secondes plus tard, le globe blanc et gris de la Lune, en partie illuminé par le Soleil, se précisa soudain devant eux, et Adler éteignit aussitôt les moteurs. À quelques kilomètres de leur embarcation, les Banshee venaient tout juste de ralentir elles aussi, et flottaient déjà en orbite. Même de loin, les brigadiers purent distinguer la surface lunaire, parsemée de cratères et de collines ; le trajet qui aurait normalement pris trois jours à bord d'une navette traditionnelle n'avait duré que quelques instants.

— Sur la *Lune* ? s'exclama Jenny, renversée. Je vais aller sur la Lune ?!

Elle n'en revenait pas ; après tout ce qui lui était arrivé, elle allait en plus être la première femme à mettre les pieds sur la Lune.

— Nous allons les suivre, ordonna le Trench. Adler, soyez discret, nous ne savons pas encore à quoi nous avons affaire.

— Bien, lieutenant.

Dans les bras de Stavros, Simon broyait du noir ; c'était le point culminant de sa carrière et il se retrouvait sans caméra. Stavros remarqua sa mauvaise humeur.

— Ne t'en fais pas, petit, lança le grand homme chauve en relâchant un peu son étreinte autour du cameraman. Tu as peut-être brisé ta caméra quelque part au dix-huitième siècle, mais je peux encore enregistrer des images avec ceci, tu sais.

Il leva la paume et braqua l'implant défensif encastré entre les os de sa main gauche en direction de la Lune.

— Si tu veux, je te ferai une copie de l'enregistrement quand tout cela sera terminé.

Simon sourit.

— Un peu plus à gauche, Stavros, dit-il. Voilà.

À la poursuite de la navette de Van Den Elst, les centaines de Banshee fondirent rapidement sur la surface lunaire et rasèrent les cratères plus imposants avant de reprendre de la vitesse, laissant traîner derrière elles une nuée de vapeurs radioactives colorées qui s'écrasèrent quelques instants plus tard contre le champ de force du drakkar.

— Elles se dirigent vers la face cachée? demanda nerveusement Nikka, blottie contre Morotti.

— C'est difficile à dire, répondit le Trench. Mais si nous entrons dans la zone qui n'est pas illuminée par le Soleil, nous ne verrons plus rien.

Devant eux, à peine visible, l'horizon de la Lune s'effaça pour se fondre dans la plaine sombre de l'espace, un immense vide auréolé d'étoiles.

— Nous allons devoir nous fier à nos…

Éric demeura bouche bée.

— … capteurs?…

Là où les brigadiers s'étaient attendus à ne voir que le néant, une multitude de lumières scintillantes les accueillirent: la plaine assombrie de la Lune semblait parsemée d'une dizaine de faisceaux colorés, des phares lumineux qui signalaient la présence de quelques pistes d'atterrissage.

— Eh ben, lança Adler.

— Une base ? demanda Jenny.

— Impossible, affirma Éric. Je l'aurais su bien avant. Je n'ai jamais entendu parler de base sur la Lune… à part celle de…

— Kanawaka, termina Stavros, qui, des années plus tôt, avait travaillé dans ces laboratoires scientifiques en tant que xénobiologiste.

— Kanawaka ? fit Simon. C'est une compagnie de machinerie lunaire ?

— C'est un empire technologique, répondit le Trench. Ou, du moins, ça le sera dans quelques siècles. J'y suis déjà allé, moi aussi, lors d'une de mes aventures.

— Ce ne sont pas les installations de Kanawaka, déclara Stavros après avoir observé le complexe un moment. Mais ça y ressemble. À mon époque, aux alentours de 2350, elles n'auront pas beaucoup changé.

— Je ne comprends pas, dit Jenny, tentant de suivre la conversation. Sommes-nous dans le futur ?

— Bonne question, répondit le Trench. Professeur ! Donnez-nous une estimation de l'époque à laquelle nous avons abouti, voulez-vous ?

— Je suis un peu occupé pour l'instant, répondit le petit scientifique, affairé aux commandes de leur navire. Mais si vous me demandez une approximation comme ça…

Il consulta rapidement un cadran qu'il venait de faire apparaître à la manche de son manteau.

— Je dirais… trois millions d'années avant notre dernier point de départ. À quelques milliers d'années près.

Les brigadiers demeurèrent estomaqués.

— Trois… *millions* ? s'étonna Jenny. Dans le passé ?!

— Alors, ça ne doit pas être le complexe de Kanawaka, marmonna Éric, confus.

— Hmmm, fit Stavros. À mon époque, je me suis toujours demandé comment Fujiwo Kanawaka avait fait pour construire une base lunaire si en avance sur son temps. Tu comprends, Éric? Il ne l'a pas construite: il l'a réaménagée! Elle était déjà sur la Lune, bien avant que, sur la Terre tout en bas, l'homme prenne conscience de sa propre existence.

— Ou de son humanité, commenta Adler. Car, il y a trois millions d'années, vous savez…

— Vous voulez dire que la Terre que je regarde présentement, s'écria Jenny en jetant un coup d'œil à sa planète natale, suspendue au loin dans le vide de l'espace, est celle d'il y a trois millions d'années dans le passé? Elle me semble pas mal identique…

— Pas complètement, répondit le professeur en ralentissant leur vitesse d'approche.

Il avait repéré un port d'entrée dans la base lunaire, vers lequel la nuée de Banshee semblait se diriger, et il décida de les suivre en douce.

— Si vous regardez directement au travers du portail, fit-il distraitement, la Terre que vous apercevez est en fait celle du futur d'où nous venons. Mais si vous observez plutôt la planète à l'œil nu, vous pourrez noter une légère déviation des continents et un taux de pollution atmosphérique diminué…

— Plus tard, professeur, grommela le Trench.

— Mais comment cela est-il possible? fit Jenny. Qui a fait construire cette base?

— La Technence, peut-être, suggéra Adler. S'ils ont fait construire un portail temporel en orbite autour de la Terre, il y a fort à parier qu'ils ont également décidé d'ériger une base dans le secteur. Seuls les prêtres de la Technence et ses adeptes ont les moyens de construire une station lunaire de ce genre, dans un passé si lointain, sans que personne ne s'en soit rendu compte. Ça devait être le seul moyen technologique assez puissant pour permettre à des armées de Banshee d'envahir une planète tout entière sans se faire remarquer…

— C'est un point d'invasion? demanda Jenny.

— Je l'ignore, répondit Éric. Le portail semble braqué à cette époque. Du moins, en direction de la Lune. Dans l'autre sens, il doit permettre aux Banshee d'accéder à toutes les époques de la Terre.

— Alors, pourquoi la navette de Ridley se dirige-t-elle vers la Lune? insista Jenny.

— Elle doit être programmée pour retourner directement à la base, répondit le Trench. Lorsque Ridley a réactivé la navette du baron, son système d'autopilotage s'est aussitôt enclenché pour la ramener ici.

— Cette base appartient à Van Den Elst, alors? tenta Jenny.

— Je crois plutôt que c'est une installation que le baron a fait transporter en secret des millions d'années dans le passé, pour être certain que personne ne le retrouve lors de son exil dans notre système solaire. Pas même l'Église. Il a dû faire appel à quelques prêtres de la Technence pour concevoir les plans de sa base, et les aura payés chèrement pour leur silence.

— Mais pourquoi le baron se serait-il fait construire une base sur la Lune? demanda Simon.

— Hm? Oh, eh bien, pour ne pas se faire remarquer, fit le Trench. C'était l'endroit le plus près de la Terre pour s'installer sans laisser de traces évidentes de sa présence dans notre histoire.

— De plus, ajouta distraitement Adler, les capteurs du drakkar m'indiquent que cette base est protégée par un champ chronoréfractaire; aucun brigadier ne peut venir ici, les pistes d'atterrissage sont la seule manière d'y accéder. C'est le parfait endroit pour se cacher des brigadiers de l'Alliance.

— Une base lunaire…, répéta Jenny en observant les pistes illuminées du complexe; on aurait dit un immense aéroport futuriste. Mais si ces installations appartiennent au baron, cela voudrait dire que les Banshee viennent d'ici, elles aussi?

— Elles semblent y suivre sa navette, en tout cas, répondit le Trench.

— Tu crois vraiment que Van Den Elst est encore vivant, Éric? demanda Nikka d'un ton cynique.

Le Trench hocha la tête.

— Je l'espère, sinon plus rien ne pourra arrêter Gaurshin et la Technence. Si Van Den Elst a vraiment fait construire cette base ici, nous y trouverons peut-être des indices qui nous permettront de retrouver sa cachette sur Terre.

— Peut-être pas, Éric, conclut Stavros. Si cette base secrète sur la face cachée de la Lune est la même que Kanawaka transformera en ville lunaire aux alentours de 2050, je crois plutôt que l'endroit est désert.

— Hmmm, vous avez peut-être raison, sergent, acquiesça le Trench. Kanawaka a dû s'approprier la technologie extraterrestre qu'il a trouvée en colonisant la Lune dans le futur; ça expliquerait tous les brevets révolutionnaires qu'il a développés au cours de sa fructueuse carrière d'inventeur. Mais tant qu'à être ici, je tiens à en avoir le cœur net. Nous devons découvrir qui se cache derrière ces attaques de Banshee contre la Terre.

— Le maître des Banshee? tenta Jenny.

— Exactement, répondit Éric. Si les Banshee peuvent traverser le portail, quelqu'un s'est probablement déjà approprié la base du baron et s'en sert pour envahir l'histoire de la Terre. Ridley?

Il ne reçut pour réponse que des grésillements.

— Ridley? répéta le Trench. Merde, il ne répond plus.

— Tu crois qu'il est entré dans la base? demanda Adler.

— Allons le découvrir, déclara Éric.

Chapitre 9
LA MENACE DE MARY JANE

— Baron !

Le père Especis entra en trombe dans le centre de commandement, flanqué de deux magistrats cagoulés. L'homme à la tête de mouche tenta de se frayer un chemin jusqu'à Gaurshin en passant entre les soldats du baron, pour la plupart frigorifiés. Il faisait froid à l'intérieur de la base de Sialus Secundus ; à l'extérieur, les vents polaires et la poudrerie balayaient sans relâche les bâtiments du petit complexe, coincés à la surface dans d'épaisses couches de glace.

Les soldats de Gaurshin, pour la plupart des brigadiers de l'Alliance dévoués corps et âme à leur seigneur, avaient pourtant tenté d'ajuster la température à l'intérieur de la base à plusieurs reprises, mais la majeure partie de leurs réserves d'énergie étaient présentement accaparées par les champs de force qui protégeaient les installations du baron contre les bombardements orbitaux.

Especis doutait que ces champs de force soient nécessaires ; après tout, les ennemis les plus redoutables de son maître étaient tous en fuite, exilés, emprisonnés ou morts. Mais Gaurshin avait consenti à laisser les champs activés le temps de son séjour ; il n'avait pas survécu toutes ces années, à tous ces complots contre sa vie, sans prendre des précautions.

Le climat à l'intérieur du complexe était donc près du point de congélation, et les hommes dépourvus de manteaux de l'Alliance devaient se vêtir en conséquence.

À l'entrée, les gardes laissèrent passer le prêtre en grognant ouvertement leur mécontentement; la vue de l'adepte masqué les rendait méfiants, mais la présence imposante des deux puissants magistrats, qui brandissaient leurs lames bordées d'or et leurs bâtons électrifiés pour éloigner les indésirables, leur fit retenir leurs paroles désobligeantes.

Au centre d'une salle mal éclairée, remplie de consoles de communications, Gaurshin, emmitouflé de peaux d'animaux sauvages, siégeait sur un trône construit sur mesure pour contenir sa corpulence. Derrière lui, quelques mètres au-dessus de sa tête, la gigantesque pince motorisée de son char attendait ses moindres instructions, prête à le soulever à tout moment. À ses côtés, Marrt, le communicateur promu au rang de capitaine, observait les derniers rapports sur ses consoles. Les écrans muraux de la salle de commandement n'affichaient que des parasites depuis plusieurs minutes, et Marrt tentait tant bien que mal de dénicher la source de l'interférence.

En arrivant près de son maître, Especis s'agenouilla et lui fit une courte révérence.

— Levez-vous, mon père…, marmonna le monarque, ses paroles transformées en buée dès qu'elles eurent quitté ses grandes lèvres molles.

Especis releva la tête. Les lentilles multioptiques de son masque s'ajustèrent un instant, et le prêtre s'adressa à son baron le plus humblement possible.

— Maître Gaurshin… Monseigneur…

— Especis…, se força à dire Gaurshin, à bout de souffle. Venez-en au fait…

L'adepte vêtu de noir se raidit.

120

— Oui, maître. Les hommes que nous avons envoyés enquêter au cœur de votre complexe souterrain semblent ne pas en être ressortis, maître. Trois magistrats manquent toujours à l'appel.

— Impossible, grogna Gaurshin. Aucun brigadier… ne possède la force d'affronter mes magistrats…, encore moins… trois à la fois !

— Et pourtant, seigneur, j'ai bien peur qu'il leur soit arrivé malheur.

— C'est cette… femme qui est responsable… de toute cette situation, n'est-ce pas, mon père ? C'est cette… brigadière renégate qui a infiltré mes installations secrètes ? Quel est son nom, déjà ?…

— Je l'ignore, monseigneur, tenta Especis d'un ton qui se voulait rassurant. Peut-être s'agit-il de cette fameuse espionne dont tout le monde parle, Mary Jane Rosencraft ?

Gaurshin poussa un grognement, et le prêtre de la Technence se dépêcha de changer de sujet.

— Je viens également de recevoir des nouvelles importantes, baron, des nouvelles qui pourraient vous intéresser. Je suis désolé du contretemps, mais l'effet de distorsion temporelle du Terrier a retardé les missives de plusieurs jours, car cette lune de glace est…

Gaurshin lui fit signe d'abréger ses explications.

— Bien, seigneur, répondit aussitôt Especis. Mon collègue, Bruton, a envahi la Citadelle de Van Den Elst, sur Galaron IV. Elle était presque abandonnée à son arrivée, à part quelques soldats et des robots d'entretien. Le commandant en place, York, a été exécuté.

Le gros baron vêtu de vert se permit un sourire ; c'était la première fois qu'Especis le voyait d'aussi bonne humeur.

— York n'est plus ? marmonna Gaurshin, les yeux pétillants. Alors, cela veut dire que le règne de Van Den Elst... va bientôt prendre fin. Parfait, tout se déroule comme prévu... à part pour cette situation fâcheuse..., dit-il en indiquant ses écrans muraux, toujours embrouillés. Votre frère s'est approprié la Citadelle, Especis..., tel que demandé ?

— Oui, maître. Selon les derniers communiqués que j'ai reçus, qui, je vous le rappelle, datent déjà d'il y a plusieurs jours, mon frère vient de terminer son attaque contre la Citadelle. Il a même tenté d'interroger les quelques survivants, mais les méthodes de Bruton sont plutôt draconiennes, et les prisonniers n'auront pas survécu bien longtemps à ses... questions.

— Et... le baron ? Votre idiot de frère... a retrouvé la trace de Van Den Elst, au moins ?

— Ce n'est qu'une question de temps, maître. Aux dernières nouvelles, et vous comprendrez, seigneur, que le temps est relatif, Bruton croyait avoir repéré l'île où s'est terré votre ennemi juré ; il ne lui restait qu'à confirmer l'époque.

— Il est donc... en route, mon père ?...

— Oui, baron. Selon les informations dont je dispose, Bruton est sur le point d'arriver en orbite autour de la Terre avec une cargaison de nos meilleures Banshee. Avec celles déjà en place à travers l'histoire de cette petite planète, il lui faudra peu de temps avant de parvenir à retrouver le repaire du baron, seigneur ; il devrait me contacter de nouveau une fois qu'il se sera établi à l'ancienne base orbitale de Van Den Elst.

Gaurshin s'humecta les lèvres avec sa grande langue râpeuse.

— Je croyais que nous avions déjà... déterminé l'époque du point d'invasion, Especis... Quelle est la raison de ce délai ?

— Bruton se fie aux balises de repérage des briga- diers de Van Den Elst, maître, ainsi qu'aux dires du défunt York. Mais il croit néanmoins avoir repéré la lame de la médico, Lody, ainsi que ce renégat, le Trench ; ils étaient encore sur la planète il y a quelques jours, selon le chronomètre interne de Galaron IV, évidemment. Et le père Bruton semble croire que Lody pourrait encore lui être utile, car mon frère a réussi à manipuler un de ses hommes pour la faire infecter d'un de nos virus, et…

— Alors, qu'est-ce que vous attendez ?

Especis demeura figé ; il aurait cru que la nouvelle plairait à son maître.

— Seigneur ?

— Démolissez cette planète… une bonne fois pour toutes.

Le prêtre se releva en hochant la tête. Il s'éloigna de quelques pas dans le couloir achalandé du complexe, puis revint pour faire face à son baron.

— Maître Gaurshin, tenta Especis, je comprends le besoin de décimer l'opposition de manière unilatérale, mais… ne craignez-vous pas des représailles ?

Gaurshin écarquilla ses petits yeux boursouflés, et Especis se reprit rapidement.

— Je veux dire, mon maître incontesté…, que l'Alliance ne tolérera probablement pas une destruction à si grande échelle. Beaucoup de nos hommes sont issus de l'une ou l'autre des époques de cette planète, et de nom- breuses lignes temporelles importantes y sont emmêlées. Si nous détruisons la Terre…

Gaurshin leva la main et lui fit signe de se taire.

— York et sa Citadelle ne sont plus…, répon- dit le gros homme avec peine. Sur cette planète…, cette… Terre… se trouvent présentement les chefs des armées… qui s'opposent à mon règne. De York, il ne reste que son fidèle serviteur…, la médico Lody…, et une poignée de recrues…, des amateurs…, sans compter ce vagabond, le Trench. Si, de plus, vous me dites que Van Den Elst… se trouve lui aussi… quelque part sur cette planète primitive…, alors tous mes ennemis sont réunis au même endroit… C'est le moment d'attaquer.

— Mais, maître Gaurshin…, balbutia Especis. Une invasion de cette taille ne passera pas inaperçue. Nous risquerions de laisser nos flancs à découvert contre une éventuelle riposte de l'Alliance, et…

— Père Especis…, interrompit le monarque en haussant à peine le ton. Si Van Den Elst et ses hommes… viennent à mourir sur Terre…, il ne restera plus *rien* de l'Alliance ! Il ne restera que mon règne… et personne ne pourra s'y opposer.

Especis hocha la tête.

— Vos ordres sont mes désirs, baron, mais… qu'en est-il du manteau de Van Den Elst ? Bruton et ses espions n'ont pas encore réussi à le récupérer ; si nous détruisons la Terre immédiatement, nous risquons de détruire le manteau du monarque du même coup.

— Hmmm… vous avez peut-être raison…, concéda Gaurshin après un moment. La discrétion est de mise… Après tous ces efforts, je ne voudrais pas perdre ma proie… en détruisant la planète prématurément. Je ne voudrais pas laisser le sort de mon futur empire… entre les mains de votre abruti de frère. Nous allons donc nous y rendre… après avoir réglé la situation ici. Si je ne peux abattre mon rival, Van Den Elst, en personne…, je tiens au moins à récupérer son précieux manteau… Suivez les balises de repérage de ses hommes…, elles nous mèneront droit à eux. Une fois son manteau récupéré…, nous ferons un exemple de cette foutue planète.

Le baron fit signe à un de ses brigadiers de lui apporter un plateau rempli de canapés fumants. Il en prit aussitôt une poignée, qu'il enfourna machinalement.

— Et mon frère, maître? demanda timidement Especis. Bruton devrait déjà être là-bas. En orbite autour de la Terre, peut-être, mais néanmoins…

— Si votre frère…, rétorqua Gaurshin en mastiquant paresseusement ses limaçons, ne peut me livrer Van Den Elst… avant l'arrivée de mes troupes…, ordonnez-lui de partir.

— Et s'il est encore présent lors de votre attaque?

Gaurshin contempla le masque respiratoire qui cachait les traits du mystérieux prêtre.

— Est-ce que la Technence s'oppose à la perte… d'un de ses adeptes? Un pauvre fou comme Bruton, en plus? Mon père…, notre collaboration se déroulait… si bien, jusqu'à présent.

Especis hocha de nouveau la tête, heureux de ne pas avoir été envoyé pour retrouver le manteau de Van Den Elst à la place de son collègue.

— Bien, seigneur. Tel que vous l'ordonnez, la Terre sera détruite dès que nous aurons retrouvé le manteau du monarque. Je fais préparer votre convoi sur-le-champ.

Especis était passé maître dans l'art de ne révéler aucune information quant à ses états d'âme, comme le lui avait enseigné son ordre. Il avait appris à contrôler son langage corporel, surtout en présence du baron sanguinaire; Gaurshin ne tolérait jamais que l'on conteste ses ordres. Mais la destruction prévue de la Terre le laissait perplexe; dernièrement, le baron semblait de moins en moins en contrôle de ses pulsions meurtrières. Especis espérait seulement que Bruton aurait le temps de compléter sa mission et de se débarrasser des indésirables avant l'arrivée des troupes armées. Il claqua les talons et s'apprêta à quitter la petite salle du quartier général, sans commenter.

Mais un bruit retint son attention ; la nuée de gardes épuisés, éparpillés dans la salle de commandement, semblait s'animer. Ils se mirent à parler tous en même temps en pointant l'immense écran mural que Marrt observait depuis de longues minutes.

Curieux, Especis revint sur ses pas, ordonnant aux magistrats de l'attendre près de l'entrée.

À l'écran, une femme vêtue de noir venait d'apparaître, l'air grave.

— Qui est… cette femme ? grommela le baron en échappant son plat de canapés.

Le prêtre observa l'écran, fasciné. Se pouvait-il ?… Était-ce vraiment elle, cette légendaire aventurière ? La renégate ?

— Baron Gaurshin, lança la femme aux cheveux roux. Je m'appelle Mary Jane Rosencraft, et je détiens présentement votre cargaison de Malkheds en otage.

Gaurshin s'humecta nerveusement les lèvres et serra les poings, retenant une rage grandissante.

— Vous jouez… à un jeu dangereux…, brigadière, parvint-il à prononcer, les mâchoires serrées. Vous avez envahi mon complexe… et attaqué des magistrats de l'Alliance. C'est un crime… passible de la peine de mort. Pour qui travaillez-vous ?

Mais Mary Jane l'ignora. Elle se servit de l'implant encastré au creux de sa main gauche pour filmer le hangar sphérique derrière elle et leur montrer à l'écran la pièce blanche qui renfermait les dizaines de Malkheds.

— Comme vous pouvez le constater, j'ai réussi à contourner vos systèmes de sécurité ; assez aisément, d'ailleurs. Laissez-moi vous expliquer ce que je suis venue faire sur votre lune, maître Gaurshin.

À l'écran, le baron remarqua que plusieurs de ses précieuses boîtes noires semblaient reliées par du filage improvisé.

— J'ai activé vos bombes temporelles, poursuivit Mary Jane d'un ton neutre. Je n'ai qu'à appuyer sur ce bouton, dit-elle en indiquant le petit déclencheur qu'elle tenait au poing, et toutes vos chronobombes seront activées simultanément. Il ne restera plus rien de vos installations.

— Que voulez-vous… au juste?

— … droit de passage. Vous allez nous laisser quitter cette base, moi et mes compagnons, en échange de quoi je ne vous tuerai point, vous et vos hommes.

Sous son masque, Especis déglutit.

— Vous croyez qu'elle va mettre ses menaces à exécution? fit l'adepte, un peu plus nerveusement qu'il ne l'aurait souhaité.

— Elle bluffe, répondit Marrt sans conviction, non loin d'eux. Si elle nous avait voulus morts, elle aurait déjà fait exploser le complexe…

— Quoi d'autre? demanda amèrement Gaurshin à la brigadière.

Mais Mary Jane ne semblait plus l'écouter.

— … au nom de la libération universelle, clamait-elle, contre les tyrans assoiffés de pouvoir, comme vous…

— Mais qu'est-ce qu'elle raconte? commenta Marrt en reprenant place à sa console. On dirait qu'elle essaie de nous faire perdre notre temps…

Un voyant attira son attention et le communicateur s'excusa un instant pendant qu'à l'écran, Mary Jane, imperturbable, poursuivait son interminable lancée contre les forces de Gaurshin.

— … sur des centaines d'années-lumière…, résonna la voix de l'aventurière à l'intérieur du quartier général. Au nom de milliards d'innocents éparpillés dans la galaxie!…

— Baron, fit Marrt après avoir consulté ses capteurs affolés. Les communications semblent s'éclaircir… On dirait… C'est comme si le champ d'interférence qui affectait nos instruments venait de s'évaporer, mais…

Il vérifia quelques données avant de se retourner vers eux, alarmé.

— Les champs de protection de la lune viennent de s'affaisser !

Especis comprit soudain ce qui se tramait.

— C'est un message préenregistré ! s'écria le prêtre en indiquant l'écran. Ils ont accédé à nos systèmes informatiques ; c'est une diversion !

— … votre règne prend fin, baron… Ce n'est qu'une question de temps…

Marrt poursuivit rapidement son rapport, une main lovée contre l'oreille.

— Seigneur, un des magistrats portés disparus vient d'établir une communication avec la base. Il nous rapporte une attaque contre leur transport !

Especis le dévisagea.

— Quoi ?! Quand ?

— Il y a environ une demi-heure. Ils viennent à peine de reprendre conscience, et l'un d'entre eux semble grièvement blessé… Un homme et deux femmes les ont pris d'assaut dans le complexe avant de les abandonner là avec le conducteur… Ils… ils se sont réveillés attachés et viennent à peine de retrouver leurs communicateurs au fond d'un couloir…

Marrt se retourna de nouveau vers eux, l'air grave.

— Les espions se sont emparés du transport !

Gaurshin observa la figure de Mary Jane, qui poursuivait son monologue d'un air détaché, et devint cramoisi de rage.

— Non ! grogna-t-il. Elle n'oserait jamais !…

— Baron? s'enquit Especis, près de lui.

— Préparez mon cortège! Et ordonnez à nos hommes d'embarquer… Nous partons… immédiatement!

— Vous croyez qu'elle va tenter de quitter Sialus Secundus avec vos Malkheds, seigneur? demanda le prêtre en se tordant les mains.

— J'ai bien peur que ce ne soit déjà fait, lança Marrt en faisant apparaître un nouveau plan à l'écran mural.

À l'extérieur, sur une des plaines de la lune glacée, ils virent le transport de prisonniers des magistrats filer à vive allure entre les nombreux navires qui constituaient l'escorte du baron. La navette de la taille d'une locomotive, sur le point de décoller, s'éloignait rapidement du complexe.

— Elle a bien préparé son coup, commenta Marrt, admiratif.

— Mais arrêtez-les! hurla Gaurshin en gesticulant, impuissant dans sa prison de graisse.

— Trop tard, seigneur, rétorqua le communicateur en analysant les instruments sur sa console d'un air impuissant. Ils ont déjà entamé leur départ. Ils s'apprêtent à quitter l'espace-temps, et il m'est impossible de deviner vers où ils se dirigent…

Gaurshin fronça les sourcils.

— Ils se dirigent vers la Terre, grommela-t-il.

— Vous… vous en êtes certain, baron? fit Especis. Il me semble que le dernier endroit où je cacherais vos armes précieuses, ce serait la Terre, le refuge de Van Den Elst, que vous tentez présentement d'envahir.

Mais l'obèse semblait convaincu.

— Son petit ami, le Trench… est sur cette planète. C'est là qu'elle se dirige… Je parierais mon empire.

Especis se retint d'émettre tout commentaire.

— Nous partons immédiatement… en direction de la Terre. Je ne laisserai pas cette… *espionne* me voler mon précieux arsenal ! Et, de plus…, nous avons un objet beaucoup plus important… à récupérer sur cette foutue planète. Si votre imbécile de frère est parvenu… à le retrouver, évidemment. Prévenez nos meilleurs hommes…, nous quittons à l'instant ! Je veux intercepter ce vaisseau !

Avec peine, Gaurshin tourna la tête de quelques centimètres en direction du prêtre masqué.

— Especis ? Nous ne laissons rien derrière nous… Est-ce bien compris ?

Celui-ci baissa la tête.

— La… la base, monseigneur ?

— La lune elle-même… Nous ne devons laisser *aucune* trace… de notre présence ici. Si nous venons à être accusés… de complot contre l'Alliance…, le Conseil gris ne doit avoir aucune preuve contre nous… contre nous *tous*, dit-il en dévisageant le prêtre de la Technence. Après tout, mon père…, votre ordre ne voudrait pas être impliqué… dans toute cette affaire…, n'est-ce pas ?

— Mais, seigneur, protesta Especis, cinq cents hommes sont installés ici, sur cette base. Ils y sont depuis des années, à vous servir… Il n'y aura jamais assez de place pour eux dans votre cortège seigneurial ! De plus, comment allons-nous expliquer tout cela à votre entourage, ainsi qu'aux journalistes qui vous accompagnent partout ? Il va être difficile de contenir la nouvelle ; ce qui s'est passé sur Sialus Secundus risque de se répandre aux quatre coins du Multivers comme une traînée de poudre !

— Raison de plus…, marmonna Gaurshin, d'abandonner les journalistes ici, vous en conviendrez. Et je vous ai dit mes *meilleurs* hommes, Especis… Les autres resteront à la base. En les laissant mourir ici, il sera plus simple de mettre leur mort… sur le dos de ces rebelles. Si nous sommes un jour accusés de haute trahison…, cela jouera en notre faveur.

— Mais la lune tout entière, monseigneur ? supplia Especis. Tous ces gens… tous ces civils…

Mais Gaurshin ne l'écoutait plus ; il ordonna à la pince motorisée de s'activer, et le baron se laissa soulever de son trône renforcé en poussant un soupir.

— J'aurais préféré… récupérer mes chronobombes avant d'arriver sur Terre…, mais, une fois au pouvoir…, je pourrai toujours emprisonner de nouveaux traîtres. Lorsque le Multivers en entier sera entre mes mains…, je pourrai me débarrasser de mes ennemis… et créer autant de Malkheds que je le désire. Mais, pour ce faire…, notre priorité doit d'abord et avant tout… être celle de récupérer le manteau… de Van Den Elst. À tout prix ! Est-ce bien compris, Especis ?

— Oui, maître, répondit l'adepte, abattu.

— Une fois en orbite…, poursuivit le baron en tentant de trouver une position confortable entre les bras de son gros harnais, nous ferons exploser la lune… à l'aide de projectiles atomiques. N'oubliez pas d'éteindre les champs de protection de la base… avant de venir me rejoindre à bord de mon cortège…, voulez-vous, mon père ?

La plate-forme munie de pattes articulées sortit péniblement dans les couloirs gelés, trimballant la forme corpulente de Gaurshin dans les airs.

Especis lança un regard de travers à Marrt et hocha la tête, résigné. Il sortit de la salle de commandement pour aller préparer leur départ ainsi que la destruction imminente de Sialus Secundus.

Laissé seul, Marrt observa distraitement les soldats insouciants autour de lui. Après un moment d'incertitude, il s'empressa de suivre le prêtre endirection du hangar.

Chapitre 10
SUR LA FACE CACHÉE DE LA LUNE

— C'est fantastique!

Jenny avançait dans un grand couloir gris percé de lucarnes en plexi-acier qui permettaient de contempler les étoiles au passage. Tandis qu'elle marchait, des lumières vives s'allumaient au plafond pour éclairer son chemin. Derrière elle, Simon indiquait à Stavros quelle prise de vue capter, et le grand scientifique s'amusait comme un fou à filmer leur entreprise.

À leur arrivée à la base lunaire, Adler avait repéré une zone d'atterrissage où garer leur drakkar; l'endroit semblait pourvu d'oxygène. Après s'être assurés qu'aucune Banshee ne rôdait dans les parages, les brigadiers avaient abandonné leur navire pour emprunter un large couloir rempli d'équipement scientifique encore emballé dans ses caissons de transport. Ils n'avaient trouvé aucune trace de Ridley ni de la navette du baron; le rouquin avait dû être forcé d'atterrir dans un autre port.

— Je n'ai jamais rien vu de pareil, commenta encore Jenny en marchant aux côtés du Trench.

Ils avançaient ainsi entre deux grandes rangées de colonnes plastifiées, des capsules couronnées de fils et de moteurs futuristes. Dans chacune des capsules, une Banshee avait pris place. Le grand hall devait comporter une centaine de Banshee désactivées, alignées les unes à côté des autres, toutes reliées à un casque de rechargement, toutes en état de sommeil.

— Elles dorment? s'étonna Nikka en inspectant un des sarcophages transparents. Elles sont retournées dans ces capsules, comme ça, en arrivant ici?

— Il doit y en avoir des centaines, constata Jenny après avoir compté quelques dizaines de capsules uniquement dans la section où ils se trouvaient. Au moins!

— Probablement plus, renchérit le Trench. La base dont je me souviens était passablement plus grande que celle-ci, et elle comportait des douzaines de couloirs de ce genre. Selon moi, il doit y avoir quelques milliers de Banshee ici.

— C'est fantastique, répéta Jenny, époustouflée.

En marchant, Nikka observa d'un air méfiant les yeux éteints des chasseurs de têtes.

— Les Banshee ont suivi Ridley jusqu'à la base comme des furies, râla-t-elle, mais une fois ici… elles se sont tout simplement désactivées? Pourquoi? Elles viennent d'ici, ou quoi?

Éric fit la moue.

— Cela ne me dit rien qui vaille… Cela veut dire que l'ancienne base de Van Den Elst est peut-être déjà tombée entre les mains de la Technence…

— Tout le monde sur ses gardes! prévint Adler. Les Banshee sont peut-être en train de se recharger, mais elles ne sont pas pour autant inoffensives. Si nous venons à être repérés, le signal pour les réactiver va être lancé, et…

— C'est noté, coupa le Trench. Personne ne touche quoi que ce soit, et tout le monde se tient tranquille.

Ils marchèrent ainsi quelques minutes en silence en empruntant de nombreux couloirs similaires, émerveillés par l'ampleur des installations. Adler dut faire apparaître devant lui une carte holographique de l'endroit pour leur éviter de tourner en rond.

— Je me base sur tes derniers enregistrements, Stavros, dit le petit ingénieur. L'endroit semble encore assez similaire aux périodes d'achalandage de 2050 à 2400. Je crois que tu as raison ; dans le futur, cet endroit va devenir le siège social des Industries Kanawaka.

— Van Den Elst devait posséder une fortune pour être parvenu à construire cette base sans que l'Alliance ne s'en rende compte, commenta Stavros. Il n'aurait pu faire tout cela seul ; il devait avoir des alliés à la Technence lui aussi, jadis. Peut-être se sont-ils retournés contre lui ?

— Je doute que Van Den Elst ait fait installer les capsules de rechargement, par contre, lança le Trench. Je ne crois pas que les Banshee lui appartiennent. Il ne doit pas être revenu à cette base depuis bien longtemps.

— Les capsules permettent peut-être aux Banshee de se recharger entre leurs attaques contre la Terre, supposa Adler. Mais tu as probablement raison, Éric : il doit y avoir quelqu'un d'autre derrière tout ça. Je doute que Van Den Elst ait eu le temps de préparer toutes ces installations ; l'équipement scientifique ne semble même pas avoir été déballé !

Ils pénétrèrent dans une grande salle sombre bourrée de moniteurs et d'ordinateurs contenant des banques de données informatiques, la plupart fabriqués selon une technologie bien en avance sur ce que Jenny et Simon avaient connu.

— Des cristaux ? lança Simon en dirigeant la paume de Stavros vers un des objets futuristes. C'est vraiment possible, ça, enregistrer de l'information sur des cristaux ? Je croyais qu'on ne voyait ça que dans les vieilles séries télé.

— Ce n'est pas bien différent de ta pellicule, répondit Adler en faisant craquer ses jointures.

Le petit professeur alla s'enfoncer dans un des gros sièges rembourrés installés face aux écrans muraux de la salle de communications et se mit à l'œuvre, pianotant habilement sur les touches.

— Ta bande magnétique elle-même enregistre des…

— Bon, ça va aller, interrompit Éric, on peut se passer d'explications. Professeur, vous pouvez nous dire ce qui est arrivé ici? Le baron est-il encore dans la base?

Nikka et Morotti allèrent s'installer dans un coin. Visiblement, les blessures à l'abdomen de Morotti mettaient du temps à se refermer, et Nikka semblait obsédée par l'état de son compagnon. De leur côté, Jenny et Simon allèrent inspecter la grande salle, fascinés par chaque nouvelle découverte. Contre un mur, Stavros parvint à dénicher une collection de boîtes plastifiées, rangées sur une série d'étagères; elles étaient toutes remplies de formes cristallines lumineuses ornées de runes. Il alla les déposer près d'Adler.

— Professeur, insista le Trench, vous êtes capable de faire fonctionner ces systèmes ou non?

— Ce n'est pas vraiment moi, le spécialiste, répondit le petit historien en enfonçant rapidement quelques touches.

Il sortit un cristal d'une des boîtes et l'inséra dans la console; jurant à voix basse, il le retira pour le remplacer par un autre de la même couleur.

— Ça irait beaucoup plus vite si Xing-Woo était ici.

— Oui, au fait, demanda Nikka, pourquoi n'allons-nous pas les chercher? Il manque encore Fünf, T'Gan et Tipsou-vahn. Je trouve qu'on perd notre temps ici!

— Nous devons sauver la Terre, interrompit le Trench.

— Ce n'est pas déjà fait? tiqua la rouquine. Je croyais qu'en attirant les Banshee…

— Si la Technence possède une base sur la Lune, interrompit sèchement Éric, la planète est toujours menacée. C'est notre priorité; nous irons rechercher nos collègues quand nous aurons une meilleure idée de ce qui se trame ici.

— Ah! s'exclama Adler. Voilà!

Il enfonça un nouveau cristal dans une petite ouverture devant lui, et le mur semi-circulaire du centre de contrôle devint translucide. Confrontée à l'infini de l'espace, Jenny recula de quelques pas, prise de vertige. Devant eux, plus grande que nature, la Terre apparut soudain à l'écran, un joyau chauffé par les rayons du Soleil.

— Je crois que nous avons trouvé la bibliothèque du complexe, glapit le petit historien avec enthousiasme.

— Comme ça? demanda Simon. Sans problème?

— Mon jeune, tu sauras que j'ai aidé à programmer bien des choses pour la Technence, et que ces programmes ressemblent pas mal aux idées que j'ai mises au point au cours de ma carrière. Ça semble avoir été altéré en cours de route, mais la base de données demeure la même. Je n'ai peut-être pas le talent naturel de Xing-Woo, mais…

— Vous pouvez reconstituer ce qui s'est passé, professeur? le coupa le Trench.

— On va essayer, répondit l'ingénieur.

Il fit apparaître quelques images holographiques à l'écran mural, et le tout se mit en mouvement. Adler fit avancer les chapitres des archives jusqu'à ce qu'il trouve ce qu'il cherchait: une image de la surface lunaire.

— Voici les dernières entrées, expliqua le professeur. Je crois que je peux même aller chercher quelques images filmées à l'extérieur de la base.

Sous une pluie de données lumineuses, l'image terrestre fut remplacée par celle de la surface assombrie de la Lune, alors que la base du baron était en construction, des années auparavant. Sous les doigts agiles du petit historien, la lumière du Soleil qui inondait la face éclairée de la Lune, visible à l'horizon, disparaissait et revenait en accéléré, signe des époques qui se succédaient, tandis que la Terre et la Lune poursuivaient leur inexorable parcours céleste autour de leur astre.

— Van Den Elst semble avoir fait construire la base par sections, commenta Adler en faisant avancer les images. Il a dû commander un portail temporel à la Technence et le faire livrer par un intermédiaire. Puis, il aura commencé à faire venir une à une les composantes modulaires de son complexe. Cela a dû lui prendre des années, Éric ; il avait planifié son exil bien avant que nous ne soyons enrôlés de force dans la Brigade.

Tandis qu'il parlait, sur l'écran mural, la base se construisait en accéléré, petit à petit, s'étendant en hauteur autant qu'en superficie. Par moments, une projection secondaire en encadré montrait de petites taches lumineuses apparaissant au loin, signe que le portail temporel en orbite autour de la Terre avait été utilisé pour transporter de nouveaux matériaux.

— Mais comment a-t-il fait pour garder tout ceci secret ? grommela le Trench. La Technence devait bien se douter de quelque chose !…

— Pas nécessairement, répondit Adler. Depuis longtemps, la Technence tente de demeurer neutre dans les affaires de l'Alliance. Ce n'est que récemment que le baron Gaurshin a convaincu une minorité de prêtres de s'unir sous une même bannière…

— La sienne, conclut Éric.

— Van Den Elst a dû faire construire les différents modules de cette base par différentes sectes, poursuivit Adler en observant l'hologramme. Il les aura fait transporter ici pour les assembler en douce grâce à sa propre force d'ingénieurs, en rotation. Ou alors par des intermédiaires ; comme ça, il n'aura pas eu à éliminer ses propres hommes pour garder secret l'emplacement de la base, une fois le complexe terminé.

— C'est vraiment remarquable, répéta Jenny en observant l'hologramme de la construction de la base, qui défilait en accéléré. Et là, qu'est-ce qu'ils construisent, au juste ? demanda-t-elle en indiquant une immense forme cristalline qui était assemblée parallèlement, un obélisque aussi haut que le mât d'un bateau. Ça ne semble pas faire partie du reste de l'architecture…

— Je n'en ai aucune idée, répondit franchement Adler. Une génératrice énergétique, peut-être ?

Soudain, l'immense cristal disparut de l'écran, comme par magie ; il ne resta plus que les structures inachevées du reste du complexe lunaire. Même les ouvriers semblaient s'être volatilisés ; seuls quelques robots constructeurs parsemaient encore les installations.

— Que s'est-il passé ? demanda Stavros.

Adler retira le cristal de données pour en essayer quelques autres.

— Je crois qu'il manque un passage. La prochaine entrée que je possède date d'il y a quelques jours… selon le chronomètre interne de la base, évidemment.

— Quoi ? s'exclama le Trench. Montrez-moi ça, pour voir !

À l'écran, surimposé devant la base inachevée, apparut un étrange astronef, une immense sphère obscure gonflée de cales rouillées.

— C'est quoi, ça ? demanda Simon.

Il n'eut pas à attendre longtemps avant d'obtenir une réponse. Sous l'étrange astronef, d'immenses soutes s'ouvrirent pour déverser des centaines de Banshee dans l'espace étoilé, une véritable nuée de chasseurs meurtriers qui fondirent aussitôt sur la Lune. L'enregistrement prit fin quelques instants plus tard.

— C'est tout? lança Simon. Il en manque un bout, en effet!

— L'arrivée des Banshee, expliqua Adler en reculant l'enregistrement pour figer l'image sur l'étrange astronef à l'allure sale et inquiétante.

— Et de leur maître, semble-t-il, ajouta le Trench. Il s'est passé quelque chose avant que n'arrive cet astronef bourré de Banshee. Van Den Elst ne devait pas toujours rester ici, dans son repaire. Il avait des fonctions politiques, quand même; la construction de sa base devait se dérouler sans sa supervision la plupart du temps.

— Mais qu'est-il arrivé au gros cristal? insista Simon.

— Je crois que c'est la navette de Van Den Elst! comprit Jenny, son attention rivée sur l'écran. Sa forme... elle ressemble exactement à celle de la navette que pilotait Ridley, mais en plus... propre...

Stavros éteignit la caméra de son implant et alla rejoindre les autres à l'avant de la salle, face à l'écran mural.

— Le baron a dû prendre la fuite sur Terre avant l'arrivée des Banshee, supposa le gros scientifique. Les millénaires passés sous l'île de Montréal auront dû ternir la coque de sa navette.

Derrière lui, Éric se mit à marcher de long en large, songeur. Simon haussa les épaules et fit le tour de la salle en parcourant les rangées de cristaux lumineux qui renfermaient peut-être la réponse à leurs questions.

— Quelqu'un aura prévenu Van Den Elst d'une attaque contre ses installations, conclut le Trench.

— Tu as raison, acquiesça Adler en changeant de poste de travail. Un allié a dû le prévenir d'une attaque imminente et, à la dernière minute, le baron se sera réfugié sur Terre dans sa navette avant de l'enterrer sous l'île.

— Et, depuis, les Banshee attaquent la Terre pour tenter de le retrouver, sans savoir où il est? demanda Jenny.

— Oh, elles savent où il est, répondit Éric. Ou, du moins, où il était. Van Den Elst a peut-être effacé toute trace de sa présence ici, mais les Banshee ne s'en prennent pas sans cesse à Montréal pour rien. La Technence doit avoir réussi à développer des sondes assez puissantes pour repérer sa navette, depuis le temps. Mais comme Van Den Elst a enterré sa navette dans le lointain passé de la Terre, les prêtres ne devaient pas savoir à quelle époque le baron s'était réfugié. Et il doit y avoir des milliers de Banshee en réserve ici, assez pour passer la plupart des époques au peigne fin.

— Donc, Van Den Elst serait encore caché quelque part à Montréal? tenta Jenny.

Éric fronça les sourcils sans répondre.

— Il y a quelque chose que je ne comprends toujours pas, dit-il, songeur.

— Une ssseule? grommela Morotti, assis dans son coin.

— Nous avons retrouvé sa navette, enchaîna le Trench, inquiet, mais nous n'avons pourtant retrouvé aucune trace du baron à Montréal. Alors, où est-il?

— C'est exactement ce que je me demandais! gronda une voix derrière eux.

Ils se retournèrent. Un colosse vêtu de haillons sombres bloquait la seule porte de la salle de communications. Il n'avait fait aucun bruit, ce qui semblait incroyable pour un homme de sa taille. Il tenait aisément Simon par le cou; le cameraman ressemblait à une petite marionnette en chair dans la poigne du monstre. Le visage rond du prêtre était recouvert d'un masque de la Technence terni.

— Je suis le régent Bruton, déclara la forme monstrueuse. Dites bonjour à votre nouveau maître!

Stavros s'avança rapidement pour le frapper, mais le prêtre le fit voler du revers de la main, ce qui n'était pas chose facile avec un homme de la taille du xénobiologiste. Stavros fut littéralement projeté contre le mur.

— Si vous refusez de me dire où se trouve ce traître de Van Den Elst, menaça Bruton, je vais vous tuer un à un. Et je le ferai avec beaucoup de plaisir.

— Mais… mais nous n'en avons aucune idée! protesta le Trench.

— Mauvaise réponse! rétorqua Bruton.

D'un simple mouvement de son gros pouce, il fit craquer le cou de Simon contre son index. Les yeux du jeune homme roulèrent dans leurs orbites.

— NOOOOON! hurla Jenny en voyant la dépouille inerte de Simon s'effondrer à ses pieds.

Chapitre 11
LE MAÎTRE DES BANSHEE

— Désirez-vous capituler ? gronda Bruton à travers son masque d'insecte.

Dans la salle de communications de la base lunaire, le prêtre de la Technence se tenait droit comme un pan de mur, ses immenses bottes noires plantées de chaque côté du cadavre de Simon. Il observait patiemment la réaction du peloton de brigadiers abasourdis.

Les hommes du Trench avaient tous été entraînés au combat, ainsi qu'à l'éventualité de voir des collègues perdre la vie sur le champ de bataille, mais aucun d'entre eux n'aurait pu s'attendre à un tel meurtre gratuit : Simon, un civil, gisait sur le sol, la nuque brisée. Jenny voulut se précipiter sur le corps du jeune cameraman, mais Éric la retint.

— Sortez vos armes ! hurla le Trench à ses hommes.

L'imposant prêtre masqué s'avança de quelques pas dans la pièce, se dirigeant d'abord vers Jenny. Éric fit apparaître son bouclier lumineux et se plaça devant elle en adoptant une position défensive ; il paraissait minuscule devant la masse colossale du régent.

Stavros s'extirpa du mur défoncé dans lequel il avait été propulsé et se rua sur Bruton en faisant lui aussi apparaître son écu défensif, mais le prêtre le repoussa de côté avec aisance. Faisant surgir son épée dans sa main,

Éric tenta de découper le géant en rondelles, mais celui-ci esquiva sa feinte pour le frapper ensuite à la nuque d'un solide coup. Le Trench s'effondra sur le sol, se maudissant de ne pas avoir utilisé son bouclier à temps.

— Un à la fois! grogna Bruton avec enthousiasme.

— Morotti! Nikka! ordonna le Trench. On va avoir besoin de vous!

Près de Morotti, Nikka demeura figée.

— Moi?! s'écria la rouquine.

À ses côtés, l'homme-lézard tentait de se relever péniblement, mais la soldate s'interposa aussitôt entre lui et le reste du peloton.

— Tu es fou! Je ne vais pas aller me battre contre ce monstre!

— Recrue! Je t'ai donné un ordre!

Le Trench chercha désespérément dans l'uniforme du prêtre un point faible où enfoncer sa lame, mais Bruton prenait tellement de place dans la salle de communications qu'il était impossible de le contourner pour tenter de l'attaquer par-derrière. Éric fit pourtant quelques tentatives, mais dut reculer devant la portée impressionnante des poings de l'adepte.

— Nikka! hurla le Trench. Veux-tu bien faire ce que je te dis?

Mais la recrue refusait toujours d'engager le combat contre un ennemi visiblement trop fort pour elle.

— Ma belle, nous devons les aider, murmura Morotti en se relevant.

L'homme-lézard prit la main de sa compagne dans sa main griffue et lui fit un clin d'œil.

— Ssc'est pour ssça que nous sssommes issci, après tout…

Mais Nikka repoussa Morotti contre le mur.

— Non! Non, ce n'est pas pour ça que nous sommes ici! Je ne suis pas allée te chercher dans le temps pour mourir ici en affrontant cette… chose!

Éric se rua de nouveau sur Bruton, mais ses coups d'épée heurtèrent des petits champs de force qui se dressaient automatiquement lorsqu'une attaque était lancée contre le prêtre.

— Mes coups ne lui font rien! s'écria Éric, déboussolé.

Le colosse abattit ses poings sur le dos du Trench et lui envoya un coup de genou au visage. Éric vola vers l'arrière, le nez ensanglanté; son champ de force venait de crépiter.

— Stavros! hurla le Trench en se tenant la mâchoire. Embarquez l'invention d'Adler à bord du drakkar! Vite!

Adler, qui était jusqu'alors demeuré figé sur son siège, se leva et bondit au sol.

— Éric, non! Ensemble, nous avons peut-être une chance de l'arrêter! Nous devons la laisser ici, et la faire déton…

— Sergent Adler! ordonna le Trench en se relevant. Ce n'est pas le moment de jouer aux anarchistes! À bord du drakkar! MAINTENANT!

L'immense prêtre arracha aisément une console de son socle et la lança en direction d'Adler, qui l'esquiva juste à temps en roulant sur le sol. La console éclata en morceaux au-dessus de sa tête, et le professeur poussa un juron tandis qu'une pluie d'étincelles vola contre son champ de force. Bruton ricana: on aurait dit qu'il s'amusait, comme un fauve avec ses proies.

Stavros empoigna aisément le petit Adler sous son bras et se dirigea rapidement vers le couloir d'où ils étaient venus.

— Je proteste…, grommela l'ingénieur en se faisant trimballer.

— Éric! lança soudain Jenny. Ta faux! Utilise ta faux!

Hochant la tête, le Trench fit apparaître la longue faucheuse entre ses mains, laissant s'évaporer son bouclier défensif. Il happa Bruton entre les jambes et le fit trébucher, mais sans plus : le monstre se relevait déjà.

— Vous ignorez, me semble-t-il, grogna Bruton, que mes accoutrements de prêtre sont confectionnés avec le même matériel que vos manteaux. Une force irrésistible contre une masse indestructible : qui, croyez-vous, va l'emporter?

Il frappa le Trench avec enthousiasme à plusieurs reprises. Les mains pleines, Éric tenta de lui tourner le dos pour mieux encaisser les coups, mais dut plier sous la force prodigieuse de ses énormes poings.

En entendant un cri de rage derrière lui, Bruton tourna la tête à temps pour voir Ridley lui sauter dans le dos, une lame argentée bordée d'or au poing; il avait enfilé le gantelet du magistrat.

— Il était temps! lança le Trench en se relevant. Tu étais où, toi?

— C'est une grande base, lieutenant! répondit le rouquin en tentant d'enfoncer la lame indestructible de son gantelet dans le dos du prêtre.

À sa grande surprise, il parvint à pourfendre les petits champs énergétiques lumineux qui entouraient Bruton de la tête aux pieds, avant que celui-ci ne le repousse violemment en hurlant de douleur.

— Merde! jura Ridley en se massant le poignet, c'est pas facile à utiliser, ce machin!

Le géant agrippa Ridley par le col de son manteau et le fit tournoyer dans les airs comme un pantin. Après quelques tours, il le laissa voler contre une console, qui éclata en une gerbe d'étincelles et de cristaux pulvérisés. L'écran énergétique du manteau de Ridley crépita.

Tandis que Bruton était affairé à combattre ses hommes, Éric se dépêcha de faire sortir Jenny de la salle de communications. La reporter lança un dernier regard attristé en direction du cadavre de Simon avant de courir à la suite de Stavros, les larmes aux yeux.

Ridley se releva péniblement, sauta de nouveau sur le dos du prêtre et grimpa jusqu'à son cou avant de plaquer sa lame bordée d'or sous sa gorge.

— Tu reconnais cette épée ? gronda Ridley, les dents ensanglantées.

Sous son masque, le régent écarquilla les yeux.

— Je suis sûr qu'à l'usure, je parviendrais à passer à travers ton énorme cou avec ça ; qu'est-ce que t'en dis, mon gros ? !

Bruton se redressa de toute sa hauteur, laissant le rouquin ballotter à son cou, et fit entendre un rire gras. Le son grinçant qui sortit de sa gorge se réverbéra au loin dans les couloirs du complexe lunaire.

— Vous oubliez, brave brigadier, que j'ai été entraîné par les meilleurs prêtres de la Technence, déclara Bruton en appuyant sur un bouton à son poignet. Et que les champs de force de vos manteaux ont été perfectionnés par nos évêques.

Soudain, l'écran protecteur qui entourait Ridley s'effondra, le laissant vulnérable. Bruton saisit le constable par le col, l'arracha facilement de son dos, et le tint devant lui, à la hauteur de son visage.

— Il existe des moyens de combattre les brigadiers, vous savez ! rugit le colosse en arrachant le gantelet du magistrat des mains de Ridley. Et vous, vous n'avez que ce petit implant défensif…

Il agrippa le poignet de Ridley et enfonça son pouce au creux de l'implant. La lucarne photoélectrique éclata, et Ridley sentit les os de sa main gauche se faire broyer sous la poigne d'acier du monstre.

— Puissiez-vous trouver le droit chemin dans celui de l'erreur, déclara le prêtre en replaçant le gantelet sur la main fracassée de Ridley.

Soudain, Morotti bondit, les griffes sorties. Il fit un saut spectaculaire et tomba à califourchon sur le dos du géant, enfonçant ses griffes acérées dans l'uniforme rembourré. Bruton hurla de surprise.

— Il sssemblerait…, siffla Morotti en tentant de maintenir sa poigne, que vos boucliers énergétiques… ungh… ne sssoient pas immunisés contre les armes naturelles ! Mes griffes sssemblent vous affecter à merveille !

Il lacéra les épaules du prêtre, y creusant de profondes entailles.

— C'est là la faiblessse de votre Technenssce, ragea l'homme-lézard, elle ssse croit invulnérable !

Bruton se démena de son mieux pour tenter de balancer Morotti par-dessus son épaule, mais celui-ci tint bon. Le brigadier écaillé poussa un grognement féroce et maintint sa prise.

— Et qu'est-ce qui vous fait croire qu'elle ne l'est pas, soldat ?

Le régent lui flanqua un solide coup de coude dans les côtes, puis un deuxième, et Morotti, le souffle coupé, se sentit glisser le long du dos du prêtre, mais parvint de peine et de misère à demeurer accroché. Enragé, Bruton poussa un hurlement retentissant en tournant sur lui-même, comme une bête meurtrie, tentant de se débarrasser de son agresseur.

Nikka, hésitante, vint pour l'attaquer de front, mais Bruton, toujours aux prises avec le poids de Morotti, lui envoya aussitôt une énorme botte cloutée au visage et la jeune femme s'écroula sur le sol, inconsciente.

Serrant sa main broyée contre sa poitrine, Ridley vint assister Morotti, tentant de faire trébucher le prêtre avec un croc-en-jambe bien placé. Tandis que Morotti le traînait de toutes ses forces, Bruton, déstabilisé, posa un genou sur le sol, et Ridley profita de sa distraction pour décocher une série de droites retentissantes. Il parvint à fracasser les lentilles multioptiques du masque sombre, et les morceaux de lentilles éclatèrent dans tous les sens. Toujours accroché dans le dos du géant, Morotti en profita pour tenter d'arracher ce qui restait de son masque d'insecte.

— Morotti! lança le Trench en martelant le ventre de Bruton de ses poings. Au drakkar!

— Je n'abandonne jamais un combat! rétorqua le pugiliste, suspendu par ses griffes.

— Quelqu'un va-t-il finir par obéir à mes ordres, bordel?! AU DRAKKAR! Je m'occupe de Nikka!

Contre son gré, Morotti lâcha prise et lança un dernier coup d'œil à sa compagne inconsciente avant de prendre la fuite, sa longue queue d'iguane ballottant derrière lui pour stabiliser sa course.

Bruton se releva; il ne restait plus que quelques lambeaux de son masque, et son uniforme avait été déchiré par Morotti à plusieurs endroits. Sous la tunique, sa peau semblait boursouflée, rougie par les cicatrices qu'avaient laissées de vieilles blessures mal soignées. Les lentilles multioptiques de son masque d'insecte, fracassées, pendouillaient devant son visage, inutiles; elles cachaient encore ses traits en partie, mais Éric et Ridley purent voir une ouverture gercée mugir sous le masque respiratoire. Les boucliers protecteurs que projetait son uniforme firent voler quelques dernières étincelles avant de s'effondrer en une pluie lumineuse. Le colosse demeura hébété en voyant ses champs de force disparaître et contempla un instant ses grosses mains gantées, visiblement décontenancé.

Souriant à pleines dents, Ridley empoigna le gantelet du magistrat dans sa main droite et enfonça la petite dague indestructible dans le dos du prêtre. Bruton poussa un hurlement féroce, et le constable se retira rapidement en voyant un large poing venir dans sa direction.

— Ridley! hurla le Trench. Toi aussi : au drakkar!

— Mais nous l'avons! protesta le rouquin. Il est presque tombé!

Bruton projeta son énorme poing avec une force inouïe, et Ridley vola dans le couloir avant de glisser sur le sol quelques mètres plus loin. Le visage couvert d'ecchymoses, il prit appui sur ses coudes avant d'ajouter :

— Ou… peut-être pas…

Il se releva et tenta de reprendre ses esprits.

— Le drakkar, tu dis? Tout de suite, lieutenant.

Il s'enfuit en courant, laissant derrière lui le Trench, seul face au mastodonte.

— Ridley!… tenta-t-il.

Il aurait pu me laisser le gantelet, au moins!

Retrouvant son équilibre, Bruton ramassa la forme inerte de Nikka d'une de ses grosses mains et la souleva dans les airs, comme il l'avait fait avec Simon. Il fit apparaître une petite lame acérée entre le pouce et l'index de sa main libre et la plaça sous le menton de la recrue inconsciente.

— Désirez-vous la revoir vivante? demanda-t-il au Trench.

Éric s'immobilisa aussitôt.

— Elle ne t'a rien fait. Prends-t'en à moi, si tu veux te défouler!

L'adepte observa un instant la rouquine qu'il tenait dans sa poigne et haussa ses épaules massives.

— Soit; si c'est ce que vous désirez.

Il projeta Nikka sur le Trench, qui fit de son mieux pour attraper la soldate dans ses bras, mais tous deux tombèrent lourdement sur le sol. Bruton s'avança vers eux, sa masse imposante projetant une ombre gigantesque sur les deux brigadiers.

— Et maintenant, gronda-t-il en écrasant la main du Trench sous une de ses grosses bottes cloutées, je crois que je vous ai posé une question. Où s'est caché le baron?

Éric, désemparé, voulut retirer son poing et prendre la fuite, mais, emprisonné sous le corps de Nikka, il était fait comme un rat.

— Je te l'ai dit, se défendit le Trench, je n'en ai aucune idée!

Au-dessus de lui, l'orifice visible du visage du colosse dégoulinait de salive.

— Désirez-vous connaître la voie du Seigneur? demanda soudainement Bruton.

Il se pencha pour saisir le Trench lorsqu'un hurlement le prit par surprise. Bruton eut à peine le temps de se retourner avant de voir la forme imposante de Stavros revenir vers lui en courant; entre ses mains, le brigadier avait fait apparaître un immense marteau de la couleur de son manteau et le brandissait devant lui avec férocité.

— Je crois avoir enfin trouvé comment me servir de cet engin! lança le gros scientifique d'un air farouche.

Il mena une charge dévastatrice contre l'énorme adepte et lui flanqua un solide coup sous la mâchoire, le faisant reculer de quelques mètres. Après avoir fait disparaître son arme à l'intérieur de son manteau, Stavros se permit un sourire satisfait; le coup semblait au moins avoir ralenti le prêtre.

— Cours, Éric! ordonna Stavros en tentant de reprendre son souffle, un genou sur le sol.

— Mais… Nikka! protesta le Trench.

— Nous allons tenter de vous rejoindre!

Éric esquiva la poigne maladroite de Bruton, étendu de tout son long sur le sol de la salle de communications, et roula habilement par-dessus sa masse imposante pour prendre la fuite. Dans l'embrasure de la porte, le Trench lança un dernier coup d'œil admiratif vers Stavros avant de s'engouffrer dans le couloir.

— Toi, grommela Stavros en s'interposant entre Éric et le régent, tu commences sérieusement à me les casser!

Se relevant lentement, Bruton tenta de décocher quelques coups en direction du brigadier, mais Stavros les bloqua aussitôt à l'aide de son bouclier énergétique. La lumière bleutée de son écu vacilla sous la force prodigieuse des poings du prêtre, mais l'objet tint bon.

Stavros sourit d'un air rusé et flanqua à son tour un puissant crochet au visage du géant. Bruton recula de quelques pas, surpris par la force du soldat. Il voulut le charger à son tour, mais Stavros se rua sur lui avant qu'il n'ait le temps de retrouver complètement son équilibre.

Les deux hommes entrèrent en collision avec la force de deux semi-remorques dépourvues de freins; Bruton en eut le souffle coupé.

Stavros souleva péniblement le colosse contre son épaule et poursuivit sa charge. Il transporta la masse du prêtre comme un ours en colère et le projeta de toutes ses forces dans l'écran mural, encore illuminé par les pistes d'atterrissage du complexe. Propulsé au cœur de l'écran, Bruton défonça la projection holographique de la base en construction, et l'écran mural s'effondra sur lui en une pluie de cristaux acérés et d'étincelles pétaradantes.

Un nuage de fumée déferla du mur défoncé avant de l'engloutir complètement.

Quelques instants plus tard, le régent de Galaron IV cessa de bouger.

Haletant, Stavros attendit encore quelques instants pour s'assurer que le monstre ne se relèverait pas et poussa enfin un soupir de soulagement. Il ramassa la forme inerte de Nikka, la hissa sur une de ses larges épaules et emprunta à son tour un des nombreux couloirs du complexe lunaire en direction du hangar qui abritait leur drakkar.

J'espère seulement que la chronobombe du professeur est au point, se dit-il en se dépêchant de rattraper ses collègues.

Chapitre 12
UN DÉPART PRÉCIPITÉ

Lorsque le Trench entra en courant dans le grand hangar de la base lunaire, les autres membres de sa lame étaient déjà affairés à préparer le drakkar pour le retour vers la Terre. La porte du hangar était ouverte, et un écran énergétique translucide avait été dressé pour les protéger du vide de l'espace en attendant qu'ils soient prêts à décoller. De sa main intacte, Ridley aidait Morotti à monter sur la plate-forme ; les blessures de l'homme-lézard s'étaient multipliées au cours de la confrontation avec le prêtre masqué, et l'hémorragie à son abdomen avait recommencé.

— Éric ! s'écria Jenny en apercevant l'aventurier.

— Nous n'avons pas de temps à perdre, lança le Trench en les rejoignant.

Il s'apprêtait à monter sur la plate-forme, mais la reporter l'attrapa par le bras.

— Tu as vu ce qu'il a fait à Simon ? dit-elle, les yeux remplis de larmes. C'était quoi, ce monstre ?

— Un prêtre de la Technence, répondit simplement le Trench en tentant d'éviter son regard.

Adler était déjà à l'avant de l'embarcation, en train de préparer les commandes pour le décollage.

— D'après les dossiers de madame Lody, expliqua le petit professeur en activant quelques leviers de la console

155

de pilotage, nous venons de faire la malencontreuse rencontre du père Bruton, un être repoussant et… violent…

En remarquant l'air abattu de Jenny, Adler toussota, mal à l'aise. Il n'eut pas à continuer ; la mort de Simon avait été assez traumatisante pour que tous comprennent exactement le genre d'homme qu'était Bruton. Il s'excusa auprès des autres et alla s'assurer que son invention était toujours magnétisée au pont du navire.

— Tu sais, Éric, dit Ridley en enjambant le petit garde-fou pour embarquer à son tour, ce prêtre ressemblait beaucoup au mutant que tu as combattu il y a quelques mois, à la Citadelle.

Le Trench hocha la tête.

— Il frappait aussi fort, en tout cas. Oui, moi aussi, ça m'a effleuré l'esprit.

— Tu crois que la Technence fournit des augmentations génétiques à ses adeptes, maintenant ? demanda Adler, à califourchon sur le silo métallique de son invention.

L'ingénieur enfonça quelques touches dans les entrailles de sa chronobombe avant de refermer un panneau d'accès sur le flanc et de le visser en place grâce à une petite clé à ondes magnétiques qu'il avait fait pousser à la manche de son manteau.

— Car si c'est le cas, dit-il en travaillant, celui-ci semblait passablement plus puissant que l'autre.

— Non, répondit Éric en aidant Ridley à monter à bord, il possédait le moyen de désactiver nos écrans protecteurs à distance. Je crois que c'était un véritable prêtre, cette fois-ci, entraîné au combat, et pas juste une pâle imitation.

— Tu veux dire que ce monstre n'était pas un assassin, comme l'autre ? s'étonna Adler. Eh bien ! On n'a plus les prêtres qu'on avait dans mon temps !

Ridley prit la place du professeur au poste de pilotage et fit la grimace en tentant de replacer les os de sa main broyée ; avec le temps, son manteau se chargerait de guérir cette blessure, mais la douleur commençait à lui peser.

— Trente secondes avant le décollage, déclara le rouquin en observant les cadrans d'un œil expert.

Le Trench aida doucement Jenny à monter à son tour sur la plate-forme. Il fit signe à Morotti de s'occuper d'elle, et le pugiliste enveloppa la pauvre journaliste dans les pans de son long manteau pour la protéger dans l'espace frigorifié qu'ils allaient de nouveau devoir traverser.

— Celui-ci savait se battre, répondit Éric. Il en a fait un art, un plaisir de la vie. Non, ce n'était pas un assassin ; c'était un adepte expérimenté, et je crois qu'il est responsable de la présence de toutes ces Banshee sur Terre. Si seulement nous pouvions trouver une manière d'empêcher les Banshee de quitter la base de nouveau…

— Et Simon ? demanda lentement Jenny en ajustant le masque respiratoire que lui tendait Morotti. Qu'est-ce que nous allons faire avec son corps ?

Les yeux de Jenny étaient rougis par les larmes ; perdue trois millions d'années dans le passé dans un complexe lunaire, entourée de voyageurs spatiotemporels blessés, elle tentait de ne pas perdre le contrôle d'elle-même.

— Vous ne pouvez pas faire comme la dernière fois, fit-elle, et aller le chercher dans le temps ?

Le Trench baissa la tête.

— Je suis désolé, Jenny… Nous ne pouvons rien faire pour lui. Cette base tout entière est placée dans une zone hors-temps. C'est ce qui a permis aux installations de Van Den Elst de demeurer intactes pendant des millions d'années.

Jenny voulut protester, mais Éric pointa un doigt vers le rideau lumineux qui séparait le hangar de l'espace sidéral.

— Ces écrans protecteurs sont la seule façon d'entrer ou de sortir d'ici. En faisant construire cette base secrète, Van Den Elst s'est assuré qu'aucun brigadier de l'Alliance ne puisse venir le retrouver en se téléportant, ou en voyageant dans le temps. La seule manière d'y accéder, c'est de se rendre sur la Lune en personne. Rien ne peut pénétrer cette base, Jenny, pas même les manteaux de l'Alliance. Le complexe sera encore là dans trois millions d'années, intouché, jusqu'à ce que Kanawaka le découvre.

— Mais Simon…

— Il est mort dans une zone hors-temps. Je… je suis désolé, Jenny, c'est une zone que nos manteaux ne peuvent altérer. Je ne peux rien y faire…

Ils entendirent soudain des bruits de pas derrière eux, dans le couloir menant à la salle de communications. S'attendant au pire, les brigadiers se retournèrent, brandissant leurs armes. Mais en voyant Stavros entrer en vitesse dans le hangar, Nikka contre l'épaule, Éric poussa un soupir de soulagement.

— Stavros! s'exclama-t-il, un sourire aux lèvres. Vous avez été vraiment remarquable, sergent!

Il alla vérifier si Nikka était toujours vivante; la rouquine semblait grièvement blessée, mais son pouls était régulier.

— Stavros, expliqua rapidement le Trench, la navette de Van Den Elst est encore ici, quelque part dans le complexe. Ridley l'a garée dans un des hangars avoisinants. Vous allez devoir…

Mais le regard inquiet du scientifique figea Éric sur place.

— Je ne crois pas que nous allons avoir le temps de la récupérer, lieutenant, lança nerveusement le

158

xénobiologiste en jetant un coup d'œil par-dessus l'épaule du Trench, à l'intérieur du hangar.

En entendant du bruit derrière lui, Éric se retourna et demeura saisi.

Dans le grand hangar, alignées une à côté de l'autre, les capsules de rechargement des Banshee semblaient s'activer, émettant quelques cliquetis électroniques inquiétants. Elles s'ouvrirent lentement d'elles-mêmes, révélant des hordes de chasseurs de têtes armés.

Les yeux des Banshee s'allumèrent simultanément. Jenny retint un cri d'horreur.

— Elles ont été activées ?! s'écria-t-elle du haut du drakkar.

— Bruton, comprit le Trench. Il a dû réanimer toutes ses Banshee en arrivant !

— Mais…, balbutia Jenny. Vous l'avez tué, n'est-ce pas, Stavros ?

Les centaines de cyborgs enfermés dans leurs sarcophages de verre commencèrent à se libérer en arrachant de nombreux fils au passage, et des joints hydrauliques relâchèrent de la vapeur autour d'eux au fur et à mesure qu'ils s'extirpaient de leurs capsules. Éric n'hésita qu'un instant avant d'ordonner à tous ses brigadiers de se préparer au départ. En montant à son tour sur le drakkar, il entendit le hululement sinistre des Banshee se réverbérer contre les murs du hangar, un son strident qui s'intensifiait alors que les chasseurs reprenaient vie.

D'une main, Stavros se dépêcha d'appuyer sur l'interrupteur d'urgence pour refermer la porte du couloir derrière lui.

— Il faut partir, lieutenant ! hurla le scientifique en transportant Nikka sur son épaule. Maintenant !

Mais avant qu'il ne puisse les rejoindre, la porte qu'il venait de verrouiller derrière lui fut soudainement arrachée de ses gonds et propulsée à l'intérieur du hangar dans un fracas épouvantable, évitant le xénobiologiste de peu. En se retournant, Stavros retint son souffle : dans le couloir, éclipsant le cadre de la porte arrachée, se tenait la masse incontournable de Bruton.

Jenny demeura estomaquée. *Ce monstre est encore vivant ?!*

Le costume du prêtre de la Technence semblait déchiré en plusieurs endroits ; les hommes du Trench pouvaient discerner la peau cicatrisée sur l'abdomen du géant. Ses jambes veineuses étaient boursouflées et les muscles de son cou massif, tendus. Le masque multioptique avait presque entièrement été arraché, et le torse de l'adepte présentait de nombreuses égratignures fraîches, infligées lorsque Stavros l'avait projeté au travers de l'immense écran mural.

Sans grande surprise, le père Bruton semblait furieux. Il abattit ses poings contre la mâchoire du grand Stavros, et celui-ci s'écroula sur le sol, étourdi. En s'effondrant, il échappa Nikka aux pieds de Bruton, qui alla se placer directement au-dessus de la jeune femme inconsciente.

— Merde ! lança Ridley.

— Décolle ! lui ordonna le Trench. Décolle, Ridley !

— NON ! hurla Morotti derrière lui. Éric, attends !

Le pugiliste s'élança pour sauter par-dessus bord afin de secourir sa compagne, mais le Trench l'en empêcha.

— Mais qu'est-ssce que tu fais ?! hurla l'homme-lézard. Laissse-moi passser !

— Constable ! lança Éric sur un ton menaçant, en tentant de le retenir.

Enragé, Morotti montra les crocs et souleva le Trench dans les airs par le col de son manteau.

— Nous ne pouvons pas les laissser issci, Éric ! siffla-t-il dans son visage. Il va les masssacrer !

— Nous sommes en guerre, constable ! Tu le sais aussi bien que moi !

Morotti poussa un grognement guttural.

— Nikka ne connaît rien à la guerre, Éric !

— Jenny non plus, et ce n'est pas une brigadière, elle ! La Terre doit être sauvée, tu comprends ? Ce conflit est beaucoup plus grand que nous tous, Morotti ! Nous partons *maintenant* !

Debout au-dessus de la forme affaissée de Nikka, Bruton agrippa Stavros d'une main et le projeta violemment contre le mur. Son crâne alla percuter la paroi métallique, et le brigadier poussa un râlement de douleur.

Du haut du drakkar, impuissant, Morotti relâcha le Trench pour sauter par-dessus bord. Mais son regard croisa celui de Stavros.

Le gros soldat secoua la tête.

— Je le retiens, Harrah ! Décollez !

Stavros décocha quelques coups à l'abdomen du mastodonte pour attirer son attention, mais sans succès. La plupart des circuits qui dressaient les champs de force autour de Bruton avaient été arrachés par les griffes de Morotti, mais les lambeaux de son costume étaient encore aussi solides que le matériel des manteaux. Stavros tenta donc de frapper la tête dénudée du géant, où salivait l'inquiétant orifice. Mais le prêtre avait la mâchoire solide, et Stavros retint un cri de douleur : il avait failli se fracturer les jointures.

Devant lui, le régent rit à gorge déployée.

— Pitoyable, grogna-t-il.

— Ridley, hurla le Trench, aux commandes !

— Et qu'est-ce qu'on fait de la navette de Van Den Elst ? demanda Adler en enjambant rapidement sa chronobombe pour aller magnétiser ses bottes contre le pont du drakkar. Nous la laissons ici ? Après tout ça ?

Ridley fit voler d'un coup de pied le petit bloc de bois sur lequel s'était tenu le professeur, avant de prendre place à la console de pilotage.

— J'ai téléchargé le journal de bord du baron dans le gantelet du magistrat, lança le rouquin en agrippant d'une main le gouvernail du drakkar. Tous ses contacts, tous ses repaires, tous les dossiers qu'il avait enregistrés dans sa navette avant de l'abandonner sur Terre. C'est peut-être un moyen de le retrouver ; nous aurons au moins ça ! C'est maintenant ou jamais, Éric ! ajouta-t-il en allumant les réacteurs.

— Pleins gaz ! ordonna le Trench.

Sans hésiter, les pieds ancrés à la plate-forme, Ridley fit habilement lever le drakkar dans les airs avant de le faire tourner vers la sortie. Derrière lui, les brigadiers aimantèrent aussitôt leurs bottes au pont du navire et se cramponnèrent tant bien que mal au petit garde-fou. De sa main broyée, Ridley enfonça le gouvernail vers l'avant en grinçant des dents et fit filer l'embarcation à toute allure vers la barrière énergétique translucide du hangar.

Morotti tenta de nouveau de sauter par-dessus bord pour sauver Nikka, toujours évanouie sous les pieds du prêtre, mais Éric l'agrippa en plein vol et le plaqua violemment au grillage du navire.

— Nous ne pourrons pas l'arrêter, Morotti ! Nous n'avons plus le temps !

L'homme-lézard se débattit, roula sur son dos et, enragé, griffa le Trench à la figure. Le visage ensanglanté, Éric lui flanqua un solide coup de poing qui figea momentanément le pugiliste sur place.

— Tu ne comprends pas ? lança le Trench en l'aidant à se relever. Jenny ne peut survivre à l'espace sans toi ! Elle doit revenir à Montréal ! Son message doit se rendre aux peuples de la Terre !

— Prends-la, toi, sssi tu y tiens tant ! s'écria Morotti.

— Je vais avoir les mains plutôt occupées, rétorqua le Trench en indiquant la chronobombe. J'ai besoin de toi pour terminer notre plan. C'est un *ordre*, constable !

Morotti hésita ; à contrecœur, il lança un coup d'œil à Nikka, un dernier, et se rua sur Jenny juste à temps pour l'envelopper dans son manteau invulnérable et lui fournir un masque respiratoire avant qu'ils ne franchissent le champ de force vers le néant de l'espace.

Derrière eux, les centaines de Banshee réanimées par Bruton prirent leur envol et mitraillèrent les brigadiers de décharges mauves et noires. Debout à l'arrière du drakkar, Éric tenta d'encaisser les tirs meurtriers à l'aide de son écu lumineux ; ils devaient absolument quitter la base avant d'être réduits en cendres. Il tenta de son mieux d'intercepter les rayons oxydants, mais plusieurs pointes lumineuses percèrent néanmoins le pont du navire à quelques centimètres des pieds des brigadiers. Les hurlements des chasseurs cybernétiques s'intensifièrent et devinrent cacophoniques.

— Ridley ! beugla le Trench, désespéré.

La plate-forme franchit le mur de force à toute allure, la nuée de Banshee enragées à ses trousses. Elles filèrent rapidement à travers le champ translucide à la poursuite de leurs proies et les pourchassèrent bien au-delà, jusque dans l'espace. Au fur et à mesure qu'elles traversaient l'écran protecteur, leurs cris assourdissants s'atténuaient et, bientôt, un semblant de silence retomba dans le hangar abandonné.

Près du couloir, Stavros s'extirpa péniblement du mur dans lequel il avait été projeté et roula sur le sol. Il se retourna à temps pour voir les immenses pieds du prêtre monstrueux se planter près de son visage.

Bruton se pencha pour soulever Stavros.

— On dirait bien qu'il ne reste plus que vous et moi, brigadier! déclara l'adepte en l'agrippant par le col de son manteau.

Seul face au colosse, Stavros ne put s'empêcher de déglutir.

Chapitre 13
LA CHRONOBOMBE

— Vous m'avez donné du fil à retordre, déclara Bruton en empoignant Stavros, mais tout cela prend fin maintenant.

Le régent souleva aisément le soldat de terre et l'approcha de son visage défiguré, l'observant à travers les lentilles fracassées de son masque multioptique. Bruton venait de relâcher l'armée de Banshee qu'il avait amenée sur la Lune à bord des soutes de son immense astronef, et il n'avait aucun doute que, quelque part en orbite autour de la Terre, le Trench et ses hommes seraient réduits en poussière oxydée d'un instant à l'autre. Mais ce gros brigadier commençait à lui tomber sérieusement sur les nerfs.

— Je vais commencer par vous casser en deux ! rugit-il.

Près d'eux, étendue sur le sol, Nikka gémit et tenta de se relever, encore étourdie par les coups que lui avait portés le prêtre. En la remarquant, Bruton lui flanqua un solide coup de pied à la nuque et elle s'effondra de nouveau.

— Un à la fois, je vous ai dit ! hurla-t-il avec enthousiasme.

Stavros parvint à décocher quelques faibles coups de poing, mais le géant sourit en encaissant les attaques.

— Allez-y, ça va me faire un peu d'exercice, lança-t-il en le projetant à bout de bras à travers le hangar du complexe lunaire.

Stavros alla heurter les capsules régénératrices des Banshee, toutes vides, et en fracassa quelques-unes sous son poids.

Bruton se pencha ensuite au-dessus de Nikka, qui reprenait à peine conscience, et l'empoigna par les pieds pour la balancer tête première dans le mur, puis recommença aussitôt ; le son de sa tête heurtant la paroi métallique se réverbéra dans le hangar. Il la laissa choir sur le sol en se frottant les mains ; le prêtre semblait prendre un malin plaisir à exterminer les brigadiers de l'Alliance. Il serra les poings et fit couler le sang de sa victime entre ses doigts gantés en souriant.

S'extirpant péniblement de l'amoncellement de capsules fracassées, Stavros releva la tête à temps pour voir la forme colossale du prêtre se ruer vers lui à toute allure. Il retint son souffle et tenta d'encaisser la charge, mais tous deux volèrent à la renverse à travers une demi-douzaine de sarcophages renforcés.

Stavros secoua la tête en tentant de reprendre ses esprits ; son manteau était peut-être invulnérable, mais lui, à l'intérieur, ne l'était pas, et Bruton mettait son engin à rude épreuve. Son manteau le prévint qu'il venait d'atteindre un point de faille critique et que d'autres coups du genre pourraient sérieusement endommager son corps sous le vêtement.

— Comme si je ne m'en étais pas rendu compte, grogna Stavros.

Devant lui, Bruton déracina une capsule de rechargement de son socle et la souleva à bout de bras. Sous la capsule, des fils crachèrent des flammèches au-dessus de sa tête, mais le prêtre ignora les écorchures plasmiques qui trouaient les lambeaux de son uniforme et fit quelques pas chancelants vers Stavros. Il allait abattre la capsule directement sur le crâne du brigadier lorsqu'un éclat lumineux intense provenant de l'extérieur, du vide sidéral, attira soudain son attention. Quelque chose venait d'exploser de l'autre côté du champ de force du hangar, et Bruton tourna la tête un instant, distrait par la lueur verdâtre.

— Qu'est-ce que?…, grommela-t-il en cherchant à comprendre ce qui venait de se passer.

Puis, comme dans une révélation cauchemardesque, le régent comprit que les hommes du Trench venaient de faire exploser une puissante bombe dans le vide de l'espace. Les muscles de son visage s'affaissèrent, rendant l'orifice de sa bouche mou et avachi.

— Noon! hurla-t-il en tenant toujours la capsule au-dessus de sa tête. NOON! Mes précieuses Banshee!

Stavros profita de ce moment d'inattention pour enfoncer son épée dans le genou du prêtre et fit éclater la rotule avec sa lame indestructible. Bruton poussa un hurlement guttural et, les mains ensanglantées, lâcha prise sur la capsule qu'il tenait haut dans les airs. Le sarcophage s'effondra de tout son poids sur sa tête et le monstre fut enseveli sous les débris. Stavros roula péniblement sur le sol et rampa vers la forme inerte de Nikka.

— Nikka…, dit-il en lui tapotant le visage. Nikka, tu m'entends, ma belle?

— Il est mort? demanda faiblement la rouquine en recrachant un peu de sang.

Derrière eux, la capsule fracassée se mit à bouger; une main gantée commençait déjà à repousser péniblement les débris.

Merde, se dit Stavros, *il n'est pas tuable, celui-là!*

— Pas encore, souffla-t-il à Nikka. J'ai besoin que tu restes consciente encore quelques instants. Tu m'entends, recrue? Reste avec moi!

Épuisé, Stavros souleva la jeune femme dans ses bras et, chancelant, emprunta les couloirs qui menaient à la salle de communications de la base. Son visage était boursouflé et couvert d'ecchymoses, son nez coulait à flots, et le col de son manteau était ensanglanté.

— Quelques instants, Nikka, dit-il, encore quelques instants...

Il entendit un bruit de vitre brisée et de ferraille derrière eux; Bruton était en train de s'extirper rapidement de sa mauvaise posture. Stavros fit appel aux réserves d'énergie qu'il possédait encore pour transporter sa charge en vitesse.

Il trouva rapidement la salle de contrôle; l'immense écran mural défoncé fumait encore. Au loin, il pouvait entendre le prêtre de la Technence déambuler dans le dédale des couloirs en poussant des cris de rage. Après avoir déposé Nikka dans un coin de la salle, Stavros se dirigea vers une des consoles où s'était installé Adler avec ses cristaux et chercha fébrilement à repérer les boutons de contrôle.

Comme la dernière fois, se dit-il nerveusement. *Lorsque je travaillerai pour Kanawaka, dans le futur, ils n'auront pas changé grand-chose aux programmes de la base; ça devrait déjà fonctionner de la même manière.*

Quelques millions d'années plus tard, Stavros allait œuvrer en tant que scientifique dans un des laboratoires lunaires secrets des Industries Kanawaka. Le jeune inventeur Fujiwo Kanawaka allait réussir à trouver la base abandonnée de Van Den Elst, encore intacte grâce à ses écrans hors-temps, et décider d'y installer ses opérations. La technologie extraterrestre que Kanawaka y découvrirait s'avérerait trop compliquée pour être réinventée; la plupart des consoles seraient encore les mêmes à l'époque où Stavros se verrait confier la tâche de disséquer les spécimens vivants rapportés par les sondes sidérales de l'inventeur japonais. Il se souvint de l'épisode qui avait failli lui coûter la vie, où il avait dû brûler ses propres recherches pour éviter la contamination entière de la base lunaire, et de ce qu'il avait fait pour éteindre les flammes par la suite.

Je commence à avoir l'impression que je vais passer ma vie ici, se dit Stavros en enfonçant rapidement quelques touches.

— Tiens-toi bien, Nikka ! lança-t-il à la jeune rouquine, qui semblait naviguer dans l'inconscience. Et essaie de te vider les poumons, tu comprends, Nikka ? Si tu tentes de retenir ton souffle, tu vas te déchirer les poumons ! Tu devrais être bonne pour environ dix secondes !

Ils n'auraient pas le temps de calibrer leurs manteaux pour affronter le vide de l'espace avant que le prêtre les rejoigne.

— Tu m'entends, Nikka ? VIDE TES POUMONS !

Il empoigna fermement la soldate sous un de ses gros bras et, du bout des doigts, parvint à enfoncer le cristal d'activation qui ouvrirait tous les sas du complexe. Au même moment, Bruton, le genou ensanglanté, fit son entrée dans le laboratoire en rugissant.

— Vous m'avez fait mal, brigadier !

— Assez, c'est assez ! hurla Stavros en enfonçant les dernières touches.

Au loin, il entendit les lourds verrous des écoutilles débrayer et les champs de force se désactiver. Puis, les sons de la base disparurent pour être remplacés par un grondement effroyable : le vide de l'espace envahit immédiatement le complexe à la vitesse du son. Un torrent d'air d'une violence inouïe souffla tout sur son passage pour aller le régurgiter quelque part au-dessus de la surface lunaire.

Dans le hangar d'atterrissage, les débris des capsules fracassées des Banshee virevoltèrent et s'effondrèrent contre les murs avant d'être éjectées dans l'espace en une traînée d'éclats. Les sarcophages encore intacts, eux, vibrèrent, mais demeurèrent ancrés à leurs socles.

Dans la salle de communications, Bruton sentit un puissant souffle le happer au passage, et il poussa un cri de rage. Le prêtre empoigna le cadre de la porte de ses gros doigts boudinés, tentant de retenir sa masse corpulente, mais le cadre plia sous son poids. Le cadavre de Simon, la nuque brisée, fila rapidement entre ses jambes, puis disparut dans le couloir derrière lui.

Stavros tint fermement Nikka sous un bras deux fois plus gros qu'elle et enfonça son épée dans le sol jusqu'au poignet pour tenter de les ancrer sur place. Les fragments de l'écran mural défoncé filèrent autour d'eux en une pluie meurtrière et volèrent dans le couloir en direction de la sortie la plus proche, heurtant chaque fois Bruton au passage.

— Noooooooon ! hurla le monstre, lacéré de toutes parts.

Son cri de mort vida ses poumons. Le cadre de la porte céda sous sa prise, et la masse volumineuse du prêtre virevolta dans le couloir, emportée par le vide sous pression de la base lunaire. Stavros entendit Bruton hurler tout au long du trajet, puis sa voix fut emportée avec le reste de l'atmosphère artificielle.

Des veines pourpres fendillèrent le visage de Nikka et ses lèvres devinrent bleues, signe qu'elle commençait à subir les effets critiques de la dépressurisation.

Encore une seconde de plus, se dit Stavros, qui tenait à s'assurer que Bruton avait bel et bien été propulsé hors de la base et évacué dans l'espace.

Lorsqu'il ne put lui-même tenir le coup plus long-temps, du bout des doigts, Stavros enfonça les touches qui activeraient de nouveau les champs de force des hangars. Les turbines des installations recommencèrent aussitôt à pomper de l'oxygène à l'intérieur du complexe et, quelques instants plus tard, le scientifique s'effondra sur le sol, épuisé.

Il relâcha Nikka doucement, retira sa lame du plancher et ferma les yeux.

Je crois que je vais me reposer… juste quelques instants…

En quittant la face cachée de la Lune, les brigadiers furent entourés par une série de pointes lumineuses, comme si les étoiles venaient de fondre autour d'eux. Le drakkar fila à vive allure en direction de la Terre, traversant des milliers de kilomètres en à peine quelques secondes. Après les hurlements intenses des Banshee dans le hangar de la base, le silence de l'espace sidéral était saisissant.

Ils avaient tous enfilé un masque respiratoire en attendant que leurs manteaux puissent s'ajuster au néant. Une fois le drakkar ressorti du transport infraluminique, au loin, les hommes du Trench virent la Terre se dresser de nouveau devant eux, immense et majestueuse. Le bleu apaisant de son aura atmosphérique contrastait étrangement avec leur situation périlleuse ; derrière eux, les chasseurs de têtes robotisés les poursuivaient toujours, mais aucun son ne provenait de leurs synthétiseurs vocaux. La vue de cette armée de Banshee silencieuses était plutôt déconcertante.

Emmitouflée dans le champ protecteur de Morotti, Jenny semblait sur le point de perdre connaissance, et l'homme-lézard la tint serrée contre lui.

— Ridley, dirige-nous vers l'anneau! ordonna le Trench.

Il s'adressa au communicateur encastré au col de son manteau pour bien se faire comprendre de ses hommes.

— Nous allons repasser par le portail de la Technence et essayer de retourner en 1997!

À la proue du navire, Ridley tentait de son mieux de garder le contrôle de leur embarcation; au cours des séances d'entraînement à la Citadelle, il n'avait eu que quelques heures d'entraînement aux commandes d'une navette de l'Alliance, et il était loin d'être un pilote de drakkar accompli. De plus, il tentait de mettre le moins de pression possible sur sa main broyée.

Xing-Woo aurait vraiment dû être ici avec nous pour piloter ce machin, se dit le rouquin.

Les brigadiers avaient à peine quelques secondes d'avance sur les Banshee, qui, grâce à leur vitesse incomparable, allaient les rattraper d'un instant à l'autre.

— Ridley? insista le Trench.

— Tu crois que c'est facile? râla le constable en serrant les mâchoires. Et, de toute manière, qu'est-ce qu'on retournerait faire là, au juste? Tu veux aller dans le passé pour t'admirer de nouveau?

Assis à califourchon sur son invention, ses bottes magnétisées au pont du drakkar, Adler toussota dans son masque respiratoire pour ramener le constable à l'ordre; ils venaient d'abandonner Stavros et Nikka aux mains d'un monstre, et Jenny semblait toujours abattue par la perte de son cameraman. Ridley choisit de se taire.

— À mon commandement, Ridley, poursuivit le Trench, tu vas faire passer le drakkar dans l'anneau temporel ; nous devrions retourner là d'où nous sommes venus.

— Tu sssupposes bien des choses, rétorqua Morotti d'un ton grinçant.

— Bruton n'aura pas eu le temps de changer la focalisation du portail, intervint Adler. Selon toute logique, il est encore à la recherche de Van Den Elst, et l'anneau temporel devrait encore être ancré aux alentours de l'époque de madame Moda.

— Mais je ne viens pas de 1997, moi !... , protesta faiblement la reporter.

— Nous te rendrons à ton époque par la suite, Jenny, expliqua rapidement le Trench.

Les Banshee les poursuivaient toujours sans relâche, quelques kilomètres derrière eux.

— À moins... à moins évidemment que tu ne préfères continuer à voyager avec nous ?

Jenny lui lança un regard sombre et demanda à Morotti de lui passer le contrôle du communicateur de son manteau.

— Éric..., dit-elle après un moment, tentant de bien articuler dans son propre masque.

Elle chercha ses mots ; elle ne voulait pas blâmer le Trench pour la mort de Simon, mais elle tenait à savoir une chose.

— Éric, reprit-elle en tentant de garder son calme. Dans tout ce que tu m'as montré du reste de l'univers, je n'ai vu que des tyrans, des religions perverties et des meurtriers sans merci. Est-ce que tout le reste du Multivers est ainsi ?

Le Trench fronça les sourcils, ne sachant trop quoi répondre.

— Sois franc avec moi, supplia la journaliste. J'ai vu des choses... *incroyables* jusqu'à présent, je te l'accorde, mais le portrait que tu peins du reste de l'univers me semble… cynique. Est-ce que c'est toujours ainsi, partout où tu vas ?

À bord du drakkar, les brigadiers, mal à l'aise, échangèrent quelques regards. Mais c'est Éric qui répondit :

— Il y a des merveilles que tu ne peux imaginer, Jenny, répondit-il en enjambant le petit garde-fou près d'Adler. Des mers de gaz sur lesquelles on peut marcher… des créatures d'une beauté inconcevable, dotées d'une intelligence bien au-delà de la nôtre… J'ai vu des montagnes faites d'émeraudes, des arbres de la taille d'un gratte-ciel et des cités volantes. Et parfois même…

Éric se tenait maintenant sur le bord de la plate-forme et se retenait d'une main au garde-fou du drakkar, suspendu dans le vide de l'espace. Il secoua la tête.

— … Il existe des peuples pacifiques… il existe des planètes entières peuplées de gens braves et honnêtes, tu sais…, mais… oui, le reste de l'univers est très gris, Jenny, je ne te le cacherai pas.

La reporter hésita un instant.

— Alors, je pense que, tout compte fait, je préférerais rester sur ma propre planète.

Elle se renfrogna en pensant à Simon.

— Je dois terminer mon reportage, après tout, dit-elle, la voix basse. C'est pour ça que vous êtes revenus me chercher, non ?

Éric baissa le regard sans répondre. L'anneau temporel, suspendu en orbite géostationnaire au-dessus de l'Amérique du Nord, se rapprochait rapidement d'eux.

— Éric ? demanda Adler. Qu'est-ce que tu fais, au juste, mon garçon ?

Toujours suspendu dans le vide, le Trench se dirigea agilement en direction du petit professeur en marchant contre le flanc du drakkar, chaque pas alourdi par le magnétisme de ses bottes. Derrière eux, les premières pointes lumineuses des Banshee commencèrent à marteler silencieusement leur embarcation ; le temps pressait.

— Professeur, vous voulez m'aider ?

Il indiqua la chronobombe. Adler demeura perplexe.

— Éric ? Lieutenant, vous n'allez pas !…

Le drakkar faillit se renverser.

— Ridley, je t'ai dit de maintenir le cap ! ragea le Trench.

— Bordel ! Je fais de mon mieux, Éric, mais…

Le navire fit un virage serré pour se rediriger vers l'immense portail métallique bordé de pierres grises. De l'autre côté, trois millions d'années dans le futur, la planète semblait reflétée en une réplique exacte de masses d'eau et de terres pâles. De loin, l'orage temporel que les Banshee avaient créé en explosant à travers l'histoire de la Terre ne semblait plus visible au-dessus du Québec ; ils auraient peut-être encore le temps de mettre fin à toute cette histoire. Éric désactiva le champ magnétique qui retenait le long cylindre métallique au drakkar et ordonna à Adler d'activer la chronobombe.

— Donnez-moi une minute, professeur, juste une seule.

Adler se mit à l'œuvre, programmant rapidement l'engin qu'il avait lui-même perfectionné au cours des derniers mois.

— Je ne sais pas ce que tu comptes faire, Éric, mais…

Une décharge mauve et noire frôla sa tête de près, et le petit professeur se tut pour terminer ses calculs en vitesse.

— Tu vas te faire sssauter ?! comprit Morotti.

— Pas le choix, répondit le Trench. Je ne demande rien aux autres que je ne ferais pas moi-même.

— Éric! s'exclama Jenny. Si tu fais ça pour m'impressionner…

Suspendu contre le flanc du drakkar, le Trench ricana doucement, comme pour lui-même. Il souleva le lourd engin contre son épaule en poussant un grognement.

— Il aurait fallu que Stavros soit là, grommela-t-il.

Le Trench pensa alors à ses collègues qu'il avait dû abandonner aux mains de Bruton, et il se ressaisit.

Nous sommes en guerre, se rappela-t-il, *il faut s'attendre à faire des sacrifices.*

— Éric! protesta Jenny. Non! J'ai perdu Simon, je ne veux pas te perdre, toi aussi!

Mais Morotti la retint fermement dans ses bras, et Jenny ne put qu'observer les efforts du Trench, impuissante. Éric se dirigea lentement vers la proue du drakkar en tenant la masse de la bombe contre son épaule. Devant eux, l'anneau temporel était bien en vue. Leur navire était sur le point de traverser la mare lumineuse du portail tandis que, derrière eux, filant à vive allure, la nuée de quelques centaines de Banshee venait de les rattraper; c'était maintenant ou jamais.

— Ne revenez pas pour moi! lança le Trench. C'est un ordre!

— Tu es cinglé, Éric! s'écria Ridley. J'en ai rien à foutre de la Terre, moi! Je ne veux pas la sauver pour toi!

— Alors, fais-le pour *elle*!

Le Trench lança un regard plein de sous-entendus vers Jenny, puis se propulsa dans le vide.

Le drakkar traversa rapidement le portail avant de disparaître. Au-delà de la mare lumineuse du portail, Éric put voir le drakkar de ses compagnons réapparaître de l'autre côté, à une autre époque.

Quelques instants plus tard, mû par son élan, le Trench alla heurter l'anneau temporel de plein fouet, et dut s'accrocher à quelque aspérité pour ne pas échapper la chronobombe du même coup. Se retenant d'une main, il magnétisa ses bottes et s'aimanta aussitôt aux plaques de fer qui parsemaient la structure. Les muscles de ses jambes tressautèrent sous l'effort de son poids combiné à celui du cylindre encombrant, mais il réussit à demeurer agrippé. Les Banshee fondirent sur lui en le mitraillant de leurs rayons oxydants.

Dans le vide, sans bruit, seul, le Trench ferma les yeux et adressa une prière à tous les dieux qu'il avait rencontrés au cours de ses longs voyages à travers le Multivers, avant de relâcher la bombe derrière lui. Elle flotta quelques instants sur place, tournoyant sur elle-même avant de graviter vers la lucarne de l'immense anneau.

Les Banshee étaient sur le point de le rattraper; sans trop y penser, Éric décida de tenter sa chance, comme il l'avait fait à chaque moment décisif de sa vie. Il s'enveloppa de son manteau et sauta à travers le portail avant que la minuterie de la chronobombe ne soit arrivée au bout de son décompte.

Il réapparut de l'autre côté du miroir, flottant la tête en bas, suspendu dans le vide au-dessus de l'orbe de sa planète natale. Au travers de l'anneau, il put voir les masques ocre et noir des Banshee, emprisonnées trois millions d'années dans le passé, filer droit vers lui, leurs yeux embrasés de rage électronique.

Puis, il y eut une explosion silencieuse.

Sous les yeux du Trench, de l'autre côté du plan temporel, un nuage verdâtre enveloppa la lueur des étoiles, puis les Banshee, et enfin le portail lui-même. Les chasseurs cybernétiques ne parvinrent pas à s'y rendre à temps; l'anneau de la Technence explosa en une pluie de débris calcinés, et l'image s'évapora. Trois millions d'années dans le passé de l'homme, le portail temporel explosa en une immense gerbe verdâtre qui engloutit la horde de Banshee, anéantissant la plupart au passage et emprisonnant les autres dans le temps ; elles ne pourraient plus jamais ressortir de cette époque.

Ça y est, se dit le Trench, flottant toujours sens dessus dessous, surpris d'être encore vivant. *L'invasion des Banshee est terminée. Par elles-mêmes, elles ne peuvent voyager dans le temps ; elles sont dépourvues de moteurs temporels. Si l'explosion du portail ne les a pas toutes anéanties, leurs piles nucléaires devraient s'épuiser d'elles-mêmes au cours des millions d'années à venir. Les Banshee ne seront plus jamais une menace pour l'homme…*

Il avait été forcé d'abandonner Stavros et Nikka sur la Lune, dans le lointain passé, mais la Terre, elle, serait sauve. Sans l'influence constante de la présence des Banshee sur les lignes du temps, la brèche qui parcourait Montréal devrait reprendre sous peu ses dimensions originales… du moins, il l'espérait. La province conserverait assurément quelques séquelles, des anomalies temporelles qui devraient être corrigées par la suite, mais la menace la plus importante avait été vaincue.

La Terre mettrait peut-être quelque temps à revenir à la normale, mais le temps, c'est tout ce qu'il leur restait maintenant.

Au loin, de ce côté du portail défoncé, Éric vit le drakkar revenir rapidement dans sa direction.

Mais il sentit soudain une puissante énergie qui ne cessait de croître derrière lui.

— Ridley ! hurla le Trench dans son communicateur en tournoyant dans le vide. Je t'ai expressément ordonné de ne pas revenir !

— Tu ne pensais pas qu'on allait te laisser là tout seul, quand même ? grinça le constable à l'autre bout. C'est une idée de génie que tu as eue, en passant !…

Furieux, Éric s'entêta.

— Mais tu comprends rien, calvinsse! L'anneau…

Il n'eut pas le temps de terminer son avertissement.

La bombe artisanale que le professeur Adler avait fabriquée avait été faite à partir des composantes de son propre manteau et de leur drakkar, une chronobombe hautement improvisée, censée interrompre le flot du temps dans la zone où elle exploserait. Éric avait d'abord voulu faire détoner l'orage temporel qui rabrouait Montréal depuis des années, ce qui aurait assurément coulé l'île tout entière, mais au moins sauvé le reste de la planète.

Mais, en faisant exploser la chronobombe si près de l'anneau, Éric avait focalisé la détonation sur une zone de transport temporel, un portail à deux sens, et, quelques instants plus tard, la mer de possibilités, la vague d'énergie qui englobait le Multivers en entier de manière invisible mais tangible, compensa la lourde détonation dans le passé en relâchant le surplus d'énergie non évacuée dans le présent du Trench. Autour de lui, la structure du portail implosa avant de régurgiter silencieusement de lourds débris de son côté, en direction de l'atmosphère terrestre. La planète ne serait pas affectée par une explosion spatiale de la sorte, mais, si près de la sortie du flux temporel, la puissance relâchée fut atterrante.

Tandis que les morceaux de l'anneau pulvérisé commençaient à s'embraser dans l'atmosphère, le surplus d'énergie explosa en un torrent verdâtre qui engloutit le Trench et le drakkar en entier.

Désynchronisés, hors de contrôle, les brigadiers furent propulsés dans le temps en direction de l'orbe lumineux de la Terre. Emporté par la vague énergétique, Éric vola dans tous les sens et perdit de vue sa lame dans le brouillard qui se répandait exponentiellement autour de lui.

J'espère que les manteaux de brigadiers sont capables d'encaisser une entrée atmosphérique, eut-il le temps de se dire avant de voir des flammes apparaître en cascades autour de lui.

Épisode 2

LA SALLE DES PAS PERDUS

La vie est une chanson
Que l'on ne peut répéter
Dont chaque nouveau couplet
Pourrait bien tout empirer

— Joss Whedon

Chapitre 14
LE CAMPEMENT

Avertissement : les fonctions habituelles de votre manteau ont été interrompues. Une série d'opérations illicites se tramment contre votre gré. Vous êtes inconscient. Avertissement : je ne pourrai plus garder contact av…

Le Trench ouvrit les yeux et tenta de s'asseoir, mais le poids de la réalité le força à s'étendre de nouveau ; il était épuisé. Trempé de sueur, il inspira profondément et se donna le temps de reprendre ses sens ; il n'avait aucune idée de l'endroit où il se trouvait.

Pas encore, se dit-il.

Pendant un court instant, il crut se réveiller de nouveau à la Citadelle de Galaron IV, alors qu'on l'avait opéré sans son consentement, là où il avait fait la rencontre de…

Éric s'assit rapidement et, étourdi, retint son souffle. À la lumière des lampes électriques suspendues à une armature au-dessus de sa tête, le Trench put discerner autour de lui les pans imperméables d'une tente spacieuse. On aurait dit une installation de type militaire, érigée pour abriter les blessés évacués du champ de bataille. En entendant quelqu'un gémir près de lui, puis quelques toussotements, Éric se retourna et remarqua qu'il était loin d'être seul dans l'infirmerie : une douzaine d'hommes étaient également étendus sur des couchettes alignées dans la grande tente verdâtre.

Il ne vit aucune trace de son manteau.

— Je vais devoir installer un système de sécurité sur mon T-27, grommela le Trench en tentant de se lever.

Il ramassa une camisole de couleur olive que quelqu'un avait laissée au pied de son lit et l'enfila rapidement. Il ne semblait y avoir aucun garde, du moins à l'intérieur de la tente ; il n'y avait que des malades et des blessés. Plusieurs portaient des bandages tachés de sang, et l'un d'eux déambulait entre les couchettes en pyjama, une des jambes de son pantalon maintenue à la cuisse par une épingle de sûreté.

Lui-même vêtu d'un pantalon de pyjama rayé, Éric chercha quelques instants son manteau autour de lui, mais en vain.

— Évidemment, se dit-il.

Il enfila ses bottes et, d'un pas chancelant, se dirigea vers l'entrée de la tente. Quand il voulut en soulever délicatement le pan, celui-ci fut rabattu devant lui d'un coup sec. Il dut reculer de quelques pas pour éviter d'entrer en collision avec une jeune femme, les bras chargés. Devait-il se cacher ? Inutile, les gens qui l'avaient placé ici devaient bien savoir qu'il y était encore.

La femme vêtue de blanc entra dans la tente, tenant un plateau garni de fioles et de seringues. Elle lui fit signe de se rasseoir.

— Lody ? marmonna le Trench, encore étourdi, mais la femme passa à côté de lui en l'ignorant.

Non, elle est trop petite, se dit le Trench.

Il voulut l'interpeller, mais l'infirmière se dirigea vers un des patients allongés et lui souffla quelques mots, avant de retirer le drap et de préparer son bras pour une injection.

De l'allemand? remarqua le Trench. *Celui-là parlait français à mon réveil, et ces deux-là, dans le fond, jouent aux cartes en discutant en anglais. Mais où suis-je tombé cette fois-ci?*

Préférant ne pas s'attarder, Éric attendit que l'infirmière soit occupée avant de tenter de s'éclipser de nouveau. Il défit lentement le pan de la tente et jeta un coup d'œil méfiant à l'extérieur; il faisait jour, et il dut protéger ses yeux de la lumière du soleil en plaçant sa main en visière. Personne ne vint l'intercepter, et il sortit lentement en inspirant l'air frais.

L'infirmerie qu'il venait de quitter se trouvait au beau milieu d'un campement de réfugiés, visiblement temporaire, situé au fond d'un vallon boisé qui surplombait un large cours d'eau. De chaque côté d'un simple chemin de terre, plusieurs tentes de même taille avaient été érigées. Du personnel médical entrait et sortait de ce qui semblait être d'autres infirmeries, soutenant des blessés pour la plupart en civil. Il ne vit aucune trace du gris des manteaux de l'Alliance ni des brigadiers de sa lame, mais plusieurs hommes armés déambulaient entre les installations, l'air affairé. Les soldats ne portaient aucun uniforme, à part des casques improvisés, et semblaient munis de diverses armes à feu, toutes de différentes provenances. Visiblement, ils ne paraissaient guère heureux d'être coincés là, eux non plus.

On aurait dit une armée de fortune: le campement était composé de nombreuses tentes rafistolées et rapiécées, et les infirmières semblaient surchargées de travail. Près de quelques arbres tordus au bout de la route, Éric remarqua une génératrice à laquelle étaient branchées les lampes du campement, pour la plupart suspendues à du câblage effiloché, ainsi qu'un vieux camion de fermier qui semblait dater du début du

XXe siècle. Plus loin, en partie dissimulé sous un filet de camouflage, il devina la forme d'un tank à moitié rouillé.

Sans son manteau, Éric se demanda bien comment il allait faire pour se sortir de là.

Une petite femme, qui finissait de parler avec un des mercenaires, jeta un coup d'œil dans sa direction. En le voyant sortir de la tente, elle se dirigea rapidement vers lui sur le sentier de terre battue. Éric voulut se cacher, mais il savait bien qu'il avait été repéré. Elle portait un long manteau gris, avec un brassard blanc sur le bras. Lorsqu'elle s'approcha de lui, il put distinguer ses traits.

— Xing-Woo! lança le Trench, sidéré. Je te croyais disparue!

Il l'enlaça chaleureusement, mais la jeune femme recula de quelques pas en affichant un air contrarié.

— Lieutenant, dit-elle en faisant un léger garde-à-vous.

Éric remarqua alors que les hommes du campement s'étaient arrêtés pour les dévisager, puis poursuivirent leur marche. Quelques-uns échangèrent même des commentaires discrets. Éric se ressaisit; Xing-Woo semblait mal à l'aise devant une telle démonstration d'affection.

— Sergent, dit-il sur un ton plus formel. Veux-tu bien me dire où nous sommes?

La jeune Asiatique inspecta l'allure du Trench : mal rasé, en camisole et en pantalon de pyjama, la peau basanée par les mois passés au soleil à labourer la terre, il paraissait dans une forme remarquable, compte tenu de l'état dans lequel ils l'avaient retrouvé.

— Je suis désolée, lieutenant, dit-elle après un moment, un sourire sincère aux lèvres. Il me fait plaisir de vous revoir, moi aussi. C'est que…

Elle fit un signe vague en direction du campement de réfugiés autour d'eux.

— La situation est plutôt difficile par les temps qui courent.

— À quelle époque sommes-nous, Woo ? Comment as-tu fait pour me retrouver ?

— Marchez avec moi, lieutenant, lança la brigadière en empruntant un des sentiers du campement, qui menait vers les boisés avoisinants. Je me suis assurée que vous receviez les meilleurs soins disponibles. En vérité, je ne savais pas si vous alliez survivre à votre chute ou non.

Éric lui emboîta le pas et remarqua que les autres miliciens la saluaient tous respectueusement au passage. Quelques-uns le saluèrent également, lui aussi. Il leur renvoya timidement le même genre de salut.

— Sergent ? fit lentement le Trench. Qu'est-ce qui s'est passé ? Où sont les autres ? Woo, où sommes-nous ?

— Nous sommes à l'été 1942, lieutenant, au cœur de la Deuxième Guerre mondiale. Le cours d'eau que vous apercevez là-bas est la rivière des Prairies, expliqua-t-elle en indiquant le long serpentin bleuté qui délimitait le campement sur leur droite. Nous sommes sur les terres de ce qui deviendra officiellement Laval, dans plus ou moins vingt ans… Du moins, c'est ce qui aurait dû se produire.

Éric cessa de marcher un instant. De l'autre côté de la rivière, il put voir Montréal se dessiner, coincée entre deux cours d'eau.

— Ce qui aurait *dû* se produire ? répéta-t-il sans comprendre. Ne me dis pas que l'orage temporel affecte encore la ville, Woo ? Pas après tout ce qu'on a fait ?!

La communicatrice s'arrêta pour se retourner vers lui.

— Les choses ont changé, lieutenant. Le cours de l'histoire appartient maintenant aux vainqueurs, et ici, à cette époque, les vainqueurs, ce sont les forces de l'Axe.

— Quoi, tu veux dire… les *nazis*?! s'exclama le Trench, déboussolé. Les nazis ont peut-être déjà sillonné les eaux du fleuve Saint-Laurent, sergent, mais ils ne se sont jamais rendus jusqu'à Montréal!

Il faillit rire, mais l'état lamentable du campement et l'air exténué de Xing-Woo le convainquirent du sérieux de ses propos.

— Je me fie à ce que m'a raconté le professeur Adler, répondit la soldate. Il est ici, avec nous. À son arrivée, il s'est enfermé pendant quelques jours dans une des bibliothèques encore accessibles de la ville pour tenter de reconstituer le moment où les lignes temporelles ont été altérées; les anachronismes étaient si prononcés que les banques de données de son manteau ne savaient plus où donner de la tête.

Éric tenta d'assimiler sa situation; était-il tombé dans une réalité alternative, dans une autre dimension? Pourtant non, Xing-Woo était toujours là, fidèle à elle-même, et elle semblait encore le reconnaître. Mais qu'était-il arrivé aux autres?

La dernière chose dont il se souvenait était d'avoir fait exploser le portail de la Technence, en orbite au-dessus de l'Amérique. Il avait emprisonné les Banshee trois millions d'années dans le passé, et le puissant contrecoup les avait soufflés, lui et ses hommes, en direction de la Terre. Avaient-ils été projetés à travers le temps par la force de l'explosion? Alors, si c'était le cas, comment se faisait-il que cette époque soit dominée par les nazis?

— Sergent, je… je ne comprends pas comment cela a pu se produire…

La jeune communicatrice reprit sa marche. Elle quitta le boisé pour emprunter un sentier qui longeait une petite colline. Éric la suivit hors du vallon en regardant d'un nouvel œil les blessés et les miliciens du campement derrière eux.

— La déviation temporelle causée par la détonation du portail vous a propulsé dans le temps, lieutenant, expliqua Xing-Woo. Lors de l'entrée atmosphérique, votre manteau a instinctivement tenté de retracer les autres brigadiers de votre lame et le drakkar. Vous êtes enfin parvenu jusqu'à nous il y a quelques jours.

— Il y a quelques jours? Tu es ici depuis combien de temps?

— T'Gan et moi sommes ici depuis quelques mois. Les autres sont arrivés avant vous, à bord du drakkar, il y a six semaines. Nous venons à peine de vous retrouver.

— Les autres sont ici, eux aussi? À cette époque?

— Morotti et Adler ont développé une cellule de résistance sur la rive sud. Jenny et moi avons décidé de former les réfugiés de ce côté-ci du fleuve.

— Jenny? Dans une cellule de résistance?

— Vous seriez surpris, elle est plutôt débrouillarde. Madame Moda s'occupe de rédiger tous nos communiqués secrets et de distribuer les brochures de propagande aux quelques cellules qui tentent de résister à l'invasion nazie sur les rives. Elle tente présentement d'entrer en contact avec le chef de la Résistance montréalaise, terré quelque part sur l'île. Je crois que la mort de Simon et, par la suite, votre disparition prolongée l'ont plutôt secouée.

— Et Stavros? s'enquit le Trench. Nikka?

— Nous n'avons reçu aucune nouvelle d'eux depuis l'arrivée du drakkar sur Terre. Adler m'a mise au courant de votre altercation avec le prêtre de la Technence,

Bruton. À ce que l'on sache, ils sont toujours coincés sur la Lune…

— Un instant…, tiqua le Trench. Qu'est-ce que tu veux dire par ma «disparition prolongée»?

— Il y a quelques années, expliqua Xing-Woo en escaladant la colline, en 1933, plus précisément, un scientifique allemand a découvert une série de phénomènes nocturnes qui captivèrent l'attention de la planète. Au cours d'une longue semaine chaude d'été, la nuit fut envahie par de mystérieuses étoiles filantes. Certains spécialistes crurent d'abord à la thèse voulant qu'une comète soit passée trop près de la Terre et ait largué des débris dans l'atmosphère. Mais il n'en était rien. L'année suivante, en Allemagne, quelques mois avant la Nuit des longs couteaux, un des scientifiques du parti du jeune Hitler réussit à mettre la main sur un de ces mystérieux météores. Il était composé de pierre, évidemment, mais aussi de cristaux et de métaux qui n'avaient encore jamais été répertoriés.

— De la pierre et des métaux? répéta le Trench en la suivant de près. L'anneau temporel?

— C'est ce que nous avons pu déduire, nous aussi, acquiesça Xing-Woo en hochant la tête. Apparemment, selon le professeur Adler, ces météores provenaient d'une installation secrète située en orbite autour de la Terre depuis la nuit des temps, un portail caché par de puissants champs réfractaires.

— Bruton s'en servait pour transporter ses Banshee à travers l'histoire…

— … à la recherche du baron Van Den Elst, exilé quelque part sur l'île de Montréal, enchaîna la soldate. Oui, je sais.

— Mais comment se fait-il que…

— Au moment de la détonation, l'anneau, comme vous l'appelez, se serait désintégré en multiples morceaux qui auraient été projetés dans l'atmosphère avec une force inouïe, propulsés dans le temps et éparpillés sur plusieurs époques. Les fragments d'étoiles filantes que le scientifique du parti national-socialiste a retrouvés, puis, par la suite, catalogués, étaient composés de ces morceaux de portail. La traînée de débris qui a débuté en 1933 représente la plus importante apparition répertoriée de cet incident.

Le Trench maugréa. De nouveau, il eut la certitude que toute cette situation était survenue par sa faute. Il avait tenté de sauver la planète d'une invasion venue des étoiles pour la voir tomber entre les mains d'un envahisseur terrestre ; les nazis, rien de moins. Il sentit son cœur chavirer.

— Woo, dit-il d'un ton grave, dis-moi tout. Je dois savoir ce qui s'est passé... Qu'est-ce que vous avez pu dénicher ?

— Les scientifiques allemands se sont penchés des années durant sur ces composantes venues d'ailleurs, expliqua la brigadière.

Elle ne baissait jamais la tête, mais ses yeux étaient cernés de fatigue. Elle ne devait tenir qu'à un fil, se dit le Trench, mais, pourtant, elle parvenait à garder le contrôle de ses émotions.

— Lorsque Hitler accéda de façon tout à fait démocratique au pouvoir, poursuivit la communicatrice, il investit de nombreux deutsche marks dans la conception et la réalisation d'armes de guerre susceptibles de lui permettre de réaliser ses rêves fascistes. Et un de ces programmes, baptisé « La louve noire », se concentrait sur les fragments du portail. Les recherches permirent alors de découvrir une technologie extraterrestre bien en avance sur toutes celles de l'époque.

— Alors, les nazis s'en sont servis pour, quoi, dominer le monde?

Éric soupira.

— Toujours la même chose, dit-il, rien de bien original…

— Vous ne comprenez pas la situation, lieutenant. À cette époque-ci, les pays dominants se livrent un conflit sans merci. Les mentalités sont différentes en temps de guerre, les gens sont prêts à tout pour obtenir la victoire sur leurs ennemis.

— Pas d'où je viens.

— C'est ce qui explique aujourd'hui la chute du Québec.

Éric laissa le commentaire filer.

Arrivé en haut de la colline, il vit l'île de Montréal s'étendre devant lui, entourée d'eau. De prime abord, rien ne semblait avoir beaucoup changé depuis la dernière fois qu'il avait mis les pieds au Québec au cours des années 1940. Mais au fur et à mesure qu'il y prêta attention, il remarqua du mouvement entre les bâtiments. Bientôt, il vit les casques de quelques soldats réfléchir la lumière du soleil, visibles même de loin, et les émanations grises de chars d'assaut qui sillonnaient les rues de la métropole.

Face à cette vision cauchemardesque, Éric secoua la tête : des chars d'assaut défilaient dans *sa* ville, arborant les bannières rouges, blanches et noires ornées de la croix gammée nazie. Il vit des douzaines de soldats déambuler dans les rues, interpeller les citoyens et les forcer à se disperser lorsqu'ils formaient de trop gros rassemblements. À première vue, Montréal semblait être tombée sous l'emprise d'une loi martiale sévère, et le Trench sentit la colère l'envahir.

— On dirait le mois d'octobre en 1970, maugréa-t-il.

— Pardon ? demanda Xing-Woo en observant d'un air las la ville du haut du promontoire.

— Rien, laisse faire. Comment s'y sont pris les nazis ?

— En récoltant plusieurs des météores tombés sur Terre, les scientifiques allemands ont réussi à recréer le matériau quasi indestructible des fragments du portail. Ou, du moins, à produire un substitut assez semblable. Ce n'est pas parfait, mais, à cette époque, c'est en avance de plusieurs siècles sur ce que possèdent les forces alliées. Après tout, le radar vient à peine d'être inventé. Imaginez, lieutenant : des chars construits à partir du même matériau que celui de nos manteaux, des avions qui résistent aux obus, des soldats munis de boucliers qui peuvent encaisser des grenades sans problème… Les armées d'Hitler sont devenues invincibles ! Les nazis ont repoussé toute tentative pour les arrêter jusqu'à présent.

Éric la dévisagea ; Xing-Woo semblait impressionnée par ses propres révélations.

— La France est tombée, poursuivit la jeune femme, sensiblement au même moment qu'elle l'aurait fait si les lignes temporelles n'avaient pas été altérées. Mais lorsque la Grande-Bretagne fut réduite en cendres, lorsque Londres brûla…

Elle s'arrêta un instant avant de poursuivre.

— Ce fut la fin. Tous les autres pays avoisinants se rendirent, et les forces de l'Axe se répartirent l'Europe comme un gâteau d'anniversaire.

— L'Europe au complet est tombée entre les mains des nazis ? fit le Trench, abattu.

— La Suède, la Norvège, tous chancelaient déjà vers les forces de l'Axe, mais lorsque Hitler est arrivé à leurs portes avec des sous-marins indestructibles, dotés d'ondes antisonar et de missiles sophistiqués, ils ont rapidement capitulé. L'Italie et le Japon se demandent encore ce qu'ils vont faire de toutes ces nouvelles provinces sous leur autorité. Mais selon les nouvelles que nous recevons par-ci par-là, cela peut attendre. D'abord et avant tout, ils désirent terminer ce conflit le plus rapidement possible, et déclarer victoire.

— Et l'Union soviétique, là-dedans ?

— Hitler ne fait pas confiance aux Russes, répondit Xing-Woo. Ils se disent ses alliés, mais cela n'est dû qu'à la présence de forces invulnérables à leurs portes. Ils n'ont rien fait pour sauver leurs voisins. Des contacts au service du chef de la Résistance montréalaise auraient entendu parler d'une poignée de scientifiques russes qui prétendent avoir trouvé des restants de l'anneau temporel à Tunguska, des années avant ceux d'Hitler. À ce qu'on dit, ils seraient sur le point de développer leur propre contingent de chars indestructibles, mais cela reste à voir. Les Russes sont vaillants et débrouillards, mais leurs scientifiques ont tendance à tourner les coins ronds ; je doute qu'ils puissent construire des armes aussi efficaces que celles conçues par les meilleurs ingénieurs allemands.

Éric hocha la tête.

— Mais pourquoi Montréal, Woo ? Les Québécois ont toujours été pacifiques… enfin, la plupart du temps… Nous ne représentions assurément aucune menace pour les forces de l'Axe. Pourquoi venir envahir Montréal ?

— Cette île est la porte d'entrée en Amérique, expliqua la communicatrice en tendant les bras vers la métropole soumise. À partir d'ici, les nazis peuvent construire, dans une paix relative, toutes les bases qu'ils désirent, tous les points de ravitaillement nécessaires pour coincer l'Amérique centrale entre leurs griffes. Ils possèdent déjà l'Amérique du Sud à cause de la plupart des régimes totalitaires de ces régions. Le Canada n'aura résisté que quelques mois avant de devoir capituler. Il ne reste plus que cette cellule de résistance québécoise. Les Alliés ont pris la fuite dans leurs pays respectifs, et les Américains, eux, attendent simplement qu'on vienne les achever.

Elle se retourna vers lui.

— Ils ont gagné, Éric. La guerre est terminée.

— Je… je ne sais pas trop quoi dire, murmura le Trench.

Il se sentit non seulement responsable de toute cette situation, mais incapable d'y changer quoi que ce soit.

— Qui est le chef de la Résistance ?

Xing-Woo haussa les épaules.

— Personne ne connaît son nom.

— Vous ne connaissez pas le nom du chef des opérations ?

— Ce sont des cellules de résistance, lieutenant : aucune ne connaît l'identité ou l'emplacement des autres. Cela évite que les prisonniers parlent lorsqu'ils se font capturer. Tout ce que je sais, c'est que Morotti et Adler ont formé leur cellule sur la rive sud, et que la nôtre est de ce côté-ci de la rivière. Nous devrions d'ailleurs les contacter sous peu.

— Et Jenny ?

— Comme je vous l'ai expliqué, madame Moda tente présentement d'établir un contact avec le chef de la Résistance montréalaise et de le faire venir ici pour préparer nos prochains plans d'attaque.

— Vos plans *d'attaque* ? ! s'écria Éric. Vous êtes chargés de blessés, vous avez des hommes mal armés et mal équipés, et vous pensez livrer un combat aux nazis ? !

— Il nous reste néanmoins un avantage : nous possédons de la technologie extraterrestre qu'ils ne connaissent pas encore. Nous sommes des brigadiers, après tout. C'est ce dont madame Moda désire discuter avec le chef de la Résistance : elle veut offrir nos services à l'effort de guerre.

Le Trench mit une main sur l'épaule de la jeune soldate. Il était perturbé de la voir ainsi.

— Woo…, je… je sais que ce n'est pas ton combat… Vous devriez tous partir d'ici, tu le sais bien… mais, au nom des miens, j'apprécie ta présence ici.

La petite brigadière le regarda droit dans les yeux.

— Nous ne pouvons pas encore repartir de toute manière.

— Comment ça ?

— Les forces nazies auraient apparemment découvert la dépouille du baron Van Den Elst. À ce qu'on m'a dit, son corps serait maintenu artificiellement en vie dans une espèce de sarcophage qu'elles s'apprêtent à extirper d'une grotte sous-marine d'une journée à l'autre.

— Van Den Elst ? Entre les mains des nazis ?

Éric arqua un sourcil.

— Il est ici ? !

Xing-Woo détourna le regard.

— Selon les rapports que nos espions ont pu intercepter, oui. En rappelant toutes les Banshee de toutes les époques avant qu'elles ne se fassent exploser à travers l'histoire de la Terre et en les emprisonnant dans le passé, vous avez non seulement sauvé le futur de Montréal, mais du même coup, vous avez apparemment sauvé la vie du baron. C'est pour cela que madame Moda est pressée d'établir un plan d'attaque, et le professeur Adler est du même avis. Nous devons passer à l'action, ou alors cette ligne du temps deviendra permanente, et le futur tel que vous le connaissez ne sera plus jamais. Selon toute logique, nous n'existerons peut-être même plus. Après tout, si les nazis amorcent l'exploration de l'espace en avance sur ce qui a déjà été établi, je doute que ni vous ni moi, ni personne d'autre de notre lame d'ailleurs, ne puissions exister. C'est une question de survie, Éric, et nous prenons cela à cœur ici, la survie.

Le Trench tenta d'absorber tout ce que venait de lui révéler la jeune femme et se reprit.

— Qu'est-ce qui est arrivé à mon manteau, au juste? Si vous partez en guerre contre le fascisme, j'aimerais bien le ravoir, moi.

Xing-Woo sourit. Le soleil commençait à se coucher, et elle allait devoir retourner au campement.

— Venez avec moi. Je veux vous montrer quelque chose avant que la lumière du jour ne disparaisse complètement.

Ils marchèrent pendant une quinzaine de minutes en s'éloignant du fleuve. Le soleil se couchait paresseusement derrière eux dans une masse de nuages embrasés. Ils avaient contourné le campement et se dirigeaient vers un grand mur de terre et de rocaille, haut de plusieurs mètres.

En marchant vers cette immense palissade, Xing-Woo lança quelques regards de biais vers le Trench.

— Je suis sincèrement contente de vous revoir, lieutenant. Nous sommes épuisés, et je crois que votre présence va faire du bien au moral des troupes.

— Les *troupes*…, grommela Éric. Vos hommes possèdent de l'expérience militaire, au moins?

Quoique le contraire ne nous ait jamais ralentis auparavant, se rappela-t-il.

À ses côtés, la communicatrice haussa les épaules.

— Certains d'entre eux. La plupart de nos hommes sont des vétérans de la Première Grande Guerre. Ils ont affronté les Allemands à cette époque et refusent d'avoir combattu en vain et de voir l'ennemi débarquer à leurs portes vingt ans plus tard. Mais pour ce qui est du reste… ce sont des réfugiés en mauvaise santé, et mal entraînés… Avec un peu de chance, les autres cellules du coin auront réussi à dénicher de meilleurs soldats, et peut-être quelques munitions, car en ce moment, nous ne survivons que grâce aux armes récoltées ici et là dans la province.

— J'ai vu des Allemands au campement, commenta Éric en la suivant. Ce sont des prisonniers ?

— Ce sont des citoyens canadiens qui refusent eux aussi que leur pays soit envahi par des partis extrémistes.

— Et les autres ? Ridley, Fünf, T'Gan ?

— Ridley tente de voir s'il ne peut pas infiltrer les forces de l'Axe et se trouve présentement sur l'île avec madame Moda. D'ailleurs, il devrait arriver d'une minute à l'autre. Fünf a malheureusement été converti au nazisme. Il a atterri ici bien avant nous, au moment où l'orage nous a happés, et je crois que les Allemands l'ont enrôlé de force dans leurs escouades d'éclaireurs…

Éric tenta d'assimiler cette information ; il refusait de croire que Fünf puisse obéir au plus fort, à n'importe quel prix, même si c'était dans sa nature canine de suivre les chefs de meute. Il devait faire quelque chose pour le sortir de là.

— Et T'Gan ?

— T'Gan a fait son choix, déclara Xing-Woo.

— Qu'est-ce que tu veux dire ? demanda le Trench. Quel choix ?

— À notre arrivée, nous nous sommes tous les deux retrouvés prisonniers à bord d'un sous-marin allemand, submergé quelque part dans le fleuve, autour de Montréal. Les nazis semblent avoir développé une espèce de… de virus qui infecte les porteurs de manteaux. Leur

chef voulait nous convertir, nous torturer, nous interroger, mais j'ai résisté. Son garde du corps, Fünf, m'a
grièvement blessée, et le commandant du sous-marin a
voulu m'achever. Mais T'Gan est intervenu et a demandé
qu'on me laisse partir. Pour prouver sa bonne foi, il est
resté avec eux, volontairement.

— Ils t'ont laissé partir? s'étonna le Trench. T'Gan
t'a probablement sauvé la vie, Woo.

— Peut-être. Mais il ne l'a pas fait pour moi. Je crois
que T'Gan est celui qui nous a vendus à Bruton, lieutenant. Je crois que c'est lui, le traître qui communiquait
des informations sur nous à l'ennemi…

— Qu'est-ce qui te fait dire ça?

— Vous aviez vos doutes, vous aussi.

Elle lui fit un petit signe de la main et lui indiqua
un chemin de terre qui montait le long de l'imposante
falaise.

— Pas assez de doutes, apparemment, répondit Éric
en tentant de la rattraper. Je lui ai confié Lody, et elle s'est
retrouvée infectée…

Xing-Woo se retint d'émettre tout commentaire. Le
Trench semblait songeur.

— Qu'est-ce qui est arrivé à l'orage, au juste?
demanda-t-il soudain. La ville est-elle encore saccagée
toutes les semaines?

— Depuis la destruction du portail, la brèche dimensionnelle semble s'être stabilisée, répondit la communicatrice
en attendant qu'il la rejoigne. Il semblerait que, sur ce
point du moins, vous ayez réussi votre mission, lieutenant. Les Banshee sont prisonnières du passé et ne
peuvent plus venir intervenir dans les lignes du temps;
par conséquent, la brèche est sur le point de se solidifier.
C'est pour cette raison que nous devons agir rapidement
pour contrer l'invasion nazie: nous estimons qu'il ne

nous reste que quelques semaines avant que les lignes temporelles deviennent immuables, figées à jamais.

— Et vos piles nucléaires ? lança Éric. Qu'est-ce que vous faites pour contrer le taux de radiation de vos manteaux ?

— Au cours des derniers jours, le professeur Adler semble avoir trouvé un moyen de nous libérer de l'emprise de l'Alliance. Je ne sais pas exactement en quoi cela consiste, mais je crois que cela concerne les piles que la Brigade a implantées dans nos manteaux.

— Et ça fonctionne, son truc, au moins ?

— Je crois bien. Mais Ridley et les autres ont été malades pendant quelques jours avant que je parvienne à les rejoindre au campement. Tout comme vous l'avez été pendant votre sommeil, d'ailleurs. Je n'ai pas encore eu le temps de subir son traitement.

— Donc, tu carbures encore au nucléaire ? demanda le Trench. Car, tu sais, je n'ai jamais eu besoin de ce genre de pile pour voyager, moi. Nos manteaux sont reliés à une dimension de poche qui…

— Vous avez raison, lieutenant : les piles nucléaires de la Brigade servent principalement à assurer la collaboration de ses soldats. Elles nous forcent à dépendre des antitoxines des médicos pour survivre.

— Alors, pourquoi ne pas avoir subi le traitement d'Adler ? insista le Trench. Comment fais-tu pour survivre ?

— On m'a injecté des antitoxines lors de ma capture, se défendit la soldate. Nous n'avons peut-être pas besoin de piles nucléaires pour voyager dans le temps, monsieur, mais elles sont quand même la manière la plus sûre d'alimenter nos manteaux en énergie. Et la méthode d'Adler n'est pas au point ; je préfère ne pas tomber malade avant que toute cette crise soit terminée.

— Tu sembles épuisée, Woo. Tu devrais songer à…

— Je peux encore tenir le coup, répondit-elle sèchement. Maintenant que la brèche dimensionnelle est sur le point de se stabiliser, les fonctions des moteurs temporels de nos manteaux nous sont redevenues accessibles. Mais sans charge énergétique, les manteaux des autres semblent pour le moment en veilleuse ; ils sont toujours aussi invulnérables, mais leurs systèmes de transport sont désormais limités, et je préfère ne pas perdre cet avantage.

— Cela veut-il dire que nous n'avons plus de moteurs temporels dans notre lame ? demanda le Trench.

— Grâce aux réserves du drakkar, vos hommes peuvent encore se téléporter, lieutenant, mais sans source d'énergie alternative, ils ne pourront voyager qu'une ou deux fois dans le temps avant de les avoir complètement épuisées. Le professeur Adler espère trouver sous peu une manière de recharger leurs engins, mais nous allons avoir besoin de toutes les réserves du drakkar si nous voulons venir à bout des nazis.

— C'est un gros risque que tu prends, Woo. Si ta pile venait à surchauffer, ou pire encore…

— Comme je vous l'ai dit, répondit la soldate, le professeur s'efforce présentement de trouver une énergie plus sécuritaire qui pourrait aider à recharger nos manteaux à l'avenir, mais avec tous ces réfugiés, il n'en a pas encore eu le temps. Du moins, pas aux dernières nouvelles.

— Tu aurais dû accepter son traitement, sergent.

— Je le ferai une fois ce conflit réglé, répéta Xing-Woo. Je ne peux me permettre de tomber malade, pas maintenant.

— Alors, si vous pouvez encore voyager dans le temps, pourquoi ne pas retourner dans le passé ? lança Éric. Et arrêter les scientifiques d'Hitler avant même qu'ils ne trouvent les fragments du portail ?

— Nos coordonnées sont verrouillées, annonça la brigadière d'un ton sec. C'est un système automatisé, programmé par Lody avant notre départ de la Citadelle. Si, lors de notre mission sur Terre, nous étions parvenus à retrouver Van Den Elst, plus aucun de nous n'aurait pu quitter l'époque sans son consentement. C'est une autre innovation de l'Alliance : cela évite les déserteurs et les trahisons soudaines. C'est la situation dans laquelle nous nous retrouvons maintenant, lieutenant.

— Mais je possédais les codes de Lody, moi ! Pourquoi ne pas prendre ceux de mon trench-coat ?

La jeune femme se contenta de lui faire signe de la suivre.

Devançant Éric jusqu'en haut de la falaise, Xing-Woo le fit monter à sa suite. Perché au sommet de l'immense mur de terre, le Trench put constater la dévastation totale de la région de leur côté de la rivière : des centaines d'arbres avaient été soufflés par une force inouïe, et un énorme cratère trouait les plaines boisées en plein centre. Les parois devaient faire quelques dizaines de mètres de hauteur et, au loin, une balafre défigurait le paysage sur une distance de plusieurs kilomètres.

— Nous avons suivi votre trajectoire pendant des semaines, raconta Xing-Woo. Le professeur Adler prétend même qu'au cours des années 1930, vous êtes tombé du ciel pendant une période de sept années ou plus. Vous disparaissiez et réapparaissiez tous les mois, comme les phases de la Lune, en chute libre dans l'atmosphère. Les scientifiques du monde entier ont d'abord cru qu'il s'agissait d'un autre fragment du portail et ont situé votre chute aux alentours de Montréal. Mais en vous observant grâce à leurs télescopes, ils ont vite réalisé qu'il s'agissait en fait d'une forme humaine qui ne cessait de tomber à travers le temps. C'était vous, lieutenant.

Le Trench regarda le trou béant de la hauteur d'un gratte-ciel. Sa chute avait dû massacrer des centaines d'innocents.

— C'est moi qui ai causé tout cela ?

— Oh oui, Éric. Vous êtes tombé comme une balle, comme un boulet. La détonation a été colossale. J'étais ici au moment de l'explosion et, croyez-moi, vous avez fait tout un vacarme.

Elle baissa le regard.

— Plusieurs personnes sont mortes dans les tremblements de terre qui ont suivi votre écrasement, ajouta-t-elle, le ton lourd.

Éric dut s'asseoir. Il laissa ses jambes pendre au-dessus du ravin, comme il l'avait fait des mois plus tôt, perché sur le gradin de la Citadelle de Galaron IV.

— Le poids de mes erreurs commence à me peser, sergent. Je crois que j'aurais préféré rester emprisonné avec Stavros et Nikka, en fin de compte.

— Nous vous avons retrouvé au fond de ce trou, poursuivit Xing-Woo, pratiquement mort, votre manteau en lambeaux. L'entrée dans l'atmosphère n'a pas été de tout repos, mais à ce que je peux voir, vous semblez vous en être plutôt bien remis.

— Je suis ici depuis combien de temps ? demanda le Trench après un moment, complètement vidé.

— Une semaine. Votre manteau vous a permis d'encaisser le gros des dégâts, mais j'ai bien peur qu'il n'ait pas survécu à votre chute. Nous avons dû le retirer pendant votre sommeil.

Cela explique ces rêves étranges, se dit Éric.

Xing-Woo remarqua la mine sombre du Trench et plaça une main sur son épaule.

— Vous êtes encore en vie, lieutenant, c'est ce qui compte.

Éric serra les mâchoires.

— C'est ce qui compte ? ! Regarde, Xing-Woo ! hurla-t-il en indiquant le profond cratère. REGARDE ce que j'ai fait à ma ville ! À ma planète ! Il y a des nazis dans les rues de Montréal, et j'ai tué des douzaines d'innocents en frappant l'île de Laval de plein fouet ! Tu ne trouves pas cela révoltant ? !

— Mais en neutralisant les intrusions temporelles des Banshee, vous en avez sauvé des milliards, monsieur, répondit calmement la jeune femme. Et avec votre aide, nous aurons la chance de contrer cette ligne temporelle tordue, et peut-être que nous parviendrons à rétablir l'ordre des choses. Nous avons besoin de vous, plus que jamais.

Éric secoua la tête.

— Je ne possède même plus de manteau, Woo. En quoi vais-je pouvoir vous aider, tu crois ?

— Vous n'êtes peut-être plus le Trench, lieutenant, mais Éric peut encore nous aider. D'ailleurs, Adler veut nous rencontrer pour discuter d'un plan auquel il travaille depuis votre arrivée. Nous allons avoir besoin de votre aide pour repousser l'invasion.

— Mon aide ? soupira le Trench. Bien sûr, tout ce que vous voudrez. Mais je ne vois pas comment je…

— En vous écrasant ainsi de plein fouet si près de l'île, vous avez créé une faille de plusieurs kilomètres de long, et percé un trou plus profond que tout ce qu'avaient jamais accompli les ouvriers minables de cette province.

Éric l'observa un moment, surpris.

— La secousse a créé des failles dans le roc qui se trouve sous l'île, poursuivit Xing-Woo. Et les nazis vous doivent une fière chandelle d'être ainsi tombé ; ils auraient pu creuser des années sans le retrouver.

— Retrouver quoi ?

— Mais… la dépouille de Van Den Elst, bien sûr, dit-elle, dos à lui.

Éric se sentit étourdi. Le sol sembla bouger sous lui ; il n'avait pas mangé depuis des jours, n'étant nourri que par voie intraveineuse, et il eut des haut-le-cœur.

— Woo, tu es en train de me dire… que c'est à cause de moi si les Allemands ont réussi à retrouver le baron avant nous ?

— C'est grâce à vous s'ils ont pu le déterrer.

Elle se retourna pour lui faire face.

— Lieutenant, je vous somme de suivre le plan du professeur Adler ; si nous agissons rapidement, nous allons pouvoir mettre la main sur la capsule d'hibernation du baron et accomplir notre mission pour l'Alliance. Cela doit être notre priorité ; Van Den Elst saura rétablir les lignes temporelles.

Quelque chose dans l'attitude de la jeune communicatrice consterna Éric, mais avec tout ce qu'elle avait dû traverser au cours des dernières semaines, il décida d'en faire abstraction.

— Et je peux aider de quelle manière, au juste ? Je ne le connais pas, votre commandant nazi, moi…

— Commandante.

— Quoi, une commandante ? ricana le Trench. Je ne croyais pas les nazis assez ouverts d'esprit pour laisser des femmes leur donner des ordres.

La brigadière l'observa, amusée.

— Et qui est cette fasciste, donc ? cracha le Trench avec amertume.

— Vous n'avez pas encore deviné, lieutenant ? demanda Xing-Woo, étonnée par son ignorance. Le commandant chargé du contingent nazi de Montréal est le capitaine Lody Romanoff.

Éric demeura bouche bée.

— C'est étrange, non ? se permit la communicatrice. Surtout lorsque l'on considère que vous nous aviez dit qu'elle était morte dans le sous-sol de l'Impérial…

Chapitre 15
LE RENDEZ-VOUS

La petite blonde aux cheveux en brosse lui murmura quelque chose en russe à l'oreille, et il comprit chacun de ses mots. Dans un cul-de-sac de Montréal, elle lui tendit un long manteau gris, écorché par les flammes, endommagé par d'innombrables voyages.

— Ceci est pour vous, dit-elle, les yeux remplis d'espoir.

Éric voulut lui prendre le manteau des mains, mais la jeune femme fronça soudain les sourcils, vexée. Elle reprit brusquement le manteau, refusant de le lui donner.

— Ta chute a coûté la vie à des centaines d'innocents, siffla-t-elle, hargneuse. Tu as chambardé la vie de millions de gens. Tu as menacé les lignes temporelles par ton incompétence. Tu mets la vie de tes collègues en danger. Tu mets ta propre vie en danger. Tu te promènes impunément à travers le temps comme si c'était ton terrain de jeu et, maintenant, des douzaines de citoyens sont morts par ta faute, peut-être plus. Tu ne mérites pas ce manteau; tu ne mérites pas ce privilège!

La jeune Russe lui cracha au visage avant de prendre la fuite dans le centre-ville de la métropole avec son manteau.

Éric se réveilla, la tête lourde, et se massa longuement les tempes. Il était toujours dans la tente qui servait d'infirmerie improvisée, au campement de réfugiés. Il se sentait déshydraté, et son sommeil n'avait pas été des plus réparateurs. Il tenta de faire abstraction de ses rêves et repensa à la conversation qu'il avait eue avec Xing-Woo en haut du cratère, lieu de son écrasement.

Je me doutais bien que Lody reviendrait un jour, mais alliée aux nazis ? Éric secoua la tête. *Qu'est-ce qu'elle manigance ici, à cette époque ?*

À l'extérieur, il entendit le grondement du tonnerre, mais ne perçut pas le son de la pluie. Il enfila sa camisole, prit un pichet d'eau près de son lit et en avala quelques gorgées avant de sortir prendre l'air.

Dehors, il faisait maintenant nuit ; la Lune gibbeuse flottait déjà à son zénith dans le ciel étoilé. *Ai-je dormi si longtemps que ça ?* se demanda-t-il. *Xing-Woo aurait dû me réveiller bien avant. Mais où est-elle, au juste ?*

Une poignée de mercenaires se dirigèrent rapidement vers lui.

— Monsieur le Trench, dit l'un d'eux.

— Éric, appelez-moi Éric.

— Lieutenant, enchaîna le même homme dans un français cassé.

Comme Éric ne portait plus de manteau pour traduire leur échange, les hommes de main de Xing-Woo devaient s'efforcer de lui parler en français pour se faire comprendre.

— Le sergent Ridley vient de revenir au campement, dit l'un des soldats en lui tendant un vieux blouson poussiéreux.

Éric arqua un sourcil. *Le sergent Ridley ?*

— Le sergent Tipsouvanh et lui désirent vous parler. Immédiatement.

C'était donc ça, le bruit de tonnerre que j'ai entendu. Ridley aurait pu être plus discret ; il risque d'attirer l'attention des nazis sur notre campement.

Au pas de course, Éric et la poignée de vétérans se dirigèrent vers la tente des officiers où logeait Xing-Woo. Lorsqu'il entra, il remarqua que Ridley y était déjà ; le rouquin arpentait la pièce en avalant quelques rasades d'une bouteille de bière. Depuis la dernière fois qu'il l'avait vu, Ridley avait fait pousser la manche de son manteau pour recouvrir sa main broyée d'un plâtre métallique, laissant ainsi ses doigts libres. Xing-Woo, pour sa part, était assise sur un petit banc, face à une table de fortune, les doigts croisés sur l'arcade de son nez, pensive. Sur la table, un petit caisson était ouvert devant elle, et la communicatrice semblait fascinée par ce qui se trouvait à l'intérieur : le gantelet en méthanium que Ridley avait déniché pour elle en 1791. Elle fit signe aux soldats de les laisser seuls.

— Patron, salua Ridley en apercevant le Trench.

— Content de te revoir, *sergent*, lança Éric.

— Tu as fait un sale trou en atterrissant. Tu vas avoir du boulot à faire pour racheter cette erreur-là…

— Écoute, je n'ai pas voulu vous balancer dans le temps, répondit sèchement le Trench. J'ai pensé que l'explosion de l'anneau…

— Nous n'avons pas le temps pour ce genre de discussion, trancha Xing-Woo. Vous pourrez jouer à vous blâmer entre vous plus tard. Sergent, faites votre rapport, ordonna-t-elle à Ridley.

— Oui, *M'am*.

Éric nota qu'en son absence, Xing-Woo avait instauré un semblant de discipline chez Ridley ; elle avait dû lui assigner un rang temporaire pour qu'il puisse coordonner leurs hommes. Il était vrai que la situation était critique, et qu'ils allaient avoir besoin de combiner tous leurs efforts.

— Je reviens de l'île, rapporta Ridley en faisant apparaître un hologramme de la ville devant eux.

Au cours des dernières semaines, le professeur Adler avait eu le temps de remplacer la lucarne fracassée de l'implant défensif de Ridley, lui permettant de nouveau d'accéder aux innombrables images contenues dans les banques de données de son manteau. Le halo au creux du plâtre métallisé reluisait lorsque le rouquin bougeait la main gauche.

— Les ponts sont barricadés, poursuivit celui-ci en indiquant les structures lumineuses qui flottaient devant eux, et les rues fourmillent de louveteaux qui se prennent terriblement au sérieux. Madame Moda tente présentement de rencontrer le chef de la Résistance montréalaise, mais il est très bien protégé ; partout où nous sommes allés, les cellules gardent le secret absolu à propos de la cachette de leur *leader*. Elle doit tenter de le convaincre de venir nous rencontrer au campement au cours de la nuit ou, au plus tard, au matin.

— C'est dans son intérêt d'accepter notre offre, lança Xing-Woo, toujours songeuse. Il serait fou de refuser ; nous sommes les seuls à pouvoir arrêter les troupes de Lody.

— J'ai offert de le transporter jusqu'ici, au besoin, poursuivit Ridley en éteignant l'holocarte. Mais, comme je le dis, c'est Jenny qui s'occupe de le rencontrer.

— Si quelqu'un est capable de le convaincre, commenta Éric, c'est bien elle.

— Mais ce n'est pas tout, poursuivit Ridley. Nos contacts dans la Résistance nous annoncent que d'ici quelques heures, Lody va tenter de transférer une cargaison importante sur l'île. Son sous-marin a été vu dans le Vieux-Port…

— La capsule d'hibernation de Van Den Elst ? suggéra Xing-Woo en relevant la tête.

Ridley lui lança un regard étrange.

— Qu'est-ce qui te fait dire ça?

— Euh… je ne vois pas quoi d'autre…, balbutia la jeune femme.

Elle souleva délicatement le gantelet du magistrat entre ses mains pour l'observer de plus près.

— Lors de mon séjour à bord de son sous-marin, enchaîna-t-elle, Lody a mentionné qu'elle cherchait à retrouver sa dépouille.

Éric observa l'échange, intrigué.

— Ce soir? demanda-t-il après un moment. Mais pourquoi Lody est-elle si pressée, tout à coup?

— À cause de Gaurshin, répondit calmement Xing-Woo en faisant surgir la petite lame bordée d'or du dos du gantelet.

— L'ennemi juré de Van Den Elst? grommela Ridley. Qu'est-ce qu'il a à faire dans tout ça, lui?

— D'après ce que m'a révélé Lody, répondit-elle, ce sont des hommes de Gaurshin qui ont ordonné de la faire infecter. Lody travaille pour eux, maintenant.

Elle observa l'arme indestructible d'un œil expert pendant un instant, avant de la faire disparaître de nouveau.

— Maintenant qu'elle est sous l'emprise de la Technence et des forces nazies, poursuivit la brigadière en redéposant le gantelet à l'intérieur de son caisson, Lody va sûrement vouloir livrer la dépouille de Van Den Elst aux hommes de Gaurshin le plus rapidement possible. Une fois son ennemi juré entre ses mains, Gaurshin pourra bien en faire l'exemple qu'il souhaite. Le reste de l'Alliance n'aura pas le choix de rentrer dans le rang.

— Mais cela veut dire que les forces de Gaurshin doivent être en route vers la Terre! comprit soudain Ridley. Il faut les arrêter!

— Du calme, sergent, répondit le Trench. On ne sait pas encore ce que Gaurshin désire faire de la dépouille du baron, et encore moins ce qu'il a l'intention de faire avec la Terre une fois qu'il sera ici.

— Il la laissera probablement aux mains des nazis, répondit la communicatrice d'un ton morne. Du moins, pour l'instant. S'il est capable de remplacer Hitler par Lody, il le fera, et prendra alors possession de la Terre.

— Hmmm…, je n'en suis pas convaincu, marmonna le Trench. Gaurshin pourrait tout aussi bien décider de détruire la planète tout entière avant de la voir tomber entre les mains de ses ennemis.

Xing-Woo plissa les yeux. Elle prit le temps de refermer le caisson du précieux gantelet avant de répondre.

— Gaurshin ne détruirait jamais la Terre, Éric.

— Es-tu vraiment certaine de cela?

— Qu'est-ce que tu veux dire? demanda Ridley en décapsulant une deuxième bouteille grâce à la ceinture de son manteau. Il a pratiquement gagné; pourquoi détruire la Terre?

Mais Xing-Woo comprit soudain où voulait en venir le Trench.

— Les balises! dit-elle, plus animée. Depuis notre départ de la Citadelle, Gaurshin et la Technence surveillent nos moindres déplacements. Ils doivent savoir que tous ses ennemis sont ici, à la même époque. Toi, moi, Van Den Elst et les autres… Ridley, ils doivent savoir que nous sommes tous ensemble au même endroit!

— Et alors? demanda le rouquin. Il ne serait pas assez sanguinaire pour détruire la planète si près du but, non?

— Il ne prendra pas le risque de nous laisser sauver Van Den Elst avant qu'il puisse mettre le grappin dessus, expliqua le Trench.

— Vous avez raison, rétorqua Xing-Woo. Selon ce que m'a expliqué Lody, la dernière chose que Gaurshin désire est de voir son rival revenir au pouvoir, sain et sauf.

— Et même si cela compromettrait assurément de nombreuses lignes temporelles, poursuivit le Trench, il préférerait de loin effacer toute trace de son intervention dans le passé de la Terre plutôt que de nous laisser en vie. Il va vouloir à tout prix protéger sa réputation auprès des autres barons du Multivers et ne prendra pas le risque qu'on le dénonce auprès du Conseil gris. Lody doit l'avoir prévenu que nous sommes tous ici…

— … et que nous allons probablement tenter de mettre la main sur Van Den Elst avant qu'il n'arrive, conclut Xing-Woo.

— Un instant ! s'exclama Ridley. Si tout cela est vrai, Lody doit bien se douter que le gros Gaurshin risque de faire exploser la planète tout entière, elle y compris ! Les nazis n'accepteraient jamais ça !

— Je crois que Lody n'a jamais eu l'intention de donner le fruit de ses recherches à Hitler, répondit le Trench. Elle travaille pour la Technence, maintenant, et s'est simplement servie de la force militaire la plus puissante de l'époque pour retrouver Van Den Elst.

Il se retourna vers la communicatrice.

— Lody va vouloir remettre sa dépouille à Gaurshin avant qu'on ait le temps d'agir, lança-t-il. Ça doit être pour cela qu'elle est si pressée de transférer cette capsule d'hibernation ; elle a probablement décidé de partir avec les hommes de Gaurshin une fois sa mission complétée et de nous abandonner à notre sort. Je crois… je crois que Lody a l'intention de laisser la planète exploser derrière elle.

— Mais nous devons faire quelque chose ! s'écria de nouveau Ridley.

À l'extérieur, un bruit de tonnerre les interrompit.

— Adler ! s'exclama Xing-Woo en bondissant de son siège. Il était censé nous donner rendez-vous ce soir.

Quelques mercenaires entrèrent rapidement dans la tente, accompagnés du petit professeur. Celui-ci semblait blessé et fébrile.

— Morotti ! lança le vieux brigadier, à bout de souffle. Ils ont capturé Morotti !

— Quoi ? demanda Xing-Woo en accourant pour le soutenir. Qu'est-ce qui s'est passé, professeur ?

— Notre campement… sur la rive sud a été attaqué par surprise au cours de la soirée. Il y avait des soldats partout… Ils sont apparus de nulle part et ont commencé à mitrailler nos hommes. Tant de morts…

Adler hocha la tête, abattu.

— Morotti a bien tenté de les arrêter, mais nous n'étions que deux… Leurs armes sont beaucoup trop fortes maintenant, et… ils ont emmené Morotti avec eux. J'ai pris la fuite ; je croyais qu'il valait mieux vous prévenir de la situation, sergent.

— Apparus de nulle part ? s'étonna le Trench. Ils ont des manteaux, maintenant ?

— Non, répondit Xing-Woo en aidant le professeur à s'asseoir. Lody ne possède pas les connaissances nécessaires pour construire des manteaux de brigadiers.

— Je crois que les nazis utilisent les tactiques militaires de Fünf et de Lody, poursuivit Adler. *Nos* tactiques, sergent. Ils savaient comment nous prendre par surprise. Je parierais même qu'ils vont s'en servir pour tenter de décimer toutes les cellules de la Résistance du même coup au cours de la nuit !

Éric observa le petit brigadier ; quelque chose le tracassait dans sa manière de s'adresser à Xing-Woo.

— Je crois que vous avez raison, professeur, répondit la jeune femme, perdue dans ses pensées.

— Toutes les cellules ? râla Ridley. Elles vont toutes se faire attaquer simultanément au cours de la nuit ?

Il vida le reste de sa bière d'une traite.

— Bordel, grommela-t-il, tout arrive toujours en même temps…

— Lody aura décidé d'en finir une bonne fois pour toutes avec la Résistance montréalaise avant l'arrivée de Gaurshin, déduisit le Trench. Elle ne voudra pas prendre de risques avec la sécurité de son nouveau baron.

— Alors, nous n'avons pas de temps à perdre, s'exclama Ridley en lançant sa bouteille vide dans un coin de la tente. Professeur, nous devons mettre notre plan à exécution avant qu'ils ne trouvent notre campement !

— Votre plan ? tiqua Éric. Quel plan ?

— Le professeur a trouvé une manière de désactiver la pile nucléaire de nos manteaux, rétorqua Ridley.

Il lui mit une main entre les omoplates.

— Ici, au milieu de la colonne, sous le pan dorsal.

— Lorsque c'est effectué de la bonne manière, expliqua Adler, j'ai découvert qu'il est possible de retirer la pile de nos manteaux sans laisser de séquelles graves au porteur. Du moins, il ne nous est rien arrivé lorsque nous avons retiré les nôtres.

Ridley grogna.

— À part les nausées.

Adler haussa les épaules.

— Oui, évidemment, des nausées sont à prévoir…

Xing-Woo semblait incrédule.

— C'était *ça*, votre solution, professeur ? Vous avez retiré les piles de vos manteaux, tout simplement ? C'est *ça* que vous complotiez tout ce temps sur la rive sud ? Je croyais que vous cherchiez des réserves d'énergie alternative !

— Et qu'est-ce que tu voulais que je fasse d'autre ? grogna soudain le petit homme, à bout de nerfs.

Il se reprit.

— À partir de maintenant, je dois considérer Morotti comme compromis. Les nazis doivent déjà l'avoir converti ; ils l'ont probablement infecté avec ce foutu virus dont tu nous as parlé, Xing-Woo. Je… je devais prévenir quelqu'un au campement avant de devenir le prochain à être infecté.

— Vous ne m'aviez pas prévenue de cette possibilité, grommela la communicatrice. Si vous saviez comment vous débarrasser des radiations de nos manteaux sans affecter le porteur de manière permanente, j'aurais aimé en être avisée auparavant !

— Avec les allées et venues des derniers jours, répondit Adler timidement, je préférais attendre que mes recherches soient au point avant de t'en parler…, sergent. Après tout, comme tu as refusé tout traitement, Ridley et moi avons servi de cobayes, tandis que toi…, tu étais plutôt préoccupée par les réfugiés.

Un petit bruit de communicateur tinta à la manche de Xing-Woo. Elle jura, maudissant l'interruption, et s'excusa.

— Cela doit être Jenny, expliqua-t-elle rapidement, je lui ai donné cette fréquence. Voulez-vous m'excuser un instant ?

Elle sortit de la tente pour aller parler en privé à l'extérieur. Éric la suivit du regard avant de revenir à Adler.

— Je suis content de vous revoir, professeur, dit-il chaleureusement en mettant une main sur l'épaule du petit brigadier.

— Moi aussi, le jeune, moi aussi. Tu as fait du beau boulot en arrêtant toutes les Banshee comme tu l'as fait. Il y a fort à parier que tu as sauvé la planète, tu sais.

Éric s'assit, le regard peiné.

— Peut-être, mais j'ai tué une bonne partie de la population locale en arrivant, par contre, laissa-t-il tomber.

— Hm? fit distraitement Ridley. De quoi tu parles?

— En tombant comme une comète! s'écria le Trench d'un air désemparé. J'ai tué de nombreux civils et défoncé la cachette de Van Den Elst! C'est à cause de *moi* si les nazis ont découvert son sarcophage…

— Mais non, rétorqua Adler, qu'est-ce que tu racontes? Ce n'est pas toi qui as défoncé la caverne, c'est Lody et ses nazis. J'avoue que tu as fait tout un vacarme en t'écrasant de plein fouet près de la rivière des Prairies, mais tu n'as tué personne! En cherchant à retrouver la navette de Van Den Elst, les nazis ont fait exploser une bombe nucléaire directement sous l'île et sont tombés sur une espèce de sarcophage; ce sont *eux* qui ont tué tous ces civils, Éric, pas toi!

— Quoi? s'étonna Éric en se redressant. Mais Xing-Woo a dit que…

Il regarda vers la sortie de la tente un moment, perplexe.

— Nous allons avoir besoin de toi pour que notre plan fonctionne, ajouta Adler en l'observant. Tu es sûr que ça va aller, Éric?

Mais le Trench demeura silencieux. Il fronça les sourcils en tentant de mettre les morceaux du puzzle en ordre dans sa tête.

— Qu'est-ce que vous dites, professeur? demanda l'aventurier d'un ton neutre. De quel plan parlez-vous?

— Ta balise de repérage, répondit Adler. Ton manteau a été détruit en tentant de guérir tes blessures après ta chute. Ta balise y compris.

— Et c'est un atout, ça? fit le Trench en se retournant vers eux.

— Personne ne sait que tu es ici avec nous présentement.

— Ni même que tu es vivant, renchérit Ridley. Ça pourrait s'avérer utile.

— Je ne comprends pas…

Le rouquin regarda le Trench dans les yeux.

— Tu vas devoir tenter de retirer la pile du manteau de Lody.

Éric fit la grimace et secoua la tête.

— Je ne vois pas comment je pourrais m'approcher d'elle… Elle doit être constamment entourée de soldats. Et qu'est-ce que cela changerait à la situation, au juste?

— Lorsque nous avons retiré nos piles nucléaires, expliqua rapidement Adler, nous avons remarqué que nos manteaux ont été forcés de se réinitialiser. C'est arrivé pour chacun de nous, cela va arriver à Xing-Woo si elle nous laisse lui retirer la sienne un jour et, logiquement, il risque de se produire la même chose avec Lody.

— Et cela va la ramener à la normale?

— Éric, répondit le professeur, Lody est infectée par un virus de la Technence. Je n'ai aucun moyen de deviner comment elle va réagir une fois sa pile retirée, mais c'est un risque calculé.

— Quel genre de risque?

Il y eut un moment de silence.

— Cela pourrait la tuer, laissa tomber Ridley.

— Mais le manteau de Lody n'est pas conçu comme les nôtres, s'empressa d'ajouter Adler. Lody possède un manteau de médico, bourré de médicaments et de traitements, prêt à réagir à n'importe quelle urgence. En toute logique, au moment de sa réinitialisation, son manteau devrait détecter la présence d'un virus informatique dans les systèmes électroniques et biologiques de son porteur, en l'occurrence elle-même. Sans pile nucléaire pour l'alimenter, le virus sera affaibli, et le manteau de Lody devrait normalement l'éliminer lors de la réinitialisation, comme il le ferait avec toute autre infection. Une fois rétablie, *si* elle se rétablit, grâce à son manteau de médico, Lody pourrait alors nous aider à guérir les autres infectés, comme Fünf ou T'Gan... ou encore...

— Mais cela pourrait la tuer ? insista le Trench.

Adler se mordilla les lèvres avant de répondre.

— Nous n'avons pas encore testé la chose sur un contaminé, et nous aurions besoin d'un cobaye pour savoir si un brigadier infecté peut survivre à une extraction rapide de la pile. Mais je crois que le taux de survie est... peut-être de 50 % ?

— Mais vous n'en êtes pas certain, commenta Éric.

— Puisque les nazis sont passés à l'attaque et que le temps presse, fit remarquer Adler, c'est notre seule chance. Sans l'expertise et la technologie de leur chef, les Allemands aux alentours de Montréal risquent d'être beaucoup plus faciles à vaincre. Il faut absolument arrêter Lody, lieutenant.

— Éric ! implora Ridley. Tu la connais mieux que quiconque ici. Tu es le seul qui ait la chance de s'approcher suffisamment d'elle.

— Je sais que tu ne disposes plus de ton manteau, le jeune, ajouta Adler en dévisageant le Trench, mais nous avons quand même besoin de ton aide pour que ce plan fonctionne. D'après ce qu'en disent les hommes que la Résistance a capturés, Lody est censée transférer un sarcophage à bord d'un train dans une gare de Montréal.

— La capsule d'hibernation de Van Den Elst, comprit le Trench.

Adler hocha la tête.

— Si j'ai bien saisi, c'est cela, fit le professeur. Je me fie à Xing-Woo, car les rapports à ce sujet sont plutôt flous ; il m'est impossible de savoir ce que contient réellement ce sarcophage. Mais, d'après nos contacts, il est censé être transféré dans une gare de Montréal, à l'aube.

— Ce serait l'endroit idéal pour recevoir un des convois intergalactiques du gros Gaurshin, suggéra Ridley.

Éric demeura songeur.

— Alors, suivons votre plan, conclut-il.

Il lança un regard soutenu à Ridley ; des millions de vies étaient en jeu, non seulement sur Terre, mais bien à l'échelle intergalactique du Multivers. S'ils venaient à échouer, l'Alliance des barons n'existerait jamais, et des centaines de civilisations éparpillées à travers l'espace-temps en paieraient le prix.

Il y eut un long moment de silence entre les brigadiers, tandis qu'ils se dévisageaient.

— J'ai une idée, annonça enfin Éric. Vous avez besoin d'un brigadier infecté pour servir de cobaye et moi, je vais avoir besoin de votre aide à tous les deux pour arrêter Lody.

En l'écoutant leur révéler son plan, Ridley hocha lentement la tête en souriant.

— Et, professeur…, ajouta le Trench après avoir terminé son explication, on garde ça entre nous pour le moment, d'accord ?

Adler hocha la tête de manière complice.

Quelques instants plus tard, Xing-Woo revint dans la tente, l'air grave.

— Éric, dit-elle. La fréquence de communication…
C'est T'Gan.

Le Trench se rua vers elle.

— Il a capturé Jenny ?!

— Il désire vous parler, lieutenant, ajouta la jeune
soldate en lui tendant un communicateur miniaturisé de
la grosseur d'un bouton de manchette. Je crois qu'il est…
infecté.

— Si tu lui as fait mal, espèce de rongeur !…, lança le
Trench en empoignant le communicateur.

— Mon cher Éric, interrompit T'Gan à l'autre bout.
J'organise ce soir une petite réunion : nous célébrons la
fin de votre Résistance. J'aimerais bien vous y convier.

— T'Gan, si je viens à toi ce soir, prévint le Trench,
les mâchoires serrées, ce sera uniquement pour te défoncer le portrait et mettre la main sur Lody.

— Charmant jeune homme, répondit le Déternien
d'un ton condescendant. Je doute que vous puissiez
accomplir l'un ou l'autre.

— Je commence à me demander, poursuivit le
Trench, si tu n'apprécies pas un peu trop le fait d'être
infecté par ce virus, T'Gan.

— Je prends un inconvénient et j'en fais une force,
Éric. N'est-ce pas là ce que vous nous avez enseigné lors
de notre entraînement à la Citadelle ? Je ne fais que suivre
votre exemple.

Son ton mielleux le fit grincer des dents.

— Ne me blâme pas pour tout ceci, T'Gan ! lança
le Trench ; il serra le petit communicateur si fort que
ses jointures devinrent blanches. C'est *toi* qui as infecté
le commandant de notre lame, en pleine mission ! Et tu
n'étais pas encore sous l'influence du virus au moment
où tu as pris cette décision, Moustaf. C'est un crime de

haute trahison, et en temps de guerre, en plus ! Tu sais que tu devrais être mort en ce moment, constable ?

— Et, pourtant, rétorqua T'Gan, je me retrouve maintenant second en chef de votre pays d'origine. Ironique, n'est-ce pas, *lieutenant* ?

La voix du Déternien s'éloigna du communicateur quelques instants, comme pour demander une information à quelqu'un, puis revint.

— Je vous revois à la salle des pas perdus, Éric. Nous y serons toute la nuit.

Clic !

Le signal fut abruptement interrompu et, furieux, Éric lança le petit communicateur directement vers Xing-Woo, qui l'attrapa en plein vol.

— Est-ce que Jenny était avec lui ? demanda calmement la jeune Asiatique.

— Il n'en a pas parlé, grommela Éric, contrarié.

— Où est-il ? s'enquit Adler.

— T'Gan a parlé de la salle des pas perdus, répondit le Trench. Ils sont à la vieille gare Windsor.

— C'est un piège, lança Ridley. Ça sent le piège à plein nez.

— Mais pouvez-vous vraiment vous permettre de ne pas y aller ? demanda Xing-Woo en haussant les épaules. Je veux dire, si Jenny est prisonnière des nazis…

Éric observa longuement sa communicatrice avant de prendre une décision.

Chapitre 16
LA NUIT DES LONGS MANTEAUX

— C'est… c'est splendide ! s'exclama Xing-Woo en apparaissant en compagnie d'Adler en haut de la côte de la rue Peel, devant la gare Windsor.

Le claquement de tonnerre qui les précéda se réverbéra dans les ruelles avoisinantes ; ils allaient devoir agir rapidement s'ils voulaient éviter d'être repérés. Lors de l'invasion initiale de la métropole, quelques semaines plus tôt, les nazis avaient tôt fait de mettre un frein aux transports ferroviaires et avaient déjà accaparé la gare en reconstruction. Mais, à cette heure tardive, tout semblait abandonné, noir comme la nuit.

La façade extérieure du bâtiment de la grosseur d'un pâté de maisons avait été inspirée de l'architecture romane médiévale, et la beauté de la structure prit la communicatrice par surprise.

— C'est une gare, ça ?

Elle n'avait jamais rien vu de pareil. Les corniches et les tourelles lui rappelaient les images de vieilles cathédrales européennes qu'elle avait entrevues lors de son éducation formelle à bord de la base où elle était née, sur Ganymède, en orbite autour de Jupiter.

— Attends de voir l'intérieur, répondit Adler en la tirant par la main.

Ils descendirent rapidement la côte, préférant éviter l'entrée principale de la rue Osborne pour passer par le niveau inférieur, près de la rue Peel. Ils pénétrèrent dans le hall inférieur et montèrent quelques escaliers dans la pénombre. Xing-Woo ajusta le faisceau lumineux de son implant défensif à la puissance minimale pour ne pas alerter les gardes qui pourraient se trouver sur leur chemin. En arrivant à l'étage supérieur, celui de la gare elle-même, ils entendirent des bruits venant du fond ; un attroupement semblait prendre de l'ampleur.

Ils aboutirent dans une immense salle de quelques dizaines de mètres de long, trouée aux extrémités par ce qui semblait être des cages d'escalier sombres et illuminée par de nombreuses torchères. Le long des murs, ils remarquèrent quelques kiosques abandonnés et des portes closes menant à des salles secondaires. Une enseigne indiquait l'endroit où les femmes pouvaient se changer avant de prendre le train et une autre, celui où les hommes d'affaires pouvaient s'offrir un bain ou une douche avant de quitter Montréal. Au-dessus de leurs têtes, la lueur froide de la Lune projetait les immenses ombres rectilignes des treillis qui soutenaient une grande voûte vitrée. Perdues dans les treillis, deux horloges rondes vacillaient, endommagées lors de l'attaque initiale de la ville. L'une d'elles était suspendue précairement au-dessus de la petite cage d'escalier aux marches noires, à l'autre bout de la salle. À leur gauche, une baie vitrée offrait une vue spectaculaire de l'extérieur, où des rails sombres se dessinaient sous une série d'auvents métalliques.

En s'avançant dans la grande salle au plafond vitré, Xing-Woo fut tout de suite saisie par l'immense statue qui, de leur côté de la gare, dominait le hall en entier ; sur un socle, une femme vêtue d'une longue toge tenait un homme dans ses bras, une couronne de laurier à la main.

— Où sommes-nous, professeur?

— Dans la salle des pas perdus, répondit le petit historien. Viens, lança-t-il en l'amenant près de la statue pour mieux l'observer sous les flammes des torchères. Regarde, Woo.

La statue de la femme était dotée d'ailes déployées. Elle tenait contre elle un homme inconscient, ou mort, vêtu d'un uniforme militaire typique de la Première Grande Guerre terrestre. Une plaque sous leurs pieds identifiait l'hommage ainsi rendu aux travailleurs ferroviaires disparus lors de la construction des chemins de fer qui sillonnaient le pays, ainsi qu'aux soldats morts pendant le conflit.

— Je ne comprends pas, dit Xing-Woo après un moment.

— C'est un ange, expliqua Adler, un envoyé céleste venu aider les soldats au front.

— Le soldat, demanda la jeune femme, il est mort?

Adler se gratta le menton.

— On peut supposer que oui. Après tout, selon les croyances de l'époque, cette apparition venait en général chercher les hommes morts au combat pour les amener dans l'au-delà. Mais on pourrait aussi y voir une symbolique. Regarde, Woo! s'exclama-t-il, la voix remplie d'admiration. On dirait la Victoire, ailée, qui vient appuyer les soldats sur le champ de bataille par sa présence.

— Vous étiez tous aussi superstitieux à cette époque? demanda la communicatrice.

— Je te rappellerai que tes origines sont terriennes, sergent, répliqua Adler. Allez, viens, tâchons de nous approcher de ce ralliement.

Ils purent entendre des voix venant de l'autre bout de l'immense salle, là où des soldats vêtus d'uniformes de l'armée allemande rassemblaient des civils près de la cage d'escalier. Entassés dans la gare Windsor, les nazis avaient installé des torchères tout autour de la place, et les flammes projetaient des ombres dansantes sur les murs de l'enceinte.

Xing-Woo voulut s'avancer, mais Adler la retint.

— Un instant, sergent. Téléchargez ce programme avant que nous ne soyons découverts.

Il toucha la manche de son manteau et Xing-Woo sentit un léger frisson la parcourir de la tête aux pieds, avant de voir ses mains disparaître sous ses yeux. Son uniforme devint translucide, puis invisible. Elle lança un regard vers Adler, mais ne put voir qu'un reflet ondoyant des kiosques derrière lui.

— Un programme de camouflage ? souffla-t-elle, impressionnée.

— Un petit quelque chose que j'ai perfectionné au cours des derniers jours, répondit l'ingénieur. J'ai découvert que nous pouvions changer l'apparence de nos manteaux, du moins, leur couleur. Ensuite, ça n'a été qu'un jeu d'enfant de programmer mon manteau pour faire en sorte que la lumière soit réfléchie autour de lui.

— Vous êtes plein de surprises, professeur, commenta Xing-Woo. Ceci pourrait bien s'avérer… utile.

Ils entendirent d'autres voix provenant d'un des tunnels souterrains qui longeaient la gare comme les tentacules rectangulaires d'une immense pieuvre. Xing-Woo se pencha contre le garde-fou pour observer quelques citoyens qui passaient sous leurs pieds.

Mais qu'est-ce qu'ils font là, eux ? se demanda-t-elle.

En entendant du bruit derrière eux, Adler agrippa le bras de la communicatrice et la tira vers lui juste à temps pour lui éviter d'entrer en collision avec des hommes vêtus de haillons qui entraient dans la gare comme des voleurs dans la nuit.

Une demi-douzaine de citoyens, pauvres, malades, armés de bâtons et de couteaux, passèrent à côté d'eux sans les remarquer et se mirent à défiler en direction du peloton de soldats nazis réunis à l'autre bout de la gare.

— Qui sont-ils? murmura Xing-Woo.

— Des citoyens, répondit Adler après qu'ils furent passés. Apparemment, le discours fasciste des nazis semble attirer la racaille en manque de pouvoir.

Il tira doucement Xing-Woo vers lui en observant la meute d'indésirables.

Autour de la cage d'escalier, le petit groupe d'hommes mécontents ne cessait de grossir, telle une meute de gens vêtus de haillons sombres qui s'agglutinaient autour des miliciens allemands comme des mendiants affamés. Un homme fit son entrée par la porte de la rue Osborne et se dirigea au centre de la petite foule, entouré de ses gardes du corps.

— Fidèles! beugla T'Gan aux curieux. Ceci est notre moment de gloire!

Vêtu d'un long trench-coat noir, le Déternien portait désormais à son bras un brassard blanc et rouge orné de la croix gammée. Il adressa un salut au peloton de ses hommes, tous des soldats portant des casques sombres et des uniformes gris, ou même entièrement noirs comme ceux des S.S., les soldats d'élite.

— Le moment est venu pour nous! poursuivit T'Gan, emporté par sa propre verve propagandiste.

Accompagné de ses gardes armés, l'homme-musaraigne alla se placer près de la baie vitrée, qui donnait, derrière lui, une vue spectaculaire des onze voies ferrées de la gare, désormais abandonnée. Lorsque, haut dans le ciel, les nuages se retirèrent pour laisser passer un filet de lumière de Lune, les auvents de style Bush au-dessus des rails projetèrent de grandes ombres à l'intérieur de la salle des pas perdus, ce qui conféra à T'Gan et à ses hommes une allure plutôt onirique. Adler et Xing-Woo allèrent se placer derrière la statue de la Victoire ailée pour mieux les observer.

Parmi les soldats, les civils détonnaient ; on aurait dit des âmes perdues venues écouter le discours d'un gourou qui leur promettait de changer leur vie à jamais ; c'étaient des jeunes, pour la plupart, vêtus de vieux vêtements rapiécés, paumés, attirés par les promesses du conquérant. Les soldats, quant à eux, stoïques dans leurs uniformes impeccables, se tenaient tous au garde-à-vous, visiblement impressionnés d'être dirigés par un extra-terrestre.

Même si T'Gan, en surface, avait l'air relativement humain, ses traits ne laissaient aucun doute quant à ses origines. Il avait fallu des ordres bien précis de la part de ses commandants, renforcés par les menaces explicites du führer, pour maintenir la discipline des soldats en présence de cet être venu des étoiles. Après tout, la race aryenne se croyait bien supérieure à tous les autres peuples, d'ici ou d'ailleurs. Mais Hitler avait rapidement compris l'avantage stratégique de collaborer avec ces étrangers d'un autre monde : leur technologie était bien en avance sur la leur, et il aurait amplement le temps par la suite de les écraser sous sa botte.

Dissimulés par leur aura de camouflage, Adler et Xing-Woo observèrent le rassemblement de la «jeunesse aryenne» qui prenait place au centre de l'immense gare. Adler demanda à Xing-Woo de lui tendre une petite paire de jumelles qu'elle extirpa d'une des poches de son manteau ; le bruit de la foule rendait l'écoute difficile, et il cherchait à apercevoir le visage fébrile de T'Gan pour lire sur ses lèvres. Ils ne virent aucun signe de Lody dans les parages ; elle devait toujours se trouver à bord du sous-marin, en train d'extirper le sarcophage de Van Den Elst des bas-fonds rocailleux sous l'île.

Les torchères installées tout autour de la place illuminaient les bannières rouges, noires et blanches de l'envahisseur qui décoraient chaque coin de la gare. Adler poussa un soupir.

— C'est vraiment honteux, marmonna-t-il en plissant les yeux pour mieux voir la scène à travers les jumelles. La gare Windsor bondée de nazis… Je n'aurais jamais cru voir ça un jour…

Caché derrière le socle de la grande statue en bronze, le petit brigadier réapparut soudain. Sans pile, Adler ne pouvait maintenir son camouflage bien longtemps, et il préféra conserver sa réserve d'énergie. Après s'être assurée qu'elle ne serait pas repérée, Xing-Woo fit de même.

Adler s'étendit sur le sol pour éviter d'être vu et se concentra sur ses jumelles pour lire sur les lèvres de T'Gan.

— Ils ont réussi à assembler quelques douzaines de jeunes Montréalais, résuma l'historien, et cela, seulement depuis leur dernière rencontre, la semaine passée.

— Ils sont dominants, proclama Xing-Woo en s'assoyant aux côtés du petit professeur. Certains jeunes ici sont pauvres, c'est la guerre après tout. Il leur est probablement plus facile de blâmer des étrangers ou des minorités que de se regarder dans le miroir. Lorsque le conquérant vient frapper à leur porte, la plupart des gens craignent de résister.

— Mais, pourtant, T'Gan est un Déternien, grommela Adler. Les nazis obéissent à un extraterrestre, maintenant? Il me semble que cela va contre leurs valeurs suprématistes…

— Si un homme venu d'un autre monde venait vous livrer les clés de la domination de votre planète, professeur, cracheriez-vous dessus?

Adler abaissa ses jumelles et observa longuement Xing-Woo.

— Je pense que je le ferais, ma petite. Je ne saurais pas quoi faire d'un monde entier.

— Mais les gens comme Gaurshin, Hitler et ces pioupious en uniforme noir rassemblés autour de T'Gan, eux, sauraient quoi faire dans une telle situation. Ils ne désirent que cela, dominer.

Adler réfléchit un instant avant de reprendre ses jumelles.

— Mais pas T'Gan. Je ne comprends toujours pas ce qu'il fait dans cette galère.

— Il a été infecté, répondit Xing-Woo en observant la scène qui se déroulait plusieurs mètres plus loin. Regardez, on peut encore voir quelques traces du virus dans les veines à son cou.

— Tu vois cela d'ici?

— Ma lentille grossissante est encore en état de marche, professeur.

— Hmm, dit Adler en soupesant les jumelles. C'est pour cela que son manteau est devenu noir?

— Sans aucun doute. J'ai remarqué le même phénomène chez Lody et Fünf, lorsque j'étais prisonnière à bord de leur sous-marin.

— Tu crois que c'est également le sort que Lody réserve à Morotti?

— Je crois que c'est pour cela qu'ils l'ont capturé en premier, professeur. Morotti est plus vieux que nous; en s'appropriant les connaissances qu'il a accumulées au cours de sa longue vie, Lody et Gaurshin seraient encore plus redoutables. Et, de plus, c'est notre meilleur combattant. Nous en priver ne fait que nous affaiblir.

Adler haussa les épaules.

— Mais, quand même, je trouve que T'Gan s'est facilement laissé embarquer dans leur clan.

— Il protège sa famille. Vous auriez agi différemment?

Le petit brigadier se renfrogna.

— Je n'ai plus de famille, sergent, alors on ne le saura jamais.

Au loin, au bout de la salle, T'Gan utilisait ses meilleurs atouts pour motiver la foule. L'attaque générale avait été lancée: tous les campements de réfugiés et les cellules de résistance éparpillés sur les rives du fleuve étaient sur le point d'être attaqués simultanément. Une fois l'armée de fortune décimée, il ne resterait plus que les cellules de la métropole elle-même, celles où se terrait le chef de la Résistance.

— Nous écraserons la Résistance une bonne fois pour toutes! clama T'Gan d'un ton impérieux. Ce soir, nous capturons le chef de ces rebelles, mort ou vif!

La foule hurla son approbation, emportée par la ferveur du Déternien.

— Nous allons passer les quartiers de cette cité au peigne fin, poursuivit l'homme-musaraigne, ses moustaches dressées. Et si vous rencontrez des rebelles, nous mettrons leurs maisons à feu et leurs familles, à sang!

— Eh bien, dis donc, souffla Adler. Le virus de la Technence semble vraiment l'avoir affecté!

Xing-Woo fit semblant de ne pas avoir entendu tout le discours dans le col de son manteau, dont le communicateur était relié à celui de T'Gan. Inconsciemment, elle répéta la propagande du Déternien en remuant les lèvres, subjuguée, et hocha la tête machinalement lorsque le professeur lui en résuma les grandes lignes.

— Je n'ai jamais vu T'Gan si hargneux, commenta Adler après un moment.

— Selon ce que j'ai compris, répondit Xing-Woo, le virus exacerbe les craintes et les fantasmes du porteur. Le manteau devient alors un outil pour assouvir ses vices.

— T'Gan le maléfique?…, fit Adler.

— Quelque chose du genre. Vous croyez qu'on peut encore faire quelque chose pour lui?

— Peut-être. Mais, d'abord, il faut neutraliser le porteur du virus; en ce moment, seule Lody possède le moyen de guérir les êtres infectés de manière permanente.

— Neutraliser Lody? demanda Xing-Woo, alarmée. Qu'est-ce que vous voulez dire?

Mais Adler lui fit signe de se taire; il prêtait attention au discours de T'Gan.

La foule scandait des slogans haineux qui visaient les Canadiens français paresseux, les Juifs avaricieux, les Noirs incompétents, les bandes de voleurs tsiganes, ainsi que les nations de la Terre en général. T'Gan semblait prendre plaisir à motiver ses troupes, et la soif de sang commençait à gagner ses hommes.

— Mais qu'est-ce… qu'est-ce qu'il manigance, au juste? fit soudain Adler en plissant les yeux.

Un homme, visiblement ivre et chancelant, fit son apparition entre les premiers soldats rassemblés au centre de l'immense salle, scandant les slogans nazis d'un ton emporté. Avait-il été parmi eux tout ce temps? Était-il entré avec les traîtres, quelques instants plus tôt? En passant près de la statue de l'ange, l'intrus tapota un instant le socle avant de se diriger péniblement vers le cœur de l'assemblée armée, bousculant quelques civils au passage.

— C'est Éric, ça? fit Xing-Woo.

Adler grogna, sentant que la situation dégénérait.

Le Trench, vêtu d'un pantalon noir et d'un chandail à col roulé, poussa quelques soldats armés hors de son chemin en chantant tous les mots d'allemand qu'il connaissait sans son manteau, c'est-à-dire très peu. Il était bruyant, irrévérencieux et dans les jambes de tout le monde. Un soldat tenta de l'empêcher d'avancer, mais Éric le repoussa violemment en l'insultant. Plusieurs hommes se précipitèrent aussitôt pour l'arrêter, mais le Trench se faufila entre eux. L'apercevant dans la foule, T'Gan resta un instant surpris, puis hurla :

— Arrêtez-le ! Traître ! Traîîître ! Je le veux vivant !

Il fit signe à ses gardes de se lancer à sa poursuite.

En voyant les nazis braquer des revolvers dans sa direction, Éric cessa de jouer à l'ivrogne et tenta de prendre la fuite. Mais il n'en eut pas le temps : les S.S. le rattrapèrent et lui coincèrent les bras dans le dos.

Soudain, il y eut un claquement de tonnerre, et une lumière vive déchira l'obscurité de la salle des pas perdus. Le Déternien aux longues moustaches comprit trop tard qu'il s'agissait d'une implosion spatiale : un homme vêtu d'un long manteau gris apparut directement derrière lui. T'Gan tenta de se retourner pour voir qui arrivait, mais Ridley, se matérialisant en un clin d'œil, agrippa le Déternien par le cou et serra fermement sa gorge.

— Ordonne-leur de le relâcher, chuchota Ridley à l'oreille du traître. Sinon, je t'étripe.

— Tu ne me tuerais point, tenta de dire T'Gan d'une voix étouffée.

Il éprouvait de la difficulté à respirer.

— Tu as trahi ma lame et mis ma vie en danger, rétorqua le rouquin. Tu crois vraiment que j'aurais de la compassion pour toi ?

T'Gan allait tenter de cracher quelques ordres à ses hommes, lorsqu'une force inouïe plaqua Ridley au sol. Libéré de son étreinte, T'Gan aspira une lampée d'air, tentant de reprendre son souffle. Derrière lui, un de ses gardes du corps avait sauvagement sauté sur Ridley en grognant. L'immense S.S. portait lui aussi un long manteau noir et un casque de milicien.

Ridley, qui ne semblait pas avoir prévu cette attaque, se releva et décocha quelques coups à la mâchoire du soldat ; il ne possédait peut-être plus toutes les armes de son manteau, mais il avait déjà eu à défendre sa vie avec ses poings plus d'une fois, et il s'en donna à cœur joie. De son poing encastré de métal, il flanqua un solide coup à la tête du nazi et arracha son casque à sa courroie. En apercevant le museau noir de son opposant, Ridley demeura estomaqué.

— Fünf ! jura Adler, tapi au loin dans les ombres.

L'homme-chien semblait lui aussi transformé ; son pelage normalement beige et gris était maintenant noir comme du charbon, et ses yeux étaient rougis par une rage féroce. Le virus l'avait transformé en une bête sauvage, que ses supérieurs parvenaient à peine à maîtriser, et il griffa Ridley à plusieurs reprises en montrant les crocs.

— Pauvre Ridley, laissa tomber Adler, sidéré.

À ses côtés, Xing-Woo esquissa un sourire en coin.

Au centre de la salle, Fünf et Ridley roulèrent sur le sol parmi les soldats qui tentaient de les entourer. Les nazis encourageaient l'homme-chien à égorger l'intrus, à le déchirer en lambeaux. Ridley esquiva quelques puissantes morsures avant de lancer quelques droites à l'abdomen de Fünf. L'éclaireur canin encaissa les coups sans broncher avant de sauter sur lui, tentant de lui déchiqueter la gorge avec ses crocs.

De son côté, Éric se débattait tant bien que mal contre les soldats qui le maintenaient immobilisé. Son entraînement militaire et ses nombreuses aventures périlleuses l'avaient formé au combat, mais il n'avait pas eu à se battre sans son manteau depuis des années. Un des miliciens lui flanqua un coup de poing en plein ventre et le Trench plia en deux sous la douleur. Le souffle coupé, il s'effondra sur le sol. Un des jeunes Montréalais, hargneux, vengeur, vint lui donner un dernier coup de botte au visage avant que les soldats ne le retiennent.

Fünf lacérait sauvagement Ridley. Il portait lui aussi un trench-coat pratiquement indestructible, et ses griffes laissèrent de profondes entailles dans le flanc du rouquin. Le manteau de Ridley guérirait éventuellement ces blessures, tout comme sa main fracassée, mais il ne l'immunisait aucunement contre la douleur. Pratiquement éventré, le rouquin s'affaissa sur le sol en hurlant. D'une main velue, Fünf l'agrippa par les cheveux et le traîna jusqu'à son nouveau maître, T'Gan.

Éric fut amené aux pieds du Déternien quelques instants plus tard et projeté sur le sol près de Ridley. T'Gan contempla la forme agonisante de son ancien commandant et épousseta le col de son manteau d'un air hautain.

— Ils vont les tuer, maugréa Xing-Woo en serrant les mâchoires. Ils vont les tuer et nous allons les regarder sans rien faire, professeur ?!

— C'est notre seule chance, répondit fermement Adler en observant la scène. Nous devons suivre le plan.

Il aurait souhaité lui aussi imploser et réapparaître au beau milieu de la mêlée, sauver Éric et Ridley et tabasser T'Gan pour le punir pour sa trahison, mais ses ordres étaient clairs.

— Éric a raison, tu sais, dit Adler. C'est la seule manière de le mettre en contact avec Lody.

— Ils vont les *tuer*, professeur ! insista Xing-Woo. Nous devons intervenir.

Elle se leva d'un bond.

— Allez-y, je vais vous couvrir !

— Je ne crois pas, ma petite, répondit sèchement le petit historien en l'agrippant par la manche de son manteau. Lody va vouloir infecter le plus de brigadiers possible, et elle aura sûrement donné l'ordre de ramener les prisonniers de son ancienne lame à bord du sous-marin. Si j'interviens maintenant, cela risque de compromettre les plans du Trench. Je crois qu'elle prendra le risque de les garder en vie, du moins jusqu'à ce qu'elle ait trouvé un moyen de les infecter tous les deux.

— Mais nous allons perdre Éric !

— Sans manteau, répondit Adler d'un ton moralisateur, Éric ne pourra pas être infecté par le virus de la Technence, sergent.

Xing-Woo écarquilla les yeux, visiblement surprise. Elle poussa un sifflement d'admiration.

— Je ne connais que lui qui soit capable de transformer un tel défaut en avantage, dit-elle.

— Lody va certainement vouloir lui parler, commenta Adler en regardant au loin le Trench et Ridley, que traînaient de force les soldats allemands. Elle va vouloir savoir ce qui est arrivé à Bruton et à ses Banshee ; elle n'aura pas reçu de nouvelles d'eux depuis la destruction du portail. Ça, c'est si Lody conserve encore un quelconque souvenir d'Éric dans sa brume de rage. Elle pourrait aussi bien le tuer sur place.

Il tendit les jumelles à la communicatrice.

— Qu'est-ce que vous en pensez, sergent ? lança le petit historien en se relevant.

Il épia un instant les recoins ombragés des escaliers derrière eux, tandis que sa collègue observait l'attroupement au loin.

— Les hommes de T'Gan semblent avoir le contrôle de la situation, répondit Xing-Woo en enfouissant les jumelles au creux d'une des poches de son manteau. Si

Lody parvient à éliminer le chef de la Résistance au cours de la nuit, plus rien ne pourra l'empêcher de faire venir Gaurshin sur Terre.

— À cause des effets du virus de la Technence, renchérit Adler, Lody doit effectivement être assez confiante en ses capacités. Mais, si elle veut embarquer Éric et Ridley pour les questionner à bord de son sous-marin, elle devra d'abord refaire surface.

— Ils servent d'appât! comprit soudain Xing-Woo. Vous croyez que Lody se laisserait duper par une astuce aussi stupide?

— C'est ce que nous allons savoir. Jusqu'à présent, ça semble avoir berné T'Gan.

Adler prit le temps d'épousseter son petit manteau.

— Allons rejoindre nos hommes, sergent Xing-Woo. À cette heure, un peloton devrait nous attendre à l'extérieur. Nous avons du pain sur la planche, et la nuit est déjà bien entamée.

Lorsque la communicatrice se releva à son tour, Adler, qui lui arrivait à la taille, la retint d'une main.

— Au fait, dit-il. Suis-je bête. Pourrais-je vous emprunter les jumelles de nouveau?

Xing-Woo fronça les sourcils, méfiante, et sentit une pointe d'épée s'enfoncer entre ses omoplates. Elle se retourna et vit la forme trapue de Morotti apparaître derrière elle, ses dents acérées bien en évidence, la lame au poing. Il semblait être sorti de nulle part, comme s'il avait lui aussi utilisé le programme de camouflage du professeur.

— Sssi tu cries, siffla l'homme-lézard, je te transssforme en fricasssée.

— Morotti?! Qu'est-ce que ça veut dire? protesta Xing-Woo. Je croyais que vous aviez été fait prisonnier! Vous nous avez suivis jusqu'ici?!

Avant qu'elle n'ait le temps d'ériger son champ de force ou d'enclencher son système de téléportation, Adler agrippa fermement la communicatrice par le bras et enfonça sa petite main sous le pan de son manteau, farfouillant dans la région située sous le plastron dorsal. Elle tenta de hurler, mais Adler arracha rapidement un petit ovale métallique du dos de Xing-Woo, et celle-ci s'effondra aussitôt sur le sol, inconsciente.

— Tu avais raison, Morotti, lança Adler en observant la petite pile nucléaire au creux de sa main. Tes sens ne t'avaient pas trompé : lorsqu'elle est venue nous rejoindre au campement, Xing-Woo était déjà infectée par le virus de la Technence. Les nazis ne l'auraient jamais laissé filer aussi facilement ; elle était parmi nous pour nous tendre un piège. Nous avons bien fait de te tenir à l'écart pendant quelques heures. Tu as fait évacuer les cellules ?

— Les campements sssur les rives nord et sssud sont déserts, répondit Morotti en faisant disparaître l'épée dans la manche de son bras droit. Les hommes de la Résissstanssce qui sssont encore sssur l'île ont été prévenus. Au moment de l'attaque, les forssces nazies de Lody n'y trouveront que de la poussssière.

— Alors, nous avons bien fait d'évacuer nos campements au cours de la soirée, ajouta Adler. À voir T'Gan agir, je crois que les soldats de Lody n'y seraient pas allés de main morte.

— A-t-elle sssurvécu à l'exsstracsstion de sssa pile ? demanda Morotti en indiquant la forme allongée de Xing-Woo.

À ses pieds, le manteau de la communicatrice était devenu noir comme une nappe de pétrole, comme celui de T'Gan. Adler s'agenouilla un moment pour tâter le pouls de la jeune femme.

— Elle vit toujours. Excellent ! s'exclama Adler. Cela veut dire que nous allons pouvoir tenter la même chose avec Lody et Fünf.

Il enfonça une touche sous le col de Xing-Woo et fit apparaître l'écran protecteur de son manteau autour de la jeune femme.

— Cela devrait la maintenir en sécurité pour l'instant, déclara-t-il, le temps que son manteau se réinitialise et tente de combattre les effets du virus.

Il se retourna alors et claqua des doigts en direction des marches derrière lui. Quelques-uns des soldats de leur cellule de résistance, dissimulés dans les ombres, vinrent les rejoindre en silence avant de ramasser la forme inerte de Xing-Woo. À l'autre bout de la gare, la meute d'indésirables semblait toujours occupée à tabasser Éric et Ridley, et personne ne remarqua le petit attroupement.

— Vous avez été habile, professseur, commenta Morotti en indiquant l'œuf métallique que tenait Adler.

— Je n'aurais pas pu y arriver sans toi, répondit le petit ingénieur en faisant sautiller la pile nucléaire au creux de sa main. Au moins, nous savons que cela fonctionne, maintenant ; les infectés peuvent être neutralisés. J'espère simplement qu'Éric aura sa chance avec Lody…

— Et Woo ? demanda Morotti. Elle va sssurvivre à la réinisstialisasstion de ssson manteau ?

Adler observa la forme de sa collègue, que les hommes de son peloton transportaient discrètement hors de la gare.

— Le temps nous le dira, répondit le professeur. Je crois qu'elle était parmi nous pour tenter d'assassiner le chef de la Résistance une fois le matin venu, lors de notre rencontre. Lody devait savoir que c'était la seule manière de s'approcher de lui sans alerter ses hommes de main.

— Vous croyez que nous allons pouvoir la sssauver? insista Morotti.

— Si le plan d'Éric échoue, nous ne pourrons sauver personne, constable.

Adler s'adressa à un de ses hommes.

— Faites attention, caporal. Elle est peut-être infectée par l'ennemi, mais c'est encore une amie fidèle.

— Monsieur Adler? fit le soldat, un homme dans la cinquantaine aux tempes grisonnantes et aux traits tirés par la fatigue. Qu'est-ce qu'on fait avec votre collègue si jamais elle reprend ses esprits? Je veux dire…, nous ne pouvons pas combattre quelqu'un comme elle avec nos armes, vous le savez bien.

Adler le suivit dans les ombres de l'escalier de la rue Peel en compagnie de Morotti pour éviter que leur groupe ne soit repéré.

— Roulez-la sous le tank, ordonna le petit brigadier, celui qui est encore en état de marche.

Le soldat écarquilla les yeux.

— Pardon?

— Abandonnez-la sous une chenillette, répondit Adler du tac au tac. J'ai activé son champ protecteur, soldat, elle n'en souffrira aucunement.

— Et… et cela va l'empêcher de se… téléporter?

— Cela va l'empêcher de vous tuer, soldat. La réinitialisation de son engin devrait la remettre sur pied. Si elle reprend ses esprits, vous disposerez de quelques instants pour lui expliquer la situation et la mettre à jour. Si elle vous semble saine d'esprit, dites-lui de me contacter. Je lui donnerai de nouveaux ordres à ce moment.

— Oui, monsieur, répondit le soldat en faisant un salut.

Il partit en secouant la tête, éberlué, et descendit rapidement les marches pour rejoindre son peloton.

Adler se retourna vers Morotti.

— Prépare tes hommes à agir, Morotti. Nous attendrons le signal d'Éric. Et fais attention à Fünf, le virus de la Technence semble l'avoir rendu… sauvage.

— Bien compris, professseur. Bonne chanssce.

L'homme-lézard s'éloigna furtivement en activant son aura de camouflage. Il se dirigea vers la statue de la Victoire qui dominait la gare et disparut, laissant Adler seul avec ses pensées.

— J'espère que tu sais ce que tu fais, Éric, marmonna le petit professeur en observant l'attroupement de T'Gan, qui se dispersait au fond de la gare.

Chapitre 17

L'INTERROGATOIRE

— Professseur, siffla la voix de Morotti au col d'Adler. Qu'est-ssce qui ssse passse ? Ils sssont arrivés ?

L'homme-lézard était toujours à la gare Windsor, camouflé dans les ombres de la salle des pas perdus, épiant la meute d'indésirables, et attendait les ordres d'Adler avec impatience. T'Gan était parti depuis quelques heures déjà, et Morotti n'avait toujours pas reçu de signal du professeur.

Après avoir suivi T'Gan une bonne partie de la nuit, Adler avait rejoint une poignée de rebelles à un de leurs campements temporaires. Ils s'étaient installés derrière une grande butte, à quelques lieues du fleuve Saint-Laurent, pour surveiller de plus près les opérations des nazis. À l'aide de sa lunette d'approche, Adler, couché au sommet de la butte, vit que les hommes de Lody traînaient le Trench et Ridley vers la berge.

Sous les rires moqueurs des soldats allemands, on leur enfila des menottes avant de les amener de force aux abords du fleuve, noir et plat sous la Lune pâle. Ridley, visiblement incommodé, tentait de son mieux de demeurer calme pour laisser à son manteau le temps de guérir les blessures que lui avait infligées Fünf, tandis qu'Éric maintenait le regard baissé.

Au bout de quelques minutes, une ombre majestueuse s'éleva dans l'obscurité, dégorgeant des torrents d'eau : la silhouette d'un immense sous-marin silencieux, sombre comme un épaulard. Haut de quelques étages, le navire était à l'image des *U-Boote* allemands de l'époque, mais celui-ci devait mesurer au moins le double de leurs dimensions normales. Il était assez grand pour héberger confortablement plusieurs patrouilles de soldats. Construit à partir de technologie extraterrestre, pratiquement invulnérable, doté d'écrans antisonar, le sous-marin servait de base mobile à Lody et à ses hommes jusqu'à ce qu'ils puissent arracher l'île aux mains de la Résistance.

Sous les yeux d'Adler et de son peloton, Éric et Ridley furent forcés de monter à bord du navire. Quelques instants plus tard, le sous-marin replongea, et les miliciens qui accompagnaient le petit historien se plaignirent d'avoir manqué leur chance. Adler leur fit signe de se taire ; il restait encore des soldats près de la rive, et il ne voulait pas révéler leur présence.

— Le sous-marin de Lody vient de plonger, résuma le professeur à Morotti dans le communicateur de son manteau. Il semble se diriger vers le Vieux-Port.

Il redescendit la butte et retourna au campement où ses hommes et lui s'étaient terrés, puis se remit rapidement au travail ; il tentait de rafistoler le gouvernail de leur drakkar à l'aide de quelques outils qu'il transportait à sa ceinture.

— Le soleil va se lever d'ici une heure ou deux, constable, dit-il tout en travaillant. Cela veut dire que les hommes de Lody devraient commencer à revenir ici pour la prévenir que les campements rebelles qu'elle pensait prendre par surprise au cours de la soirée étaient tous déserts. Morotti, nous avons réussi à éviter leur attaque nocturne, mais ils vont sûrement deviner que nous sommes en route pour intercepter le convoi…

— Lody ne sssera pas enchantée, rétorqua l'homme-lézard. De mon côté, les S.Sss. sssont encore issci, à motiver la meute… Ils viennent de sssortir pour ssse plasscer sssur le quai de la gare. Ils sssemblent nerveux, sssergent ; ils sss'attendent à du grabuge.

— Lody va vouloir remettre sa cargaison à son maître le plus rapidement possible, répondit Adler. Morotti, le convoi intergalactique du baron Gaurshin devrait arriver à la gare Windsor d'une minute à l'autre, et T'Gan devrait bientôt y retourner pour l'accueillir.

Il fit signe à un de ses hommes de venir l'aider à manipuler le gros chalumeau qu'ils avaient récupéré dans un des commerces de la métropole.

— Ça va être à toi de jouer, ajouta-t-il dans son communicateur en faisant apparaître des lunettes de soudeur sur son visage.

— Vous croyez que ssça va marcher ? demanda Morotti.

— C'est ce que nous allons découvrir dans quelques minutes, constable. Prépare tes hommes à intervenir sur le quai ; dès que tu apercevras T'Gan, lance l'ordre. Il doit être abattu avant l'arrivée du convoi.

Vêtu de son long manteau noir, Fünf força les deux brigadiers à monter sur le sous-marin, à se rendre jusqu'à l'écoutille et à descendre la petite échelle de métal jusque dans le ventre de la bête. Après qu'ils eurent parcouru quelques corridors étroits, on les sépara. Éric fut amené dans une pièce de la grandeur d'une salle de cours, un cachot froid.

Ce sous-marin doit être gigantesque, se dit le Trench en observant les imposantes parois autour de lui.

L'éclaireur canin le força à s'asseoir sur une chaise encastrée dans la cloison métallique du navire, et on lui passa des menottes ancrées au mur. Éric leva les mains devant lui et tira un bon coup, mais sans succès. Un médecin vêtu de gris lui injecta sommairement quelques drogues tranquillisantes pour lui alourdir les esprits et l'empêcher de prendre la fuite.

Comme si je pouvais sortir d'ici sans mon manteau, se dit Éric.

Il perdit bientôt la notion du temps.

Après ce qui lui sembla être une éternité, il fut réveillé par des bruits sourds provenant de l'écoutille. Ridley entra dans la pièce, escorté de plusieurs gardes. Mal en point, les yeux plissés par la lumière pourtant atténuée du cachot, il semblait avoir lui aussi reçu des tranquillisants avant son interrogatoire. Le rouquin râla en s'assoyant aux côtés d'Éric et râla encore lorsqu'on le menotta. Les drogues commençaient à faire leur effet ; ils avaient tous deux de la difficulté à se concentrer.

— Tu es infecté ? demanda le Trench, la bouche pâteuse ; Ridley portait toujours son manteau.

— Non, se défendit Ridley. Non. C'est juste… ces foutues injections… Je ne sais plus trop…

— Ridley ! Je dois savoir !…

Autour d'eux, une série d'éclairs parcoururent soudain les couloirs du sous-marin, faisant gronder le métal des cloisons de manière inquiétante, culminant dans leur cellule. Deux des gardes se retirèrent rapidement pour faire place à une brusque implosion qui souffla entre eux ; issue de nulle part, la forme d'un brigadier se matérialisa au cœur de la cellule.

— Ce n'est pas la meilleure des idées, de se téléporter dans un sous-marin, lança le Trench en voyant T'Gan prendre forme devant lui. Tu commences à t'enfler la tête avec tout ce pouvoir, constable.

— Ouais, grommela Ridley, visiblement affecté. C'est vraiment trop théâtral, ton entrée. Tu aurais pu détruire ton précieux navire en réapparaissant de la sorte.

Vêtu de son long trench-coat noir et affublé d'un brassard arborant la croix gammée, T'Gan jeta un regard méprisant aux deux hommes.

— Me croyez-vous vraiment si incompétent?

Il fit signe à ses gardes de l'aider à transporter du matériel dans la pièce avant de les renvoyer. Il n'aurait plus besoin d'eux; les prisonniers étaient enchaînés, et la présence intimidante de l'homme-chien derrière lui, toujours stoïque, était suffisante pour lui assurer une protection si les deux hommes venaient à faire du grabuge. Les bras croisés sur la poitrine, Fünf s'installa dans un coin ombragé pour surveiller l'interrogatoire, prêt à intervenir à tout moment. Éric et Ridley ne pouvaient voir que ses yeux rougeâtres qui les épiaient depuis les ombres. Le Trench poussa un soupir; à cause des drogues, il savait bien que ni lui ni Ridley n'étaient en état de se battre.

— En temps de guerre, expliqua calmement T'Gan, les soldats qui détiennent le pouvoir de quitter et de réintégrer leur navire en tout temps possèdent un puissant atout tactique. Mais n'allez pas croire que vos hommes pourront venir vous sauver en se téléportant ici; ce navire est renforcé, aucun brigadier ne peut y entrer ou en sortir sans utiliser les codes appropriés.

— C'est ingénieux, admit le Trench.

— Une idée de Lody, avoua T'Gan. Cette femme manipule la technologie comme aucune autre. Je commence à croire que, pendant la durée de ses études, elle a prétendu s'intéresser à la médecine pour calmer les ardeurs de ses parents, alors qu'en fait, elle aurait peut-être fait une bien meilleure ingénieure.

— On s'en fout! ragea Ridley, étourdi. Qu'est-ce que tu nous veux?

Le Déternien ouvrit quelques caissons et prit le temps d'installer devant eux une petite machine à acétate. Il déposa une première pellicule translucide, alluma le rétroprojecteur et projeta une image de l'île de Montréal sur un petit écran blanc qu'il déplia avec soin pour le suspendre à la cloison.

— Des acétates, T'Gan? lança le Trench, moqueur. Tes nazis sont capables de construire des tanks indestructibles, et tu nous fais une présentation de points saillants sur *acétates*?

Mais T'Gan demeura de glace.

— Ils ont mis la main sur des métaux extraterrestres qu'ils peuvent forger en de puissantes armes, Éric, mais cela ne veut pas dire qu'ils ont inventé les ordinateurs pour autant. Il y a quand même une limite à la technologie de l'époque. Et je… je ne connais pas encore très bien cette île… Mes banques de données sont incomplètes…

— T'Gan le vendu, gloussa Ridley d'un ton délirant. T'Gan le pas gentil, T'Gan le poilu.

— Nous ne sommes pas à l'école, sermonna le Déternien, l'air grave. Dites-moi ce que vous savez à propos du baron Van Den Elst.

— Qu'est-ce que tu fais ici? demanda soudain le Trench. Qu'est-ce qui t'est arrivé, T'Gan? Vous êtes tous devenus fous, ou quoi?

— Nous avons vu la lumière, répondit T'Gan, sincère.

— Ahh non ! déplora Ridley. Mais ce que tu es prévisible ! Tu n'as rien de mieux à nous annoncer ? Tu as vu de la *lumière* ? !

— Non, Ridley, non, expliqua calmement le Trench. Il a vu *la* lumière, pas *de la* lumière, *la* lumière ; il a eu une illumination.

Ridley se mordilla une lèvre, tentant de comprendre.

— Ah ! dit-il, mais il n'avait visiblement rien compris.

— Répondez-moi, constable ! lança le Trench. Qu'est-ce qui se passe ici, au juste ?

— Je ne suis plus sous vos ordres, Éric, rétorqua T'Gan, l'air faussement offusqué. Alors, fermez-la quand je parle, ou je vais demander à Fünf de vous faire taire.

Derrière lui, l'homme-chien grogna de manière convaincante, et le Trench se tut.

— Lorsque vous vous êtes écrasé, reprit T'Gan en traçant une ligne opaque sur l'acétate à l'aide d'une feutre noir, l'immense secousse causée par votre chute a percé la croûte terrestre aux alentours, et juste sous l'île. Vous vous êtes enfoncé de plusieurs dizaines de mètres sous la surface.

— Oui, on m'a raconté, grommela le Trench.

Décidément, ils se sont passé le mot pour me culpabiliser au sujet de toute cette affaire, si je comprends bien, se dit Éric.

— En vous écrasant près de l'île, donc, vous avez traversé plusieurs couches sédimentaires. Votre trajectoire a délogé de nombreuses plaques de roc et révélé la présence d'une petite crevasse.

Éric baissa le regard.

La deuxième grotte enfouie sous la navette de Van Den Elst, comprit-il, abattu.

— Votre chute, poursuivit le Déternien, nous a permis de retrouver cette étrange masse cristalline.

T'Gan retira l'acétate pour déposer sur la machine une nouvelle feuille, qu'il extirpa d'un air professionnel d'une chemise noire minutieusement enfouie au fond d'un porte-documents. Devant les deux hommes enchaînés, il fit apparaître une image étrange : une photo en noir et blanc d'un trou béant, rempli de terre, d'eau et de rocaille, dont le fond semblait réfléchir la lumière.

— Un autre vaisseau ? demanda Ridley, confus.

La masse de la grosseur d'un homme semblait à moitié fusionnée au roc ; il aurait été impossible de l'extraire par des moyens traditionnels.

— Ça semble trop petit…, balbutia le rouquin.

— Mais non, ce n'est pas un vaisseau, tiqua T'Gan. C'est le sarcophage de Van Den Elst.

— Qu'est-ce qu'il contient réellement, ce truc ? demanda le Trench en devinant pertinemment la ruse de T'Gan.

Il savait bien que Lody avait fait exploser une bombe nucléaire sous l'île. Et cette image ne ressemblait en rien au cratère que lui avait montré Xing-Woo à Laval. Il aurait juré que T'Gan tentait présentement de le manipuler pour obtenir sa coopération.

— Ce n'est pas vraiment la dépouille du baron, n'est-ce pas ? Van Den Elst ne serait jamais retourné prendre place dans une capsule d'hybernation, là où les envoyés de la Technence pourraient le retrouver facilement.

— Je n'aurais jamais cru que vous puissiez être aussi naïf, Éric, déclara T'Gan, l'air malicieux. Maintenant, écoutez-moi bien : je veux savoir si vous possédez quelque part dans votre esprit les codes pour ouvrir ce sarcophage.

— Demande-le à ta commandante.

— Si elle disposait déjà d'un moyen de l'ouvrir, je ne serais pas ici à perdre mon temps, rétorqua l'homme-musaraigne. Avez-vous, oui ou non, reçu les commandes pour ouvrir ce sarcophage avant d'être enrôlé dans la Brigade?

Éric fronça les sourcils.

— *Avant* d'être enrôlé?… Mais comment veux-tu que je le sache?

— Lody semble croire que vous possédez peut-être de vieux contacts au sein des forces rebelles secrètes de l'Alliance. Lors d'une de vos « aventures », un collègue vous aura peut-être refilé des informations qui…

— Tu es ridicule, cracha le Trench. Vous êtes ridicules, toi et Lody. Je n'ai même plus de manteau, comment veux-tu que je connaisse les codes pour ouvrir votre machin?

T'Gan fit la moue.

— Dans ce cas, peut-être devrais-je m'adresser à un vrai brigadier, dit-il en se retournant vers Ridley. Et vous, petit colon martien, vous saviez que nous avions retrouvé cet objet? Possédez-vous les codes que je recherche? Je ne voudrais pas aggraver vos blessures, vous me semblez déjà assez mal en point.

Ridley portait des ecchymoses au visage, signe évident qu'il ne s'était pas laissé injecter les tranquillisants sans avoir au moins livré une bonne bataille. Il tourna la tête en direction de la voix et cligna de son œil le moins boursouflé, tout en tentant de suivre le fil de la conversation.

— Nooon?! Pour de vrai? Tu as retrouvé la trace de Van Den Elst?

À ses côtés, aussi engourdi que lui, Éric hocha la tête.

— Ici même, Ridley.

— Ahhhhh, bien c'est pas trop tôt.

— Hé… tenta d'intervenir T'Gan.

— Au fait, demanda Éric à Ridley, t'as vu Morotti, dernièrement?

— Le sac à main avec des griffes ? Non, non, pas aujourd'hui.

— HÉ ! lança T'Gan, de plus en plus irrité à force d'être interrompu.

Éric et Ridley se regardèrent un instant, puis pouffèrent. Ils se mirent à rire de manière incontrôlable. T'Gan se fâcha et faillit frapper le Trench. Ses moustaches frémirent et il crispa les doigts.

— Je vous préviens : le prochain qui s'entête à se moquer de moi, je lui flanque mon poing en pleine figure !

— On t'écoute, T'Gan, on t'écoute, répondit le Trench. Tu nous expliquais pourquoi un anthropologue s'intéressait soudainement à la géologie.

— Ça aurait dû être Adler qui donne ce cours, ajouta Ridley, maussade. Il est petit, mais il est plus intéressant que le moustachu.

— HÉÉÉ !

T'Gan planta ses poings sur le bureau et fit sautiller l'image du cristal à demi enfoui sous la forêt dévastée.

— Il n'est pas dans son sarcophage ! ragea-t-il. Van Den Elst est disparu ! Ne comprenez-vous donc pas ? Personne ne va pouvoir venir vous sauver, vous êtes les derniers espoirs de l'Alliance ! Et vous êtes entre nos mains ! C'est terminé, Éric, c'est fini. Vous avez perdu.

Éric et Ridley se turent, défaits.

— Disparu ? demanda le Trench. Tu en es certain cette fois-ci, T'Gan ?

— En creusant plus profondément sous votre île, Éric, nous avons réussi à déterrer ce sarcophage en cristal. Nos sondes nous ont révélé qu'il ne contenait aucun cadavre ; Van Den Elst aurait dû mourir lors de l'explosion des Banshee, juste après que vous ayez quitté Montréal pour la première fois, en 1997, mais maintenant, il est disparu.

Le Déternien fit le tour de sa petite table de travail et alla se placer devant eux, les bras croisés sur la poitrine. Pendant un instant, un bref instant, Éric crut voir dans les yeux de l'anthropologue une lueur de sympathie. De crainte, également. Se sentant observé, T'Gan enfila aussitôt ses lunettes fumées et nettoya ses moustaches d'un coup de langue.

— Vous étiez si près du but, Éric, lança T'Gan. Mais, comme toujours, vous avez loupé votre chance.

— Donc… Van Den Elst est toujours en 1997…, répéta le Trench, confus.

— Le baron était dans votre ville tout ce temps, et à votre époque, en plus. Il a probablement été obligé de s'habiller comme un vulgaire civil pour passer incognito. Si seulement vous aviez regardé un peu plus loin que le bout de votre nez, au lieu de jouer les héros et les aventuriers, vous auriez pu nous éviter tout ce pétrin. Vous me décevez, Éric, profondément.

Le Trench cracha par terre.

— Tu peux bien parler, grommela-t-il. Il ne portait pas son manteau ? Lors de la détonation, T'Gan, tu as dit que Van Den Elst était sur l'île, en civil ?

— D'après ce que j'ai pu comprendre.

— Mais si le baron n'est pas dans ce sarcophage…

Éric cherchait à lutter contre les effets des drogues tranquillisantes qui coulaient dans ses veines.

— Alors, qu'est-ce que Lody a l'intention de remettre à Gaurshin, lorsqu'il va arriver sur Terre avec son transport intergalactique ?

Le Déternien sourit.

— Je crois que je vais laisser le capitaine Lody vous expliquer cela par elle-même, dit-il d'un ton sinistre.

Chapitre 18
LE MANTEAU DU MONARQUE

À bord du sous-marin allemand, le Trench fut amené dans une grande salle sphérique dotée de quelques sorties secondaires. La moitié avant du pont, haute de plusieurs mètres, était construite en plexi-acier transparent et permettait de voir les fonds marins dans toute leur splendeur. Illuminée par de puissants faisceaux fixés à l'extérieur du navire, la vue marine dominait la salle des commandes et ne laissait aucun doute : ils avaient replongé. En entrant sur le pont, Éric vit les eaux ténébreuses du fleuve Saint-Laurent, parsemées de quelques poissons téméraires et de varech boueux qui se séparèrent au passage de l'immense submersible de guerre.

Quatre soldats postés directement à l'entrée braquèrent aussitôt leurs Luger sur lui, et le Trench souhaita, pendant un court instant, pouvoir activer son implant défensif.

Il crispa les doigts ; il ne portait plus son manteau, mais il garderait néanmoins l'implant chromé qu'on avait inséré sans son consentement entre les os de sa main des mois plus tôt. Il serait à jamais embêté par cet écu métallique, désormais inutile.

Il soupira tandis qu'un soldat le poussa rudement sur le pont. Plusieurs matelots, affairés, penchés sur de nombreuses consoles installées autour de la salle des commandes, se retournèrent pour voir ce qui se passait. Mais, en entendant la voix de leur capitaine, ils se levèrent et firent un salut de la main en frappant leur poitrine.

— De retour au boulot, ordonna la femme en entrant sur le pont. Il ne représente aucune menace.

Vêtue d'un long manteau noir, elle sortit de l'écoutille qui menait à ses quartiers personnels et fit quelques pas vers le Trench d'un air assuré. Elle avait de longs cheveux noirs soyeux et le regard d'une furie. Ses grandes bottes sombres martelèrent le métal de la salle des commandes, et Éric sentit son cœur battre plus rapidement.

— Lody, souffla-t-il.

Le capitaine sourit sournoisement.

— Je suis contente de voir que tu t'es rendu jusqu'à nous, petit Trench. Je te croyais perdu. Pour ton information, nous devrions atteindre le Vieux-Port d'ici quelques minutes. Nous pourrons ensuite faire transférer la marchandise du baron jusqu'à la vieille gare Windsor, et il n'y a pas grand-chose que tu puisses faire pour m'en empêcher. T'Gan! ordonna-t-elle au Déternien lorsque celui-ci mit les pieds sur le pont. Retourne accueillir notre invité à la gare, veux-tu? Et amène Fünf avec toi: je ne veux prendre aucun risque avec la sécurité du baron.

— Bien, capitaine, répondit T'Gan en baissant le regard.

— T'Gan? le rappela-t-elle. Les soldats de la Résistance ne sont plus à leurs campements; ils semblent plus futés que je ne le croyais. Ils vont peut-être tenter quelque chose, alors demeure sur tes gardes.

L'homme-musaraigne hocha la tête en faisant claquer les talons de ses bottes.

Éric observa la mine sombre de T'Gan; de près, il remarqua les veines noires qui se dessinaient à son cou, signe de l'infection qui se propageait dans son corps.

— Tu es l'esclave de Lody, maintenant, T'Gan ? Tu viens et repars dès qu'elle t'appelle ?

T'Gan sourit mielleusement.

— J'obéis aux ordres de ma commandante, Éric. Vous auriez dû faire de même.

Lody fit un signe impatient de la main et T'Gan s'excusa. Il quitta le pont en compagnie de Fünf, puis ils disparurent tous les deux dans une implosion de téléportation.

Le capitaine se retourna vers Éric et minauda devant lui avant de lui murmurer à l'oreille :

— Nous avons un rendez-vous important avec Gaurshin ce matin, tu sais ? Mais, avant, j'ai quelque chose à te montrer.

Les premiers rayons du soleil perçaient déjà la voûte de nuages sombres qui flottaient au-dessus de l'île. Le matin était frais, et quelques gouttelettes de pluie se déversèrent sur les hommes de Lody, affairés à décharger un grand caisson en bois d'un camion anonyme. L'immense *U-Boot* avait refait surface dans le Vieux-Port, et une poignée de miliciens, blottis sur un des quais, attendaient de recevoir la précieuse cargaison que les soldats sortaient du sous-marin. Une fois que le sarcophage de Van Den Elst serait empaqueté, les nazis le transporteraient discrètement jusqu'au quai d'embarquement de la gare Windsor, où les hommes de Gaurshin viendraient le récupérer au cours de la matinée.

— Est-ce que tu sais depuis combien de temps cet objet est enfoui dans le sol ? demanda Lody en caressant le sarcophage en cristal lorsque ses hommes le déposèrent près d'elle, sur un des quais.

On aurait dit une antiquité à peine reconnaissable, issue de la nuit des temps. L'objet, un peu plus grand qu'un homme, était décoré de runes qui, à première vue, paraissaient primitives, mais que des adeptes de la Technence auraient immédiatement reconnues comme des sceaux de l'Alliance. Son séjour sous l'eau, après que Xing-Woo était allée l'extraire de la crevasse située sous l'île de Montréal, n'avait pas réussi à dissoudre complètement toutes les couches sédimentaires qui s'étaient accumulées sur sa surface lorsque le baron avait enfoui la coquille cristalline sous sa navette. Somme toute, le sarcophage semblait ancien, une relique, mais était néanmoins bien conservé.

— D'après ce que j'ai compris, grommela le Trench, c'est vieux d'au moins trois millions d'années.

— C'est grâce à toi si nous avons réussi à retrouver cette chose, expliqua la jeune femme en admirant l'objet qui tenait à la verticale devant elle. Lorsque tu t'es violemment écrasé à Montréal, tu as révélé une faille aux abords de l'île, une crevasse cristallisée… Van Den Elst y avait abandonné cette capsule. Sans toi, nous n'aurions jamais pu la retrouver.

Menotté, les mains derrière le dos, Éric se sentait misérable ; les gouttes de pluie froide commençaient à ruisseler le long de son visage.

Elle essaie de me manipuler, se dit-il, *comme Xing-Woo et T'Gan. Elle essaie de me déstabiliser.*

— Vous n'avez pas réussi à retrouver sa navette, par contre, commenta le Trench, comme pour la vexer.

Mais Lody l'ignora.

— Ce sarcophage est magnifique, n'est-ce pas ? fit-elle en époussetant le dessus du cristal sombre ; des millions d'années passées sous l'île avaient coloré la carapace du cercueil de teintes de rouge et de noir.

— Qu'est-ce qu'il contient réellement, ce truc ? demanda le Trench en cherchant à la pousser à bout. T'Gan m'a dit que le baron avait disparu…

— Van Den Elst était censé mourir en 1997, Éric, lors de l'explosion des Banshee. Mais maintenant que tu as rappelé toutes les Banshee de toutes les époques, tu as altéré le cours des choses.

— Tu sais ça, toi ?

— J'ai accès aux balises de communication de la Technence. Le portail que tu as détruit appartenait à leurs prêtres. Disons qu'ils sont plutôt mécontents.

— Et Van Den Elst, dans tout ça ?

— Comme tu as empêché les Banshee d'exploser en plein centre-ville de Montréal au tournant du millénaire, je suppose que le baron est toujours vivant, quelque part dans le futur d'où tu viens.

— Il est vivant ? !

Lody fit la moue.

— Peut-être, qui sait. S'il a survécu aux années, il doit probablement errer en ce moment dans les rues de ta ville, confus. Grâce à toi, il ne possède plus de navette pour se sortir de là, tu sais. Il est coincé sur Terre, Éric ; ce ne sera qu'un jeu d'enfant d'aller le chercher le moment venu.

— Mais qu'est-ce qu'il contient alors, ce sarcophage ?

— En arrivant sur Terre, Van Den Elst a adopté une identité civile pour éviter les espions et les sondes de la Technence.

Elle afficha un air dédaigneux.

— Le baron le plus puissant du Multivers a décidé de vivre parmi le commun des mortels, et de se cacher, comme un couard. Mais avant de se fondre dans la populace locale, il a d'abord pris soin de dissimuler son manteau dans une cachette secrète.

— Son manteau ? fit Éric en grelottant.

— Le manteau d'un monarque, répondit-elle avec admiration. Nous ne l'aurions peut-être jamais retrouvé sans toi, Éric. L'Alliance tout entière te remercie.

— Hnn, gémit le Trench. L'Alliance…

C'est un jeu qui se joue à deux, ça, se dit-il. *Je dois trouver une manière de la déstabiliser, de la déconcentrer.*

— Tu penses encore représenter le Multivers, Lody ? La Technence t'a infectée…

Elle plaça le bout de ses doigts sur ses lèvres et lui fit signe de se taire.

— J'ai été patiente avec toi jusqu'à présent. Mais tu es l'ennemi numéro un de Gaurshin en ce moment, alors je te conseille de ne pas me pousser à bout. Je pourrais encore changer d'avis et te livrer à ses hommes en même temps que sa marchandise.

Éric secoua la tête.

— Tu t'en tires pas mal, Lody, tu sais ? Tu as ta cabine privée, des hommes qui exécutent tes moindres volontés et un sous-marin capable de désarmer une nation en un clin d'œil. Tu es certaine que ce n'est pas ce que tu as toujours voulu ? C'est le commandant York qui serait fier de toi.

Lody lui sourit et fit quelques pas autour du sarcophage, fascinée. Elle n'avait d'yeux que pour sa prise.

— Tu attends quoi, au juste ? demanda Éric après un moment.

Il aurait aimé pouvoir retirer les gouttes de pluie de ses yeux, mais, menotté, il se contenta de secouer la tête comme un chien mouillé.

— Lody, qu'est-ce que tu attends pour l'ouvrir ?

— Il est entouré d'une aura intemporelle impénétrable, répondit-elle. Cela lui aura permis de survivre au passage du temps.

— Et tu ne connais pas les codes d'accès, c'est ça ? Tu crois que je les ai, moi ?

Elle sourit en tapotant une dernière fois le couvercle scellé du sarcophage.

— Non, je crois que tu ne sais rien, Éric. Je voulais simplement te montrer ce pour quoi tu t'es battu, tout ce temps : la force la plus puissante du Multivers. J'aurais aimé en vérifier le contenu avant de le remettre à Gaurshin, mais…

Éric éclata de rire. Il tentait de la faire sortir de ses gonds et poussa le bouchon un peu loin.

— Toi, la grande capitaine nazie, incapable de retirer le trésor de son tombeau ? Et si tu avais réussi à l'ouvrir, qu'est-ce que tu prévoyais faire de ce manteau, au juste ? Tu allais vraiment berner le baron et le garder pour toi ? Ou, alors, est-ce que ton programme viral t'oblige à le remettre au gros Gaurshin ?

Elle se retourna et se déhancha langoureusement jusqu'à lui. Le Trench demeura un instant saisi ; l'infection de la Technence qui parcourait les veines de Lody semblait affecter ses émotions, les décupler. En plus de cette ferveur patriotique pervertie en fascisme par la Technence, la haine, la colère, mais également la libido de la jeune femme semblaient avoir été augmentées de manière exponentielle.

— Ceci n'est pas un conte pour enfants, Éric, dit-elle. Cette histoire ne se terminera pas par magie, ni de façon agréable. Dans la réalité, ce sont les plus forts qui gagnent.

Elle fit glisser un doigt sur l'arête du nez du Trench.

— Et le baron Gaurshin est le plus fort de nous tous.

Elle adressa à ses hommes un signe de la main.

— Empaquetez-moi ça, et préparez-vous à transporter la prise du baron à la gare. Et faites attention aux porteurs de manteaux, je suis certaine qu'ils complotent quelque chose.

Les soldats se mirent à clouer le caisson de bois autour du sarcophage pour ensuite le hisser à l'arrière du camion.

— Une fois à la gare, vous le placerez dans le wagon spécial que nous avons fait construire. Il est déjà sur les rails.

— Et que faisons-nous de lui ? demanda un des gardes, debout derrière Éric.

L'homme enfonça le canon de son arme dans le dos du Trench. Éric frissonna ; il était en camisole, sous la pluie, aux petites heures du matin, et il commençait à être épuisé. L'effet des tranquillisants s'estompait rapidement et il n'avait envie que de dormir.

— Amenez-le dans ma cabine, ordonna Lody en se retournant vers son immense sous-marin. Je veux m'entretenir avec lui.

Elle s'assit à ses côtés sur le bord de la couchette et déposa doucement une main sur son genou.

— Tu n'auras pas besoin de cela, dit-elle en agrippant ses mains.

Lody serra le poing en souriant et fit craquer les menottes entre ses doigts. Elle émietta les morceaux pulvérisés devant ses yeux, tout en le contemplant d'un air aguichant.

Éric déglutit.

— Je devrais peut-être te laisser enchaîné, dit-elle. Cela pourrait s'avérer plus… divertissant.

Elle caressa son visage de ses doigts gantés ; elle portait son uniforme invulnérable, et lui, sa camisole détrempée.

— Aucun soldat ne viendra nous déranger. Ce n'est pas comme si tu représentais une quelconque menace pour moi, de toute manière.

En grelottant, Éric observa le reste du décor de la cabine d'officier de Lody; un grand lit simple, plutôt luxueux, puisque les matelots à bord devaient probablement se contenter de couchettes inconfortables, une table de travail avec quelques livres de codes à déchiffrer et une série de penderies qui contenaient l'équipement spécialisé du capitaine: une radio, des armes de l'époque et des combinaisons de rechange.

— Je… Lody, je…

— Chut, fit-elle en lui humant le visage.

Éric était désemparé.

— Tu n'as pas besoin de te sentir mal à l'aise, susurra Lody. Je sais que c'est ce que tu as toujours voulu.

— Et…

Il tentait de demeurer calme.

— Et pourquoi? Je veux dire, pourquoi tu ne peux pas… ouvrir le… la chose, là? Tu n'as pas les codes, c'est bien ça?

Elle le coinça contre la cloison arrière de la couchette. Il tenta de se dégager, mais elle le repoussa brutalement contre le mur.

— Je te l'ai dit, le sarcophage est muni d'une couche de protection temporelle, souffla-t-elle mielleusement en léchant le lobe de son oreille.

— De la protection, hein? demanda Éric d'une voix mal assurée.

— Pour survivre durant toutes ces années, la capsule du baron Van Den Elst a été munie d'une protection qui repousse toute avance du temps, dit-elle en déposant une main gantée sur sa poitrine. Un champ chronoréfractaire. Mais je ne possède pas les codes d'accès pour l'abaisser.

Elle agrippa sa camisole et la déchira facilement.

— Lody…, tenta le Trench.

Mais elle poursuivit ses avances sans relâche.

— C'est comme la couche qui entoure les porteurs de manteaux, enchaîna-t-elle en parcourant son torse dénudé du bout des doigts. Invulnérable…

Elle remonta à son menton.

— Impénétrable…

Elle redescendit vers son ventre, et Éric tenta de se libérer, mais elle le plaqua de nouveau contre le mur. Il sentit une de ses côtes plier sous la force de l'impact.

— Parlant d'impénétrable…, lança le Trench, tentant de reprendre son souffle. C'est quoi, au juste, un… un manteau de monarque?

— C'est un modèle qui contient tous les codes et les privilèges réservés à un empereur stellaire, dit-elle avant de l'embrasser langoureusement.

Éric gémit, de plus en plus coincé.

— Et tu livres ça, dit-il lorsqu'il en fut capable, tout bonnement… hm… à un des barons… les plus sanguinaires qui soient?

— Hmmmm, souffla Lody. Maintenant qu'il a pris le contrôle de la Citadelle de Galaron IV, Gaurshin peut désormais accéder à tous les systèmes de convois intersidéraux qui appartenaient jadis à Van Den Elst. Nous allons simplement abandonner le sarcophage dans un wagon construit sur mesure, et lorsque, d'ici quelques minutes, son convoi arrivera en gare, nous n'aurons qu'à le coupler à sa locomotive.

— Aussi simple que ça?

— Parlant d'accouplement…

Éric poussa un petit rire nerveux.

— Et Gaurshin… Il pourra ensuite utiliser ce… ce manteau du monarque pour, quoi?… contrôler l'Alliance?

Elle lui donna une petite claque sur le visage.

— Tu es trop naïf. Pourquoi se contenter de contrôler cette minable Alliance quand il pourrait s'approprier le Multivers tout entier ? En portant le manteau de Van Den Elst, Gaurshin pourra s'accaparer les économies de mondes plus riches que tout ce que tu peux t'imaginer, manipuler les armées de tous les secteurs qui ne sont pas encore sous son joug, et même envahir les plus lointaines galaxies. Avec cet engin sur le dos, Gaurshin deviendra notre roi à nous tous, Éric. Et aussi le roi de ta planète, si elle survit à son départ.

— Tu viens d'ici, toi aussi, Lody, tenta le Trench. Je ne peux croire que tu laisserais Gaurshin détruire la Terre.

— Je fais partie de la Technence, maintenant. Dommage que tu ne possèdes plus ton manteau, tu aurais constitué un atout majeur pour nos forces.

Elle parcourut son bas-ventre de ses doigts gantés.

— Et pour ma nouvelle collection…

Éric baissa le regard.

— Lody, ce que je souhaitais pour nous deux…

Il chercha ses mots.

— Je ne veux pas que cela arrive en ce moment, car tu es… tu n'es pas toi-même, Lody.

— Il n'y a pas de fumée sans feu, Éric, dit-elle d'un ton aguichant. Tu n'es pas un enfant, cesse de me résister.

— Tu crois…, balbutia-t-il en tentant de se retenir, mais en vain. Tu crois que je pourrais obtenir un autre manteau, un jour ?

Lody sourit et l'embrassa de nouveau.

— Si tu es gentil avec moi, je verrai ce que je peux faire, mon petit renégat. Mais, aujourd'hui, nous fêtons notre victoire, Éric. Toi et moi…

— Lody…

— Appelez-moi *capitaine*…, lieutenant.

Éric la dévisagea avant de flancher et de l'embrasser longuement. Lorsqu'il la prit dans ses bras, Lody roucoula de plaisir pervers ; elle avait réussi à corrompre le Trench. Le jour même où tous ses alliés allaient être massacrés, arrêtés ou emprisonnés, il partageait la couchette de l'ennemie. Il ne serait plus jamais le même; il ne pourrait plus jamais faire marche arrière ni regarder ses collègues dans les yeux. Il n'aurait d'autre choix que de se joindre à eux; il allait devenir un véritable renégat, à jamais. Éric avait lamentablement échoué dans sa mission, sur tous les plans, et, maintenant, le fameux Trench leur appartenait, à elle, à Gaurshin, ainsi qu'à la Technence.

— Oh! Lody, souffla-t-il, tu sais bien que j'ai toujours voulu cela… Je ne peux pas te résister!

Éric était peut-être bon comédien, mais pas si bon que ça; elle aurait dû se douter de quelque chose au moment même où il s'était mis à lui parler de la sorte. Mais, emportée par ses visions de gloire et par sa libido amplifiée par l'infection virale, Lody sous-estima le Trench et n'y vit que du feu, laissant son champ de force désactivé. Éric caressa ses cuisses, puis ses hanches et défit les sangles de son uniforme avant de serrer sa poitrine contre lui. Il remonta ses flancs pour rejoindre son dos et la caressa en lui susurrant des mots d'extase.

— Tu es à moi, dit-elle, confiante.

— Comme tu me l'as si bien dit lors de notre entraînement à la Citadelle, Lody: «Laissez-moi en douter!», répondit le Trench en atteignant la petite pile nucléaire lovée au creux de ses omoplates.

Il tira d'un geste sec sur la protubérance métallique de la grosseur d'un œuf d'autruche qui reliait le manteau au dos de Lody. Elle se mit à hurler; la douleur semblait atroce. Elle tenta de se libérer, mais ne réussit qu'à tomber du lit. Trahie, elle le dévisagea, le regard confus. Le Trench eut un moment de pitié pour elle, mais ce fut de courte durée. Elle serra les poings et lui assena quelques bons coups avant de s'effondrer, inconsciente, à moitié sur la couchette, à moitié sur le sol.

Éric renifla une coulée de sang.

— Désolé, capitaine, dit-il en soupesant la pile du manteau. Mais on va devoir remettre ça à une autre fois.

Il n'était pas fier de ce qu'il avait fait, mais il avait dû improviser. Sans son manteau, Lody l'avait cru sans défense, et il avait encouragé sa collègue, subjuguée par le virus de la Technence, à le croire soumis à ses avances. Il trouva le pouls de Lody et s'assura qu'elle était bel et bien vivante.

Après un moment, Éric poussa un soupir, épuisé.

Du coin de l'œil, il remarqua que le trench-coat de Lody, réinitialisé, semblait déjà pâlir. À la lumière des lampes électriques, il devint grisâtre, de la couleur des autres manteaux de l'Alliance. Quelques taches blanches tourbillonnèrent d'un pan à l'autre ; l'engin tentait de vaincre le virus et de réinitialiser son programme de médico. Éric espéra que le manteau puisse combattre l'infection rapidement, avant que…

— Capitaine ?

Un des gardes entra en courant dans la pièce.

— Nous avons entendu du bruit, et…

En remarquant le Trench, sa camisole déchirée en lambeaux, debout près de la forme inconsciente de son commandant, le garde braqua aussitôt son arme sur lui et lui ordonna de se rendre. Éric lança rapidement la pile nucléaire en forme d'œuf vers le soldat. Par miracle, il l'atteignit en plein front. Il attrapa l'œuf bondissant sur son retour avant même que le soldat ne s'écrase sur le sol, assommé.

Le Trench ouvrit rapidement la porte des quartiers et tomba soudain nez à nez avec Ridley. Le rouquin avait la mine sombre, haineuse.

— Ridley?

— J'ai essayé de résister, lieutenant, dit-il; il semblait perturbé.

Une demi-douzaine de soldats se tenaient derrière lui sur le pont, armes au poing.

— Je te le jure, j'ai vraiment essayé!

Son uniforme était maintenant noir comme une nappe de pétrole; il avait succombé au virus de la Technence.

— Je ne voulais pas te le dire, dit-il, mais à mon arrivée à bord…

— Sortons d'ici, veux-tu? lança le Trench en l'agrippant par le bras.

Mais les yeux du colon semblaient perdus dans un élan de pure colère; Ridley était au bord du gouffre. Il se libéra facilement de la poigne d'Éric.

— Tu as essayé de tuer le capitaine, lança-t-il en empoignant le bras du Trench. Je ne peux te laisser sortir d'ici vivant.

Éric déglutit et sourit mollement.

— Ça te dirait de venir faire un tour de couchette avec moi, Ridley?

Mais le brigadier ne sembla pas apprécier la blague.

Chapitre 19
IN EXTREMIS

— Qu'est-ce que tu as fait au capitaine? demanda Ridley d'un ton sévère.

Sur le pont du sous-marin, entouré de soldats armés, le Trench se sentait impuissant. Ridley se tenait devant lui, le regard enflammé.

— J'ai tenté de la sauver, répondit bravement Éric.

Le rouquin s'avança d'un air imposant et grogna devant son visage.

— Tu te brosses les dents, parfois, Ridley? fit Éric avant de recevoir une solide baffe sur le menton.

— Tu vas nous dire ce qui s'est passé, ordonna un des hommes de Lody, un officier.

Éric ne comprit rien à ce qu'il disait, mais le commandant sortit son Luger et pointa la poitrine du Trench; la menace ne laissait aucun doute.

— Euh, commandant? lança un des soldats derrière eux.

Il s'affairait devant l'une des consoles de pilotage et jetait nerveusement des regards à ses instruments.

— Pas maintenant, répondit celui qui menaçait le Trench de son revolver.

— Je crois que vous devriez…

— J'ai dit pas maintenant! jappa l'officier.

Par-dessus l'épaule du nazi, Éric remarqua soudain quelque chose qui attira son attention. Il demeura saisi en apercevant, par la grande baie vitrée qui formait la moitié avant du pont, une forme allongée qui se dirigeait droit vers eux en filant comme un bolide entre les récifs.

— Je crois que vous devriez écouter votre soldat, suggéra le Trench en pointant l'immense écran mural à la proue du navire.

Méfiant, le commandant nazi jeta un coup d'œil derrière lui et vit une longue plate-forme métallique traverser les eaux sombres du fleuve Saint-Laurent dans leur direction. Sur le dos de l'engin, le professeur Adler se tenait à plat ventre, un masque respiratoire autour du visage. Il agrippait le gouvernail qu'il avait soudé au grillage de leur drakkar intersidéral pour parcourir les fonds marins plus facilement. Son manteau claquait derrière lui au gré du courant, tandis que la plate-forme filait à une vitesse vertigineuse droit vers le pont du sous-marin. Dans la salle des commandes, les soldats affolés se lancèrent des ordres chaotiques ; le drakkar allait heurter la baie vitrée de plein fouet. Mais, au dernier moment, une zone trouble entoura la plate-forme : des remous marins bouillonnèrent autour de l'embarcation, et quelques éclairs bondirent dans tous les sens. Le drakkar disparut l'espace d'un instant, se volatilisant.

Devinant ce qui allait se produire, Éric déguerpit en vitesse vers la cabine de Lody avant que les soldats aient le temps de lui mettre le grappin dessus.

Le drakkar réapparut aussitôt à l'intérieur du sous-marin, au cœur de la salle des commandes. L'implosion soudaine et la décharge qui suivit firent voler les officiers contre leurs consoles, tandis que le navire se matérialisait de tout son long sur le pont du *U-Boot*, encore mû par sa vitesse d'approche. Adler effectua une manœuvre d'urgence et fit glisser la grande plate-forme couverte d'écume sur le côté, happant au passage la plupart des soldats encore debout. Ridley n'eut pas le temps de l'éviter ; le garde-fou du drakkar renversé le frappa en pleine poitrine, et il alla buter durement contre une des parois de la salle de pilotage, fracassant une partie de l'immense écran mural.

Quelques officiers ouvrirent le feu sur l'intrus, mais les balles ricochèrent sur le manteau indestructible d'Adler. D'un mouvement fluide, le petit ingénieur sauta en bas de la plate-forme et s'empressa d'arracher les armes des mains des soldats encore désorientés. Il récolta rapidement leurs Luger et les magnétisa contre le pont du drakkar pour les maintenir bien en place. En l'espace de quelques instants, tout était terminé ; les nazis autour de lui étaient tous désarmés.

Le Trench ressortit de la cabine en tenant Lody dans ses bras ; elle était toujours inconsciente.

— Content de vous voir, professeur ! s'exclama-t-il.

— Garde tes félicitations pour plus tard, mon garçon, rétorqua Adler en faisant apparaître la lame de son manteau. Les nazis sont arrivés à la gare Windsor ; nous n'avons plus beaucoup de temps, et nous avons encore une dernière tâche à accomplir avant que tout ceci soit terminé.

Il menaça les officiers étourdis de sa lame indestructible et s'assura que personne n'interviendrait pour empêcher leur départ. En reconnaissant la redoutable arme extraterrestre, les soldats allemands choisirent de s'allonger sur le pont, les mains derrière la nuque.

Près de l'écran mural, Ridley tentait de s'extirper des débris qui lui étaient tombés sur la tête. Adler se retourna et remarqua la couleur sombre de son manteau.

— Ridley ?! souffla-t-il. Ne me dis pas que…

Un des officiers profita de la distraction du petit brigadier pour se ruer sur lui, un tuyau délogé au poing. Mais, du fond de la salle, Ridley fit apparaître une longue chaîne à son bras et agrippa solidement le soldat au cou avant qu'il n'atteigne le professeur. Surpris, le nazi tomba à la renverse, tentant de desserrer les solides maillons qui l'étouffaient. Ridley le plaqua violemment sur le sol avant de s'asseoir sur lui de tout son poids. Son manteau commençait à reprendre sa couleur grise habituelle, et le rouquin adressa un clin d'œil à ses collègues.

— Tu n'étais pas infecté, toi? demanda le Trench en transportant Lody vers le drakkar.

Il la déposa délicatement sur le sol avant d'agripper le garde-fou du navire renversé pour tenter de le remettre à l'endroit.

— Ça, c'est un petit truc d'Adler, lança Ridley en reprenant son air malicieux habituel. Vous aviez raison, professeur, il n'est pas si difficile que ça de lui donner la couleur que l'on veut, à cet engin!

— Vous allez me donner des problèmes cardiaques, grommela Adler en aidant Éric à retourner le drakkar.

— J'ai bien failli y croire, moi, dit le Trench. Je commençais à penser que tu avais réellement été infecté.

— Les hommes de Lody ne savaient pas que le professeur et moi avions déjà retiré la pile nucléaire de mon manteau, expliqua Ridley. Sans pile pour l'alimenter, le virus conçu par la Technence n'a apparemment pas une très longue durée de vie; mon manteau a réussi à contrer les effets de l'infection pendant que T'Gan nous faisait son sermon dans le cachot. Mais je dois admettre que je ressens encore des tendances plutôt... agressives.

D'un coup de poing, il assomma le commandant coincé sous son bassin avant de faire disparaître la longue chaîne grise à la manche de son trench-coat.

— Je pourrais m'y habituer, vous savez? glapit le rouquin en se relevant.

Autour d'eux, les nazis tentaient péniblement de s'asseoir, mais Ridley flanqua un coup de pied au visage de l'un d'eux et le renvoya au sol. Les autres soldats se couchèrent de nouveau.

— Mais pourquoi avoir fait semblant d'être infecté? demanda Adler en magnétisant le manteau de Lody afin qu'elle demeure immobile durant le transport.

— Je cherchais un moyen de nous sortir d'ici en douce, rétorqua Ridley en les rejoignant, et c'est tout ce que j'ai trouvé. Je ne pouvais pas deviner que vous alliez venir à notre rescousse de manière si… spectaculaire.

— C'est vrai, ça, ajouta Éric. Comment avez-vous fait pour transporter le drakkar directement sur le pont du sous-marin, professeur? Je croyais que ce *U-Boot* était protégé contre les sauts de téléportation des brigadiers!

— Le manteau de Xing-Woo possédait les codes pour revenir à bord du sous-marin, expliqua Adler. Lorsque vous avez été capturés, j'en ai profité pour les transférer aux commandes du drakkar.

— Elle était vraiment infectée, alors? demanda le Trench. Vous vous êtes occupé d'elle?

— Oh, tu sais, répondit vaguement l'ingénieur en songeant au tank sous lequel gisait la communicatrice. Disons qu'elle est coincée pour le moment. Mais où est Fünf? Je croyais qu'il était ici…

— Il s'est téléporté à la gare avant votre arrivée, résuma Éric, pour aller accueillir Gaurshin en compagnie de T'Gan.

— Alors, nous n'avons plus une minute à perdre, lança le professeur. Morotti est déjà sur les lieux.

— Et Lody?

Ridley indiqua la forme de leur médico, allongée sur la plate-forme. Les pans de son long manteau semblaient pâlir sous leurs yeux.

Éric se pencha pour vérifier de nouveau ses signes vitaux.

— Elle semble assez forte; elle vient avec nous.

— Mais ton plan a fonctionné, au moins? insista Ridley.

— Son manteau semble reprendre ses couleurs, répondit le Trench. Je crois que la réinitialisation fait effet.

— Alors, cela veut dire qu'il y a encore de l'espoir pour Xing-Woo, commenta Adler en montant sur le drakkar.

Il fit apparaître un deuxième masque respiratoire et l'enfila rapidement sur le visage de Lody, pendant que Ridley prenait place derrière lui. Le rouquin lança un dernier regard menaçant aux nazis étendus sur le pont du sous-marin afin de s'assurer qu'aucun d'eux ne serait assez téméraire pour tenter une attaque avant leur départ et s'allongea à son tour sur le grillage du navire.

Tandis qu'Adler prenait place devant le gouvernail improvisé, Éric s'allongea aux côtés de Ridley en sifflant d'admiration.

— Professeur Adler, sergent Ridley, dit-il en s'accoudant. Beau travail, messieurs! Si jamais on remet les pieds dans une zone de l'Alliance, je vais vous recommander pour une promotion.

— Vous avez l'intention de retourner au front, lieutenant? demanda Adler en activant les moteurs.

— Un de ces jours, peut-être…, admit le Trench avant de s'envelopper de son mieux dans le manteau invulnérable de Ridley. Mais, avant toute chose…, professeur, avez-vous fait ce que je vous ai demandé?

— Elles sont ici, répondit le petit brigadier en tapotant le sac qu'il portait en bandoulière, comme nous en avions discuté. Il ne reste qu'à récupérer celles de Fünf et de T'Gan.

Éric lui tendit la pile nucléaire qu'il avait retirée du manteau de Lody, et Adler la mit rapidement dans son sac avec les autres.

— Dans ce cas, allons-y, professeur, lança le Trench avant de placer sur son visage le masque respiratoire que lui tendait Ridley. Nous avons un convoi intergalactique à intercepter !

Adler activa le champ de force de leur embarcation pour les protéger des fonds marins et empoigna fermement le gouvernail. Le drakkar se mit à vrombir, et une implosion semblable au tonnerre retentit dans la salle des commandes. Quelques éclairs crépitèrent sur le pont du sous-marin, et la plate-forme des brigadiers s'évanouit dans l'éther comme si elle n'avait jamais existé, laissant derrière elle une poignée de soldats nazis éberlués, qui tentaient de reprendre leurs esprits.

Chapitre 20
L'EMBARCADÈRE

Debout sur le quai de la gare Windsor, vêtu de son uniforme nazi impeccable et entouré d'une poignée de S.S. armés, T'Gan répétait son discours d'accueil depuis plusieurs minutes déjà ; depuis la capture du Trench, en fait. Il jeta un coup d'œil au cadran encastré à la manche de son manteau et perdit le fil de ses idées ; l'heure hors-temps du rendez-vous était dépassée, et le convoi du baron n'était toujours pas arrivé en gare.

Le Déternien commençait à se faire du mauvais sang ; entre les auvents au-dessus de leurs têtes, les premiers rayons du soleil commençaient déjà à poindre, et Lody ne répondait plus à ses appels. Il tapota nerveusement le col de son uniforme.

Mais qu'est-ce qu'elle fait ?! Gaurshin devrait arriver sous peu !…

T'Gan contempla devant lui le wagon métallique qui avait été tiré sur les rails de la gare, en attente d'une locomotive ; à l'intérieur, le précieux sarcophage du baron n'attendait que d'être récupéré.

En livrant le manteau du monarque au baron, T'Gan espérait pouvoir demander grâce. Pour lui, c'était l'opportunité de se faire pardonner, d'effacer ses erreurs afin de libérer sa femme et ses enfants, prisonniers de la Technence.

Et s'il ne venait pas ? se demanda soudain l'homme-musaraigne, de nouveau anxieux. *Mais non, qu'est-ce que je dis, il ne viendra sûrement pas ici en personne, quand même ! Après tout, c'est le futur empereur du Multivers ; il doit avoir des choses beaucoup plus pressantes à faire…*

Il haussa les épaules.

Gaurshin voudra sûrement me rencontrer en privé par la suite pour me féliciter, conclut-il simplement.

À ses côtés, un officier allemand qui tenait un boîtier métallique lui fit un petit signe nerveux. Par-dessus son épaule, T'Gan remarqua le voyant vert qui annonçait l'arrivée imminente d'un transport intertemporel sur Terre.

Il releva son col et se tint bien droit.

Enfin, se dit-il. *Plus que quelques minutes ; ce n'est pas le moment d'abaisser notre garde.*

Il ne fallait surtout pas qu'à son arrivée, Gaurshin remarque la présence des forces de la Résistance, aussi minables soient-elles ; ses hommes avaient déjà repoussé une attaque de rebelles dans la salle des pas perdus, plus tôt en soirée, et T'Gan craignait de contrarier le baron.

Il fit un signe de tête à Fünf, qui se tenait à quelques pas de lui sur l'embarcadère, les bras croisés. L'homme-chien jappa férocement et fit reculer les nazis encore présents autour du wagon renforcé ; un convoi s'amenait sur une des voies ferrées, et les soldats se dépêchèrent de se retirer des rails.

Impatient d'en finir, T'Gan poussa un soupir avant de ramener son attention sur le prisonnier agenouillé à ses pieds.

— Je suis en train de réviser vos dossiers, dit-il en parcourant le notier lumineux qu'il avait fait apparaître au-dessus de l'implant de sa main gauche. Et je dois vous avouer que je suis plutôt impressionné, constable.

Morotti tenta de se relever, mais en vain. Son champ protecteur avait été désactivé de force lorsqu'il était inconscient, et une traînée de sang coulait de son museau. Plusieurs écailles grises et vertes de son visage cicatrisé avaient été arrachées par les griffes de Fünf lorsqu'il avait intercepté son peloton de rebelles quelques instants plus tôt.

Suivant les ordres du professeur Adler, Morotti avait tenté d'attaquer T'Gan en pleine gare avant que n'arrive le convoi de Gaurshin. Mais, grâce à son instinct de pisteur, Fünf, qui était toujours sous l'emprise du virus de la Technence, l'avait facilement repéré et l'avait sauvagement battu jusqu'à ce qu'il tombe. Peu après, le peloton de soldats de la Résistance qui avait accompagné le pugiliste reptilien avait été massacré sous les balles des nazis. Il ne restait plus que lui ; il avait failli à sa tâche.

— Va te faire foutre, eut le temps de dire Morotti avant de recevoir un coup de griffes à la nuque.

Fünf grogna près de ses oreilles, et Morotti demeura silencieux, sentant un filet de sang couler dans le col de son uniforme.

— Expliquez-moi quelque chose, constable, poursuivit T'Gan en parcourant le notier d'un air nonchalant. Selon les dossiers internes de votre manteau, auxquels j'accède en ce moment, vous êtes parvenu à piloter notre drakkar, seul, jusqu'en Amérique centrale. Il n'est pas donné à tous les brigadiers de savoir piloter un transport de troupes de la sorte. Comment expliquez-vous cela ?

— Notre entraînement de base, répondit amèrement le lézard. Quoi d'autre ?

— Vous allez me faire croire que les simulations à la Citadelle vous ont préparé à ce genre de tâche ?

Le Déternien n'en croyait visiblement rien.

— T'Gan…, grommela Morotti. J'ai réusssi à sssauver notre drakkar grâssce à notre entraînement… je ne
vois pas ssce que tu…

— Alors, pourquoi ne pas avoir utilisé le drakkar
pour retourner dans le temps ? l'interrompit T'Gan. Si
vous êtes capable de le piloter, pourquoi ne pas vous en
être servi pour venir nous rejoindre ?

— Sssi j'avais sssu le piloter, répondit Morotti
d'un ton épuisé, je ne ssserais pas ressssté en Amérique
sscentrale en attendant que Ssstavross utilise les dernières réserves d'énergie de ssson manteau pour venir me
chercher, qu'en pensssses-tu, T'Gan ? Heureusement,
grâssce aux banques de données qu'il avait empruntées
au professeur Adler, Stavrosss a pu réactiver les moteurs
temporels du drakkar et me sssortir de là avant que j'y
laisse ma peau.

— Alors pourquoi ne pas aller arrêter le führer avant
qu'il mette la main sur la technologie de l'Alliance ?

— Le drakkar carbure au nucléaire, consssstable ; il
n'y a aucune manière de le recharger à sscette époque, et
ssses réserves commenssscent à être basssses. Lorsssque la
pile est affaiblie, nous ne pouvons faire que des sssauts
dans l'essspace, et non dans le temps. Ils nous ont tout
expliqué ssça à la Sscitadelle, T'Gan. Tu aurais dû être
plusss attentif durant les ssséanssces d'exersscisscces,
tu ne ssserais peut-être pas aux côtés de Lody, en ssce
moment.

— Je suis du côté des plus forts, rétorqua T'Gan.

— Tu t'es rangé du côté des nazis car tu as peur.
Avoue que tu es sscelui qui a infecté Lody !

T'Gan lança de nouveau un regard paresseux à sa
manche pour noter l'heure et tenta d'ignorer le lézard
impertinent à ses pieds.

— J'ai raison, n'est-ssce pas? s'obstina Morotti en le dévisageant. Je le sssavais… Nous ne ssserions pas issci sssi ssce n'était de toi, Moussstaf.

— Nous ne serions pas ici si ce n'était du Trench! s'écria T'Gan. Lui et ses foutues idées de grandeur, à toujours vouloir sauver la veuve et l'orphelin. Et regardez! cracha-t-il. Regardez, Morotti, où cela vous a mené! Vous êtes à mes pieds, comme un esclave, comme un traître!

— Regarde qui parle…

— Ce sont les naïfs comme vous, poursuivit T'Gan, et les rêveurs comme Éric qui font que les gens bons et nobles comme *nous* devons travailler d'arrache-pied pour réparer vos erreurs!

Les petits yeux de Morotti devinrent ronds comme des billes.

— Réparer? Tu crois que tout sscessci va régler la sssituasstion?!

— Vous êtes tous les deux dans le coup! trancha le Déternien. Vous, Éric, peut-être même les autres. Vous vous croyez tous très futés, n'est-ce pas?

Morotti leva les yeux au ciel.

— Je ne comprends rien à ssce que tu racontes!

— Je *sais* que vous me cachez quelque chose, constable! lança T'Gan avec hargne. Lody s'en doutait, et moi aussi, maintenant.

Les yeux boursouflés, Morotti lui lança un regard froid et renifla la coulée de sang qui recommençait à dégoutter de son museau.

— Je ne sssais pas de quoi tu parles…

T'Gan poussa un soupir, faussement ennuyé.

— Depuis quelque temps, je ne cesse d'entendre parler d'un regroupement renégat qui manigancerait depuis les ombres du Multivers contre Gaurshin, contre la Technence… voire contre l'Alliance elle-même. Quelques barons et autres gens de la noblesse seraient apparemment intéressés à détrôner Gaurshin avant même qu'il n'accède au pouvoir. Le Conseil gris; vous en avez déjà entendu parler, constable?

Morotti ne répondit rien.

— Je ne prétends pas qu'un lézard tel que vous aurait pu être invité à faire partie d'un tel organisme. Mais avouez que vous semblez posséder des talents bien au-delà de vos moyens.

L'homme-lézard secoua la tête.

— Nous avons tousss des programmes de pilotage dans nos manteaux, T'Gan, toi y compris. Sssce n'est pas ma faute sssi tu n'es pas capable de regarder plus loin que le bout de tes moussstaches pour apprendre à t'en ssservir!

T'Gan claqua des doigts et Fünf agrippa aussitôt Morotti par la nuque en enfonçant ses longues griffes dans les replis de son cou écaillé.

— Constable, reprit le Déternien en se penchant vers lui. Vous ne me mentiriez pas, par hasard? Je ne voudrais pas devoir vous pendre sur la place publique pour vos offenses…

Morotti se permit un rire guttural et indiqua son manteau.

— Bonne chansssce…

T'Gan s'agenouilla sur ses talons à la hauteur de son visage.

— Ce ne serait qu'un jeu d'enfant de vous retirer votre manteau, constable. Et, d'après ce que j'ai compris, cela peut être très douloureux. Ou, alors, je peux demander à Fünf de vous égorger, tout simplement.

Fünf serra les griffes et Morotti gémit de douleur.

— Alors, aidez-moi à comprendre, et vite, avant que le baron Gaurshin n'arrive en gare ; si vous détenez des informations importantes, il pourrait encore vous épargner. Quels sont les buts de cet organisme secret que l'on surnomme le Conseil gris ? Qui sont vos hommes ?

— Je n'ai aucune idée de ssce dont tu parles, essspèssce de musaraigne de…

Mais Fünf serra de nouveau le poing et l'empêcha de terminer ses injures.

T'Gan se releva.

— Vous savez piloter aussi bien qu'Adler et Ridley, Morotti ; pouvez-vous m'expliquer comment cela est possible ?

— Peut-être…, marmonna le pugiliste, les mâchoires serrées, qu'Adler et Ridley font également partie de ssce groupe sssecret dont tu parles ? Tout le monde aura été invité sssauf toi, Moussstaf !

Il ricana brièvement avant d'être forcé à recracher une traînée de sang.

— En ssce moment, dans l'état dans lequel tu es, je pourrais te dire n'importe quoi et tu me croirais…

Froissé, T'Gan épousseta ses lunettes pour en chasser des saletés imaginaires, avant de les replacer sur le bout de son nez effilé.

— Soit, dit-il en tentant de garder son calme. Si c'est ce que vous voulez, constable.

Il fit un signe de tête à Fünf.

— Égorgez-moi cette racaille.

Fünf grogna de plaisir et releva Morotti en le tirant par la gorge.

— Annulez cet ordre, recrue !

Le Déternien se retourna pour voir qui osait contremander sa condamnation. Marchant sur une des voies ferrées dans la lueur du matin, Xing-Woo, vêtue de son long manteau noir, s'avança vers eux, les traits tirés par la fatigue. Elle portait à sa main droite un énorme gantelet en métal aux jointures renforcées. En la reconnaissant, les soldats laissèrent la communicatrice se faufiler entre eux jusqu'à T'Gan, debout sur le quai d'embarquement.

— Relâche-le, Fünf, ordonna la jeune femme en montant sur le quai. Je suis encore ton sergent, à ce que je sache.

L'éclaireur canin, formé à suivre les ordres de ses supérieurs à tout prix, desserra sa poigne en poussant un gémissement inquisiteur en direction de T'Gan.

— Ouais, commenta faiblement Morotti lorsqu'il put enfin respirer de nouveau. Comme elle dit, là…

— Sergent ! s'exclama amicalement T'Gan. Je vous croyais perdue !

— C'est ce que vous auriez souhaité, oui.

— Aucunement, Woo, répondit-il. Vous êtes une des nôtres, je ne vous veux aucun mal. Mais que vous est-il arrivé ? Qu'est-ce que vous tenez là, à la main ? Nous n'avions plus de nouvelles de vous depuis…

Xing-Woo hocha la tête et lui fit signe de se taire.

— Qu'est-ce que vous alliez faire de lui ? demanda-t-elle en indiquant Morotti. Le tuer ?

— Considérant qu'il mène une partie des forces de la Résistance, je croyais l'exécuter publiquement, répliqua T'Gan en vérifiant de nouveau l'heure du rendez-vous à la manche de son manteau.

La communicatrice s'esclaffa.

— Ne soyez pas ridicule, constable. Un guerrier de sa trempe pourrait nous être d'une grande utilité. Je propose plutôt de l'infecter.

T'Gan arqua un sourcil. À ses pieds, alarmé, Morotti leva les yeux dans la direction de Xing-Woo en montrant ses crocs devenus cramoisis.

— Vous portez toujours le virus de la Technence dans votre manteau, non ? demanda Xing-Woo. Vous êtes toujours infecté, n'est-ce pas, T'Gan ? C'est assez ironique, vous ne trouvez pas, étant donné que vous êtes celui qui a infecté le capitaine en premier lieu…

Méfiant, l'homme-musaraigne hocha lentement la tête.

— Dans ce cas, vous n'avez qu'à lui télécharger le virus de la même manière que vous l'avez fait avec Lody, dit-elle.

T'Gan réfléchit un instant.

— Il est vrai que, comme allié, dit-il après un moment, un pugiliste de sa trempe pourrait s'avérer indispensable. Soit ; bonne idée, sergent !

Il retira un bouton de manchette de son manteau, un petit implant de communication aussi noir que son uniforme, et le plaça près du conduit auditif du lézard.

— Ça ne vous fera aucun mal, constable, mentit T'Gan. Laissez la magie de la Technence opérer !

Chapitre 21
LE CONVOI

Agenouillé sur le quai de la gare, Morotti voulut résister, mais, d'une poigne de fer, Fünf le maintint fermement en place. T'Gan activa le petit communicateur métallique et déchargea le virus informatique dans la tête du pugiliste. Après quelques instants, celui-ci devint agité, irritable, les yeux affolés, et son manteau devint noir. Ne pouvant transpirer, l'homme-lézard sortit la langue, haletant.

— Du calme, murmura doucement Xing-Woo en s'agenouillant devant lui pour lui caresser le bec. Je suis désolée, Morotti, mais c'était la seule manière de combattre Fünf.

Près d'eux, T'Gan tendit l'oreille.

— Qu'est-ce que?…

— Sans pile nucléaire, lança Xing-Woo en se relevant pour faire face au Déternien, la durée de vie du virus de la Technence n'est pas très longue. J'en sais quelque chose…

Tandis qu'elle lui parlait, son manteau noir comme du pétrole reprit soudain sa couleur grise habituelle.

— Mais il devrait durer juste assez longtemps pour permettre à deux bêtes enragées de s'affronter.

Furieux, T'Gan voulut faire apparaître son épée, mais n'en eut pas le temps. Avant même que ses hommes puissent venir à sa rescousse, Xing-Woo avait déjà fait pousser la dague bordée d'or de son gantelet et l'avait placée sous la gorge du traître.

— Faites attention, constable, fit-elle d'un air menaçant. Vous ne vous êtes pas entraînés longtemps au corps à corps, tandis que moi…

— Mais comment ?… , tenta T'Gan.

Xing-Woo enfonça légèrement la pointe de son arme indestructible à travers le champ de force qui entourait le Déternien de la tête aux pieds et l'appuya contre sa pomme d'Adam, y faisant perler une goutte de sang.

— Vous vous fiez beaucoup trop à vos hommes pour défendre votre peau, Moustaf. Cette dague peut traverser n'importe quoi, même nos champs de force, alors pensez-y deux fois avant de tenter quoi que ce soit.

— Mais comment avez-vous réussi à…, bredouilla l'homme-musaraigne.

— Vous ne devinerez jamais où je me suis réveillée, interrompit-elle, faussement amicale. Sous une chenille de tank. Pour vrai, rien de moins : ils m'ont roulée sous un tank. Vous comprendrez, mon cher T'Gan, que sur le coup, j'étais plutôt vexée. Suivant les directives du professeur Adler, les soldats de la Résistance m'ont abandonnée comme une ordure après avoir retiré ma pile nucléaire. Mais, au fur et à mesure que les effets du virus de la Technence s'estompaient et que mon manteau se réinitialisait, j'ai commencé à redevenir moi-même, à retrouver mes sens. Et, soyons clairs, constable, mon manteau tente encore de combattre l'infection, et je tiens à souligner que les tendances agressives sont difficiles à contrôler. Cela me demande beaucoup d'efforts en ce moment pour ne pas simplement vous embrocher.

En voyant les yeux de la communicatrice, noirs de colère, T'Gan n'eut pas de mal à la croire.

— Et je me suis rappelé, vous ne devinerez jamais, T'Gan, *qui* est le véritable coupable dans toute cette affaire.

Xing-Woo enfonça de nouveau la pointe de son arme sous son menton.

— Celui que j'ai pourchassé à travers les rues de Montréal, dit-elle. Celui que j'ai pourchassé à travers le temps, pour me retrouver emprisonnée ici, en 1942, forcée à collaborer avec lui contre mon gré au lieu de le traîner en justice comme un rat!

Elle prit une inspiration et plissa les yeux, songeuse.

— Tout compte fait, je crois que je préfère vous tuer sur-le-champ!

— Éric!… , hurla alors T'Gan, le front en sueur. Il n'accepterait jamais!…

— Je lui dirai que j'ai eu à me défendre, répondit froidement la jeune femme. Compte tenu des circonstances, il n'aura pas de difficulté à me croire.

— Et moi? demanda Morotti à leurs pieds, les mâchoires serrées.

Il peinait de plus en plus à contenir sa rage. Il sentait des pulsions meurtrières surgir en lui, une soif de sang qu'il n'avait pas ressentie depuis des décennies… depuis l'arène.

Xing-Woo fit un signe de tête en direction de Fünf, qui émit un grognement de surprise.

— Vous pouvez vous en donner à cœur joie, constable, dit-elle. Mais rappelez-vous que, sans sa pile, Fünf va redevenir aussi loyal qu'avant, alors essayez de ne pas trop l'abîmer, voulez-vous?

Morotti se releva, les griffes sorties. Fünf recula de quelques pas, les poils hérissés, et se mit à grogner. L'homme-lézard afficha un sourire inquiétant.

— Avec plaisir, sssergent, siffla le pugiliste en se pourléchant le bec. Mais avant toute chose…

Ne pouvant retenir sa soif de vengeance, Morotti se lança soudain sur T'Gan, l'écume à la bouche. Terrorisé, T'Gan vit une masse trapue gonflée de muscles écaillés surgir devant lui, les yeux exorbités, les griffes déployées.

— Morotti!…, s'écria Xing-Woo en tentant de s'interposer entre eux. Non, il est à moi!

Elle ne s'était pas attendue à autant de férocité et fut prise de court par la rage soudaine de son collègue. Il semblait perdu dans un tourbillon de colère, dont il se délectait avec beaucoup trop d'enthousiasme. Les dents en évidence, Morotti repoussa aisément la jeune femme d'une main et, faisant surgir sa lame indestructible, se rua sur T'Gan. Le Déternien déglutit et fit jaillir son épée. Il tenta de contrer l'assaut en plaçant maladroitement son arme devant lui, mais Morotti contourna la lame avec aisance et fit voler le traître sur le sol du revers de la main. Debout au-dessus de lui, Morotti afficha un rictus sinistre en pointant son adversaire de son épée.

— Sssi vous avez des prières à faire, consssstable, ssce ssserait le moment.

Une silhouette sombre le frappa alors de plein fouet. Morotti vit les crocs de Fünf de près, sa gueule pleine d'écume. Sous l'impact, les deux hommes-bêtes volèrent à travers la paroi vitrée de la gare et roulèrent sur le sol à l'intérieur de la salle des pas perdus, couverts de tessons. Emporté par le virus de la Technence, Morotti se releva en faisant disparaître son épée et griffa Fünf au visage sans retenue, avant de lui flanquer rapidement quelques solides coups de poing.

— Déchiquette-le, Fünf! hurla T'Gan en entrant rapidement à leur suite dans la gare, suivi de ses gardes du corps.

— Un instant, Moustaf, lança Xing-Woo en le pourchassant, je n'en ai pas terminé avec toi!

Soudain, du fond de l'immense salle, une alerte retentissante fut sonnée, un son de cloche éraillé qui alla se réverbérer contre la voûte vitrée au-dessus de leurs têtes. T'Gan entendit des coups de feu, et une horde de mercenaires vêtus de haillons sombres et portant des fusils rafistolés surgirent tout à coup de partout.

Les soldats de la Résistance! constata nerveusement le Déternien. *Ils ont dû préparer leur approche en passant par le niveau inférieur de la gare sans se faire remarquer. Maudits rebelles!…*

Tapis dans les ombres de la cage d'escalier depuis plusieurs minutes, les miliciens de fortune avaient épié les hommes de T'Gan en attendant le bon moment pour prendre les envahisseurs par surprise. À l'intérieur de la gare, les nazis ébranlés ouvrirent le feu et eurent le temps d'abattre quelques rebelles avant qu'ils ne les rejoignent. Mais la cage d'escalier ne cessait de déverser un torrent de citoyens et de mercenaires en colère. Mal équipé, mais poussé par la furie et la soif de vengeance, l'attroupement monstre envahit la salle des pas perdus et tenta de forcer les Allemands mieux armés à reculer vers l'embarcadère, à l'extérieur.

Encerclé, T'Gan voulut s'éloigner de l'altercation en rampant entre les jambes de ses hommes, mais il se retrouva rapidement coincé au cœur de son peloton de S.S., entouré de miliciens enragés. Paniqués, les nazis faisaient feu dans tous les sens, mais ils perdaient rapidement du terrain.

Un grondement de tonnerre éclata soudain dans la gare, et T'Gan vit quelques éclairs filer autour d'eux.

Gaurshin? se demanda-t-il, éberlué. *Non, pas maintenant!*

Il leva le regard à temps pour voir une brèche s'ouvrir au-dessus de leurs têtes, près des treillis qui soutenaient la voûte vitrée de la grande salle : une plate-forme ruisselant d'écume apparut de nulle part et flotta majestueusement dans les airs un instant avant de se poser à quelques mètres de la meute, forçant les nazis à se retirer avant d'être happés par le garde-fou.

Mais… mais c'est notre drakkar!

Estomaqué, T'Gan remarqua que Lody, dont le manteau était maintenant tacheté de gris et de blanc, semblait solidement magnétisée au pont de l'embarcation.

Elle a été capturée?!

Le Déternien maudit l'incompétence de son capitaine. En rampant, il vit Éric débarquer du navire en vitesse en sautant par-dessus bord, suivi de Ridley et du petit Adler, tous deux armés de longues épées.

— Nous devons intercepter T'Gan et Fünf! hurla le Trench tandis que les nazis continuaient à mitrailler les soldats de la Résistance, de plus en plus nombreux.

Fünf aboyait à s'époumoner tandis que Morotti et lui se livraient un combat de titans. Au centre de la gare, les deux hommes-bêtes se rouaient de coups, les griffes sorties. Grâce à leurs manteaux invulnérables, ils encaissaient chaque attaque sans broncher. Leurs manteaux ne les protégeaient peut-être pas contre la douleur, mais, emportés par leur instinct animal, ils ne semblaient pas se soucier des égratignures et des entailles qu'ils s'infligeaient à chaque assaut.

En mettant pied à terre, Ridley se précipita vers Fünf sans prendre le temps d'activer son champ de force. Il s'élança pour le rouer de coups, mais, grâce à sa force prodigieuse, l'homme-chien réussit à le repousser, et Ridley alla s'étaler de tout son long sur le sol. En tombant, il fracassa de nouveau la lucarne photoélectrique de son implant défensif.

— Ah, c'est malin, ça…, grommela-t-il en se relevant. On va commencer à manquer de pièces de rechange !

Encore muni de sa pile nucléaire, Fünf activa son propre implant et mitrailla Ridley de plusieurs pointes lumineuses. Le rouquin esquiva la première salve meurtrière et enclencha son écran protecteur juste à temps, avant de recevoir une nouvelle décharge en plein abdomen. Les puissantes fléchettes de photons accélérés contenus dans un champ magnétique foudroyèrent le brigadier, le propulsant à travers un des panneaux de vitre encore intacts de la gare, directement sur le quai d'embarquement.

— Je ne savais pas…, fit Ridley en tentant de reprendre son souffle, que l'on pouvait faire ça… avec nos implants !…

Il se rassit mollement en contemplant la lucarne encastrée au creux de son plâtre métallisé, désormais inutile.

Le professeur Adler vint le rejoindre sur le quai en passant par le trou que Ridley avait percé en volant à travers la baie vitrée. Même si son champ de force était activé, le petit brigadier baissa instinctivement la tête lorsque les vitres derrière eux volèrent de nouveau en éclats sous les balles des nazis. Il dut hausser le ton pour se faire entendre au-dessus de la cohue.

— C'est le virus de la Technence, expliqua Adler à la hâte en aidant Ridley à se relever. Il doit également augmenter les capacités de nos implants. Fünf est devenu incontrôlable ; il faut prévenir Éric !

— Je… m'en occupe, répondit Ridley avant de perdre connaissance dans ses bras.

À l'intérieur de la salle des pas perdus, le Trench évita une pluie de balles de justesse. Il cherchait un moyen d'intercepter T'Gan avant qu'il ne prenne la fuite, mais, sans manteau, fut contraint de se réfugier près de la statue de la Victoire ailée avec une poignée de miliciens. À quelques pas d'eux, dans la gare illuminée par les décharges de mitrailleuses, Morotti tournait lentement autour de Fünf en lui sifflant des injures. En remarquant le Trench et ses hommes, le pugiliste devint furieux.

— Sssortez d'issci! cracha-t-il en leur direction; il semblait difficilement se retenir. Woo m'a infecté, je ne veux pas vous faire de mal!

— Woo t'a infecté?! s'écria le Trench, couché derrière le socle en bronze.

Non loin, la communicatrice tentait de désarmer le groupe de S.S. qui l'entourait à l'aide de quelques savates bien placées, tandis que T'Gan cherchait toujours à prendre la fuite. Le Déternien rampa rapidement vers une des sorties, cherchant une issue qui n'était pas encore bloquée par les soldats de la Résistance.

— C'était la seule manière de combattre Fünf! protesta Xing-Woo en se battant. Éric, votre plan a fonctionné: quand vous avez retiré ma pile, mon manteau s'est réinitialisé! Les effets sur Morotti ne sont que temporaires!

— Alors, ne t'en fais pas pour nous! hurla le Trench. Tu m'entends, Morotti? Tu dois absolument arrêter Fünf! On s'occupe de T'Gan!

L'homme-lézard poussa un juron typique de sa race et agrippa le manteau du grand chien noir en le tirant vers lui.

— Je vais faire de mon… rrrrr!… de mon mieux!

Mais Fünf le repoussa violemment, et Morotti tomba lourdement sur le sol. Le lézard ne savait plus où donner de la tête; tous les hommes autour de lui semblaient porter le même genre d'uniforme et, dans sa colère, il voulut tous les exterminer.

Étourdi, il tenta de se remémorer les méditations calmantes qu'il avait apprises au cours de son long parcours religieux, lorsqu'il était devenu prêtre, l'espace de quelques années. Mais en vain. Enragé, il les sentit s'effondrer une à une dans son esprit ; Morotti venait de perdre le contrôle de lui-même.

Il se releva d'un bond et hurla de toutes ses forces en se ruant vers Fünf, fouettant quelques soldats au passage à l'aide de sa grande queue d'iguane. Mais, avant qu'il ne puisse le rejoindre, l'éclaireur canin sauta aisément dans les airs pour aller s'agripper au mur de la gare. Doté d'une agilité hors du commun, l'homme-chien fit quelques bonds spectaculaires et, grâce à ses griffes, parvint à se hisser jusqu'à la voûte, quelques mètres au-dessus de la mêlée. Il magnétisa ensuite ses bottes pour s'accrocher aux treillis métalliques et, suspendu au plafond de la salle des pas perdus, se tint un instant à la renverse, la langue sortie.

Saisi, Morotti le suivit du regard en grognant, les crocs bien en évidence.

Il posa un pied contre une des colonnes qui supportaient le plafond de la gare et enfonça ses griffes acérées dans le plâtre avant d'escalader rapidement la surface verticale à la poursuite de Fünf. Il plaça tout son poids sur les semelles de ses bottes et, en un clin d'œil, il avait grimpé six mètres pour rejoindre l'homme-chien parmi les treillis. Le pugiliste sauta habilement d'une poutrelle de fer à une autre, se servant de sa longue queue comme d'un contrepoids, et tenta d'agripper Fünf en plein vol, mais celui-ci fit un bond gracieux pour l'esquiver et se laissa retomber sur le sol entre les soldats.

Suspendu dans le vide, Morotti hurla de rage et se laissa aussitôt tomber à son tour. Toutes griffes sorties, il s'abattit solidement dans le dos de Fünf, l'agrippant comme il l'avait fait avec Bruton quelques semaines plus tôt, et passa sa queue entre les jambes du chien pour tenter de le faire trébucher. Il le mordit sauvagement au cou, et Fünf glapit de surprise. Chancelant, l'éclaireur tenta de se dégager, et les deux brigadiers roulèrent sur le sol, bousculant sans discrimination les mercenaires et les nazis sur leur chemin.

Après quelques instants, ils se relevèrent tous les deux en secouant la tête, tandis que quelques balles égarées allaient percuter leurs manteaux avant de ricocher dans un coin.

Déjà sous l'effet de l'adrénaline à cause de la confrontation, combiné avec ses tendances agressives augmentées par le virus qui l'infectait, Fünf se laissa emporter par une rage violente. Le poil hérissé, les oreilles abaissées, l'éclaireur agrippa Morotti par le col de son manteau et le balança de toutes ses forces contre la statue ailée derrière laquelle s'étaient réfugiés Éric et ses hommes. À moitié assommé, Morotti s'effondra lourdement contre le socle en bronze avant de tomber à la renverse, directement sur le peloton de rebelles étendus sur le sol. Il poussa un petit gémissement et s'appuya d'une griffe contre le visage du Trench pour tenter de se relever.

T'Gan, sentant que la situation dégénérait, tenta de profiter de la confusion générale pour s'éclipser en douce. Il rampa jusqu'à la sortie de la rue Osborne, au bout de la gare, mais une forme apparut soudain devant lui pour lui bloquer le passage. Xing-Woo l'empoigna par le bras pour le remettre sur pied avant de lui flanquer un solide coup de poing à la mâchoire et de le renvoyer au sol.

— Ah, bien, tout de même, dit la communicatrice en se massant les jointures. Ça faisait longtemps que je voulais faire ça !

Elle se pencha au-dessus de lui et le menaça de la dague invincible de son gantelet.

— Abaisse ton champ de force, T'Gan, où je t'enfonce cette lame dans la gorge.

Fait comme un rat, T'Gan obtempéra. Xing-Woo retira rapidement la pile nucléaire du pan dorsal de son manteau, et l'homme-musaraigne s'effondra en hurlant de douleur.

— Rendez-vous ! ordonna Xing-Woo aux soldats éparpillés dans la gare.

Elle hurlait en allemand, une langue qu'elle avait apprise en moins de deux semaines de séjour forcé ; elle ne se fiait que rarement aux programmes de traduction parfois imprévisibles de son manteau.

— Toi aussi, Fünf ! Rendez-vous tous !

Entourés par les hommes de la Résistance, les nazis hésitèrent.

— Ordonne-leur de se rendre, T'Gan ! dit-elle en enfonçant plus profondément sa lame dans le cou du traître. C'est fini !

Adler vint la rejoindre, et Xing-Woo lui balança la petite pile que le professeur rangea aussitôt dans son sac en bandoulière.

Étendu sur le sol de la gare, T'Gan s'apprêtait à abdiquer et à ordonner à ses hommes de se rendre, mais, en entendant un bruit familier, il sourit, faisant frémir ses moustaches de musaraigne.

— Je dirais plutôt que c'est la fin pour vos hommes, sergent. Regardez !

Dehors, l'air crépita. Quelques immenses éclairs bleutés longèrent les murs de l'embarcadère et, en une implosion époustouflante, un véhicule de la taille d'une locomotive apparut soudain sur une des voies ferrées avant de glisser doucement jusqu'à sa destination.

L'impressionnant convoi alla se garer à quelques mètres à peine du wagon renforcé qui contenait le sarcophage du baron Van Den Elst.

Les hommes du Trench furent sidérés : l'immense locomotive intertemporelle était d'une beauté à couper le souffle. De couleur platine, aux courbes polies, on aurait dit un animal marin qui venait de se matérialiser sur les rails.

Quelques instants à peine après qu'elle se fut immobilisée, des mercenaires sortirent en vitesse du flanc de la locomotive blindée, tous vêtus de longs manteaux bruns, tous armés de grandes carabines. Ils débarquèrent sur le quai et s'avancèrent rapidement dans la salle des pas perdus en passant par la baie vitrée fracassée, faisant crisser les éclats de verre sous leurs bottes. Une fois à l'intérieur, ils braquèrent aussitôt leurs carabines à particules accélérées sur la mêlée de soldats en leur ordonnant de se rendre.

Les hommes de la Résistance hésitèrent et lancèrent des regards inquisiteurs vers Xing-Woo, mais la communicatrice ne savait visiblement trop comment réagir, elle non plus. Lorsqu'un des S.S. s'avança pour accueillir les nouveaux arrivants en héros, ceux-ci l'abattirent froidement.

T'Gan demeura stupéfait. Il lança un regard étonné à Xing-Woo, qui semblait aussi ébahie que lui. Affaibli et impuissant, le Déternien vit ses nazis baisser les armes et s'allonger rapidement sur le sol, les mains sur la tête.

Derrière la statue, étendu sur le Trench, Morotti se releva en poussant un grognement guttural. Encore affecté par le virus de la Technence, il voulut de nouveau sauter sur Fünf, mais Éric le retint par le bras avant qu'il ne puisse aller bien loin.

— Morotti, attends ! Regarde !

Une jeune femme aux formes généreuses, vêtue d'un vêtement argenté, descendait majestueusement du convoi. Elle ordonna à quelques gardes du corps de l'accompagner dans la gare. L'aristocrate aux allures hautaines s'avança d'un pas confiant entre les soldats, sa tignasse blanche flottant doucement derrière elle. Méfiante, Xing-Woo maintint sa lame sous la gorge de T'Gan ; ces hommes arrivés de nulle part venaient de leur sauver la peau, certes, mais dans quel but ?

— Quel est celui d'entre vous que l'on surnomme le Trench ? demanda la dame aux cheveux blancs d'un ton autoritaire.

Aux pieds de la Victoire, encore vacillant, Morotti huma l'air, le visage ensanglanté.

— Je crois…, dit-il à Éric, haletant, que ssc'est pour vous, lieutenant…

— Baissez vos armes, ordonna le Trench à ses hommes. Baissez-les !

Les rebelles hésitèrent, mais finirent par abaisser leurs carabines de fortune. Ils lancèrent des regards hargneux vers les nazis allongés sur le sol, vaincus, mais se retinrent de les abattre sur-le-champ.

— Cette dame a été invitée ici à notre demande, poursuivit le Trench en se relevant péniblement.

Il s'épousseta de son mieux avant de traverser la gare enfumée et de s'approcher de la ravissante jeune femme, entourée de ses solides gardes du corps.

— Comtesse, dit Éric en lui faisant une courte révérence. Je suis content que vous ayez pu vous joindre à nous.

Devant lui, tout sourire, la comtesse Valine accepta sa révérence.

— Je suis enchantée de faire enfin votre connaissance, Trench. J'ai beaucoup entendu parler de vous. J'espère ne pas être venue jusqu'ici pour rien.

Chapitre 22
LA COMTESSE ET LE TRENCH

Vêtue d'un manteau argenté moulé à ses formes, la comtesse Valine était resplendissante et arborait une longue perruque blanche qui retombait sur ses épaules dénudées. Sous la longue voûte vitrée qui dominait l'étendue de la gare, illuminée par les rayons du soleil qui commençaient à poindre entre les treillis, elle apparut comme une lumière blanche dans une mer d'uniformes sombres parsemés de taches cramoisies.

— C'est qui, celle-là? demanda Ridley, qui se trouvait dans un coin, épuisé.

À l'extérieur, sur les rails, quelques mercenaires s'affairèrent rapidement à attacher le wagon renforcé qui contenait le sarcophage de Van Den Elst à l'impressionnante locomotive couleur platine de la comtesse.

— Qu'est-il arrivé à Gaurshin? demanda péniblement T'Gan.

Aux pieds de Xing-Woo, le Déternien, privé de la pile nucléaire de son manteau, luttait pour ne pas sombrer dans l'inconscience.

— Où est passé son convoi?

— Gaurshin n'est pas le seul à avoir accumulé des joujoux au cours de toute cette guerre civile, déclara la comtesse en daignant s'adresser à l'homme-musaraigne.

Elle fit signe au Trench de s'approcher ; sa garde personnelle n'était jamais bien loin derrière elle.

— Je tenais à vous remercier en personne, brigadier, dit la dame aux cheveux blancs.

— Je suis content que vous ayez reçu notre message à temps, comtesse, répondit poliment le Trench en s'avançant vers elle, vêtu de sa camisole en lambeaux. Lorsque nous avons épluché les contacts du baron Van Den Elst dans les carnets de vol de sa navette, votre nom semblait revenir à l'occasion, comme celui d'une alliée possible. C'est vous qui l'avez prévenu à temps que ses installations lunaires étaient sur le point d'être envahies, n'est-ce pas ? Vous avez entretenu une relation cordiale avec lui, je crois, et j'ai cru pouvoir me fier à vous.

Accoudé, T'Gan secoua la tête.

— Vous allez la laisser repartir… avec le manteau du monarque ? s'indigna-t-il en recrachant une dent pointue.

— Pour l'instant, il est mieux entre ses mains qu'entre celles de Gaurshin, répondit le Trench par-dessus son épaule.

— Mais pourquoi ne pas le garder, tout simplement ? fit une voix derrière eux.

Éric tourna la tête. Sur le drakkar, Lody semblait reprendre ses esprits ; ses yeux brillaient toujours d'une lueur inquiétante, mais son manteau tentait visiblement d'épurer ses systèmes. Le professeur Adler alla démagnétiser la médico, avant de l'aider à descendre de la plate-forme.

— La comtesse Valine est une femme d'affaires qui s'entoure de mercenaires, poursuivit Lody en s'avançant vers eux.

Encore affectée par les effets secondaires du virus, elle tentait de ne pas s'emporter.

— Elle risque d'aller vendre le manteau au plus offrant, Éric. Peut-être même à Gaurshin lui-même !

Le Trench hocha la tête.

— Elle pourrait aussi bien décider de le garder pour elle, dit-il en observant Valine. N'est-ce pas, comtesse ?

La femme ne sembla pas nier l'accusation.

— Mais nous ne pourrions pas le garder avec nous de toute manière, conclut Éric. Pour les mêmes raisons que la comtesse Valine devra demeurer très discrète pendant quelque temps.

— Ah ! vraiment ? demanda Valine en arquant un sourcil blanc. Tu te permets de parler pour moi, maintenant, Terrien ?

Éric fit quelques pas vers elle, et ses gardes du corps braquèrent aussitôt leurs carabines sur le jeune homme en camisole.

— Il est sans défense, intervint Valine en leur faisant signe de baisser les armes.

Mais les mercenaires gardèrent néanmoins leurs armes braquées sur lui et, bientôt, les soldats du Trench levèrent leurs épées à leur tour, prêts à défendre leur chef.

Éric demeura imperturbable et observa les yeux d'un bleu étincelant de la ravissante comtesse.

— Elle sait très bien que Gaurshin serait prêt à n'importe quoi pour obtenir ce manteau, dit-il en la dévisageant. Pour lui, c'est la clé du Multivers. S'il venait à apprendre que la comtesse Valine, une de ses meilleures alliées au sein de l'Alliance, possède en fait le manteau de son ennemi juré…

Valine hocha la tête.

— Tu as raison, brigadier. Je devrai me faire discrète pendant un certain temps. Et, si le baron apprenait que vous déteniez toujours le manteau, ici, sur Terre…

— Il n'hésiterait pas à nous détruire tous, enchaîna le Trench. Cet engin ne peut pas rester ici.

— Peut-être, mais Gaurshin est déjà en chemin pour venir le récupérer, leur rappela Lody d'un air sombre. Au fait, comtesse, comment avez-vous fait pour précéder son convoi en gare ?

— J'ai écrasé son vecteur d'approche, répondit simplement Valine. Depuis le temps, je possède passablement d'expérience pour contrer les plans de mes confrères, et j'ai développé quelques trucs que Gaurshin ne connaît pas encore. J'ai imposé mon transport sur sa trajectoire temporelle trois secondes avant le sien.

— Vous…

Lody admira l'ingéniosité de la comtesse.

— Vous avez *détourné* son convoi ? En plein transport temporel ?

D'un geste de la main, le femme vêtue de platine indiqua sa locomotive étincelante, qui reposait sur les rails, à l'extérieur.

— Notre locomotive a fait dérailler la sienne dans le temps, répondit la comtesse. Mais ses ingénieurs doivent déjà être en train de calculer les coordonnées d'un endroit et d'un moment appropriés pour rematérialiser son transport, et vous comprendrez que je ne tiens pas à ce que cela se fasse ici, ni en ce moment, d'ailleurs. Nous n'avons pas de temps à perdre ; si Gaurshin réussit à retrouver la trace de vos manteaux, il fera tout en son pouvoir pour récupérer sa prise. J'espère que vous avez amorcé les plans comme je vous l'ai ordonné, brigadier ?

Éric lança un regard vers Ridley, qui tentait de remettre ses esprits en place, encore sonné.

— Euh…, répondit le Trench. Nous étions sur le point de…

Valine poussa discrètement un juron.

— Ce n'est pas déjà fait ?! Vous étiez censés détourner son convoi dès mon arrivée en gare !

— Votre locomotive n'était pas celle que l'on attendait, expliqua Xing-Woo. Du moins, je n'avais pas été prévenue que…

— On s'en occupe, coupa le Trench en allant aider Ridley à se relever.

Aux pieds de la communicatrice, T'Gan tenta de se libérer, mais Xing-Woo le maintint fermement au sol, une botte sur sa poitrine. La douleur et la confusion étaient évidentes dans les yeux du Déternien, même cachés sous ses lunettes d'aviateur à moitié fracassées. Il hocha la tête, abattu.

— Mais *qui* êtes-vous pour décider à qui revient ce genre de pouvoir ? râla-t-il, presque délirant. Le manteau du monarque représente tellement de possibilités, Éric. À qui pourra-t-elle bien remettre ce genre de puissance, tu crois ? À qui va-t-elle le vendre, hein ? Au plus offrant ?! Qui pourrait utiliser ce manteau de la bonne manière, pour le bien de la majorité, à part Gaurshin ?!

— Il ne peut pas rester sur Terre, T'Gan, rétorqua le Trench. Ce serait signer l'arrêt de mort de milliards d'innocents.

Mais, même entouré par l'ennemi, T'Gan refusait de s'avouer vaincu.

— Vous êtes tous fous…, grommela-t-il, sur le point de perdre connaissance.

Ses membres flanchèrent, et sa vision devint trouble. Non loin, toujours haletant, Morotti surveillait Fünf, qui le surveillait en retour, la langue sortie.

— Fünf !! s'écria soudain le traître. À moi !

L'homme-chien ne savait visiblement plus de qui recevoir des ordres. Après un moment d'hésitation, forcé à obéir aux ordres de son maître, Fünf se précipita sur

Xing-Woo, prêt à la déchiqueter entre ses crocs. Mais, avant qu'il ne puisse la rejoindre, Morotti l'intercepta et le plaqua violemment contre le mur de la gare en le mitraillant d'insultes. L'écran protecteur de l'éclaireur crépita sous l'impact.

— Ssc'est ssce genre de pouvoir que tu désires, recrue?

Morotti le roua de coups jusqu'à lui arracher des lambeaux de peau. Sa rage était hors de contrôle, et il allait le tuer sur place.

— Ssc'est ssça que tu ressspectes tant, Fünf, le pouvoir et la violenssce?! hurla-t-il en laissant de grandes balafres ensanglantées dans le poil sombre de l'éclaireur canin. Ssc'est à ssça que tu asspires? Tu veux jouer au plus fort?!

À peine conscient, Fünf se laissa choir sur le sol et tenta de se rouler en boule pour éviter les coups de griffe. Il se mit à émettre des plaintes nasillardes, signe qu'il se soumettait au plus fort de la meute.

— Morotti! cria le Trench en allant les rejoindre.

Mais c'était en vain; Morotti ne l'écoutait plus. Il était une tornade de griffes acérées, et le sang de Fünf coulait à flots.

— Je suis désolée de l'avoir infecté, lieutenant, lança Xing-Woo en venant aider Éric à retenir le pugiliste. Mais c'était la seule manière de combattre Fünf; je n'y serais jamais parvenue toute seule!

— J'espère qu'il n'est pas trop tard pour le sauver, lança le Trench en évitant un coup de griffes près de son visage.

— Qu'est-ce que tout ce cirque? demanda Valine, sur ses gardes.

— Bats-toi! hurla Morotti en poursuivant son attaque contre Fünf. Qu'est-ssce que tu attends?!

Mais l'homme-chien n'osait même plus lever les bras pour se défendre. Vaincu, il laissa Morotti lui assener de nombreux coups, assez solides pour fendre des blocs en ciment.

— Combats le virusss, esssspèssce de gros frousssard, ou bats-toi contre moi! Tu veux jouer au plus fort, alors BATS-TOI!

— Constable! hurla le Trench en tentant de s'interposer entre eux. Il abdique, tu as gagné! Calme-toi.

Mais Morotti ne s'était jamais senti aussi libre; il ne pouvait plus contenir sa rage, une colère accumulée depuis des dizaines d'années, une furie sans limites. Sans pile nucléaire pour alimenter le virus qui l'habitait, son manteau luttait pour éliminer tout trace de l'infection, mais les instincts agressifs décuplés du pugiliste semblaient pour l'instant l'emporter. Il tint la forme inerte de Fünf par le col ensanglanté de son manteau, le regard embrasé.

— Constable, prévint le Trench, ne perds pas le contrôle. La Technence n'a plus de prise sur toi; les effets du virus devraient s'estomper d'ici quelques minutes.

— Mais le virusss *donne* du pouvoir! ragea Morotti, imbu de sa propre puissance. Et le pouvoir, ssc'est tout ssce qui compte, Éric!

— Calme-toi, répéta le Trench. Nous allons remettre le manteau de Van Den Elst à Valine, et tout pourra rentrer dans l'ordre.

— Tu vas laissser filer ssce manteau entre les mains d'une inconnue?! siffla l'homme-lézard. Avec ssset engin, tu pourrais contrôler la Terre, Éric!

— Écoutez…, tenta Valine en levant les mains.

— Avec du pouvoir, poursuivit hargneusement Morotti, Lody a été capable de prendre le contrôle de ssce pays tout *entier* en moins de sssix mois!

— Avec du pouvoir, rétorqua le Trench, Lody était sur le point de laisser détruire ma planète natale pour couvrir ses arrières, constable!

Contrarié, affecté par le virus de la Technence que son manteau tentait vaillamment d'éliminer, Morotti sembla tiraillé entre ses instincts de guerrier et son sens du devoir.

— Mais…, Éric! Penssse à ssce que nous pourrions accomplir avec un tel engin!

Lentement, la comtesse Valine fit quelques pas à reculons. Ses hommes s'attroupèrent autour d'elle.

— Si vous avez des problèmes avec vos hommes, brigadier, dit-elle, vous auriez dû les régler avant mon arrivée.

Tentant de ne pas perdre le contrôle de la situation avant qu'elle ne dégénère complètement, Éric affronta Morotti. Il tint bon et ne recula pas devant le lézard à l'humeur visiblement meurtrière.

— Constable…, c'est terminé.

— Éric, supplia de nouveau Morotti, confus. Nous ne réusssirons pas à les arrêter sssans recourir à la forssce. Gaurshin… la Technenssce… ils sssont si puisssants… sssi nombreux!

— Gaurshin ne sera plus notre problème pendant un bon bout de temps, répondit le Trench. Morotti, le manteau de Van Den Elst possède de grands pouvoirs, je l'avoue; ne force pas la comtesse à l'utiliser contre toi.

— Mais nous allons tousss mourir si tu la laissses partir avec ssce machin!

— Morotti! beugla le Trench. Tu as étudié pour devenir prêtre, tu t'en souviens encore dans tout ce brouillard de colère?! Tu en avais assez, tu voulais rejeter toute cette merde: les guerres, le sang, la violence dont tu étais capable, les horreurs que tu t'étais vu obligé d'infliger dans l'arène!

Il se planta fermement devant le bec du pugiliste pour le dévisager.

— Ne me dis pas que tu vas maintenant renier tes propres vœux… en plus de renier tes collègues ?

— Je vais te déchirer en lambeaux, ragea Morotti en relâchant Fünf, les griffes sorties. J'ai perdu Nikka à cause de toi !

Ah, comprit Éric. *Voilà donc la véritable raison de toute cette colère.*

— Laisse-moi te montrer, Morotti, répondit calmement le Trench, ce qui arrive lorsque tu laisses la raison parler plus fort que la force. Donne-nous au moins une chance d'aller la sauver…

Morotti hésita, et Lody vint bientôt les rejoindre, blanche comme un drap.

— Je peux t'aider, Harrah, dit-elle en déposant une main sur son épaule. Mon manteau possède des tranquillisants qui…

Mais l'homme-lézard s'arracha à sa poigne et alla rager dans un coin, tentant de refouler ses pulsions meurtrières.

Lody secoua la tête et s'agenouilla près de Fünf, étendu sur les dalles polies du plancher dans une mare de sang. Elle lui caressa doucement le museau.

— Shhh, susurra-t-elle, c'est moi, Fünf, ta commandante. Tout va bien aller. Abaisse ton champ de force, tout va bien aller.

— Dans son dos, indiqua le Trench.

Elle glissa doucement sa main au creux du dos de Fünf, comme Éric l'avait fait avec elle à bord du sous-marin, et retira la pile nucléaire avant que l'homme-chien n'ait le temps de réagir. Fünf poussa une plainte gutturale à glacer le sang et lança un regard rempli de tendresse vers la médico avant de s'effondrer sur le sol de la gare, inconscient.

Épuisée, Lody lança la pile à Adler, qui l'enfouit rapidement au creux du sac à son épaule. Elle se laissa ensuite choir aux côtés de l'éclaireur et le caressa tendrement en attendant que son manteau guérisse l'infection qui grugeait sa santé mentale.

— Le temps presse, leur rappela Valine, imperturbable dans son grand manteau argenté moulant. Vous devez immédiatement contrer l'arrivée de Gaurshin avant qu'il ne redirige son convoi.

— Tu t'en sens capable ? demanda le Trench en faisant un signe de tête entendu à Ridley.

Le rouquin hocha la tête en tentant de reprendre ses esprits.

— Je ne sais pas si mon manteau possède encore assez de réserves, Éric, mais… je vais essayer.

Adler se dirigea vers Ridley et lui tendit le sac en bandoulière rempli des piles nucléaires qu'il avait récoltées sur les brigadiers de leur lame. Il en inséra une dans le dos du rouquin, qui fit la grimace en sentant l'œuf métallique s'enfoncer entre ses omoplates.

— C'est la pile de T'Gan, expliqua le petit ingénieur. Elle est encore chargée. Tu n'auras qu'à la retirer une fois rendu sur place et à l'abandonner avec les autres. Il devrait ensuite te rester juste assez de jus pour revenir au campement, à cette époque.

Encore étourdi, Ridley prit péniblement le sac que lui tendait Adler, en posa la courroie sur son épaule et hocha stoïquement la tête avant de disparaître dans l'implosion d'un vent surnaturel.

— Où est-il allé ? demanda Xing-Woo.

— Je t'expliquerai plus tard, répondit discrètement le Trench.

— C'est terminé ? tiqua Valine, visiblement irritée. On peut poursuivre ?

— Éric, lança Lody en caressant toujours distraitement le pelage de Fünf, étendu devant elle. Es-tu certain de ce que tu fais ? Es-tu vraiment certain de vouloir remettre le manteau de Van Den Elst à cette femme ?

— Ma lame et moi, reprit Éric en se retournant vers Valine, avons conclu que, du moins pour l'instant, cette précieuse relique serait mieux de demeurer entre vos mains, comtesse.

— Comme ça ? protesta Lody. Sans poser de questions ?

— Elle a raison, intervint Xing-Woo. Nous méritons bien de savoir ce qu'elle prévoit en faire.

— Pour l'instant, répondit Valine, sur ses gardes, il demeurera caché quelque part dans le temps. Et, à voir la discipline de vos hommes, je ne prendrai pas le risque de vous dire où. Je songe présentement à aider la résistance qui tente de s'opposer au règne de Gaurshin et à ces foutus prêtres de la Technence ; ce manteau pourrait bien renverser la vapeur, alors je ne vous révélerai pas mes plans. D'ici quelques mois, lorsque la poussière sera retombée, qui sait… Je verrai à ce moment.

Elle fit un signe à ses hommes pour leur indiquer qu'elle était prête à partir et se retourna vers le Trench.

— Tu as raison, brigadier : pour l'instant, le manteau du monarque est plus en sécurité avec moi. Mais sois certain d'une chose, Trench : si Gaurshin venait frapper à ma porte, je ne garderais pas ce manteau avec moi bien longtemps. Au revoir, mes amis. Je suis heureuse d'avoir pu faire affaire avec vous.

Elle allait partir, mais Éric posa une main sur son épaule.

— Comtesse, dit-il poliment. Ne vous en débarrassez pas trop rapidement, nous pourrions venir le rechercher sous peu.

Valine jeta un coup d'œil à la main sale du jeune homme sur sa manche d'une propreté virginale.

— Alors, tu ferais mieux d'apporter beaucoup, beaucoup d'argent avec toi, Terrien. Au revoir, brigadiers.

Elle se dégagea de son étreinte, claqua des doigts pour ordonner à ses hommes de la suivre sur le quai et monta à bord de son convoi temporel en laissant traîner sa grande cape blanche derrière elle.

Quelques instants plus tard, la navette de la grosseur d'une locomotive se mit à glisser sur les rails, tirant derrière elle le wagon renforcé qui contenait le manteau du monarque. Au fur et à mesure qu'il accélérait, des éclairs crépitèrent autour du train en mouvement et, bientôt, le convoi de deux wagons disparut dans l'éther, laissant une immense implosion aspirer la poussière et la fumée des fusils encore coincée dans la gare.

Dans la salle des pas perdus, les soldats de la Résistance commencèrent à ligoter en silence les survivants nazis pour les emmener à leur nouveau campement. Les envahisseurs n'avaient pas été repoussés, mais, au moins, grâce aux hommes du Trench, ils avaient réussi à leur porter un dur coup, dont ils mettraient quelque temps à se remettre.

— Maintenant que le manteau du monarque est entre les mains de Valine, commenta le Trench après un moment, cela devrait nous donner un peu de temps.

— Du temps pour faire *quoi*? grommela Morotti, assis dans la cage d'escalier; il luttait toujours pour retrouver la maîtrise de lui-même.

Éric alla aider son ami à se relever. L'homme-lézard observa longuement le bras que lui tendait le Trench avant de se décider enfin à lui prendre la main, fermement, et de le suivre. Éric fit signe à Adler de s'occuper de Lody et de Fünf avant d'aller rejoindre leurs collègues.

— Du temps pour planifier, répondit le Trench. Les lignes temporelles à partir d'ici n'ont pas été réglées, Morotti, et je doute que Gaurshin laisse passer une telle offense sans vouloir nous punir. Tôt ou tard, il nous retrouvera, et nous devrons être prêts à l'affronter.

Il plaça son bras autour des larges épaules du pugiliste.

— En attendant, essayons de débarrasser ma ville natale de ces foutus nazis, qu'en dis-tu ?

Fidèle à son habitude, Morotti grommela.

— Allons, poursuivit Éric en regardant, par la voûte vitrée au-dessus de leurs têtes, le soleil quitter son nid de nuages embrasés. Ramenons les filles au campement. Et, Morotti, ordonne à tes hommes de faire comme si nous n'étions jamais venus ici. Nous ne laisserons aucune trace derrière nous ; les Allemands ne doivent pas nous suivre jusqu'à notre nouveau campement.

— Ssc'est terminé ? demanda le lézard après un moment.

Éric sourit.

— Presque. Nous avons encore une réunion importante d'ici une heure ou deux.

Chapitre 23
LA BASE ÉTERNELLE

Stavros fredonna un air nostalgique en préparant un repas pour sa patiente ; la monotonie de la routine ne l'avait jamais dérangé.

Ils étaient coincés sur la base lunaire depuis une semaine déjà, et Nikka avait passé les trois quarts de son temps sous l'effet de médicaments qu'il avait dénichés dans les laboratoires familiers de la future base de Kanawaka. Même si la navette de Van Den Elst était toujours garée dans un des héliports du complexe, Stavros ne voulait pas déplacer Nikka avant qu'elle se soit rétablie de ses blessures ; Bruton l'avait sauvagement battue, au point de rendre son manteau inutilisable, et elle allait maintenant devoir guérir comme le commun des mortels.

Le grand brigadier arrêta de chantonner ; il savait bien que Nikka ne se remettrait jamais complètement de ses blessures… Mais il chassa ces sombres pensées de son esprit et couronna la présentation de son cabaret d'une petite fleur séchée qu'il avait récupérée dans la serre installée dans les atriums des niveaux supérieurs.

Au moins, se dit Stavros en songeant aux semences qu'il avait plantées, *nous ne mourrons pas de faim.*

Il cherchait depuis quelques jours à trouver une manière de quitter la base ; certes, il y avait bien le vaisseau du baron, mais il ne savait pas comment la navette allait réagir sans les codes d'accès du magistrat. De plus, il ne disposait pas d'un gantelet pour l'activer. Elle pourrait tout aussi bien retourner à un endroit programmé d'avance par Van Den Elst, ou encore exploser sans l'autorisation appropriée du pilote. Et… il y avait encore les Banshee.

La plupart des chasseurs de têtes cybernétiques n'étaient pas revenus à la base ; c'est à croire qu'ils avaient presque tous péri lors de l'explosion du portail. Les Banshee qui avaient réussi de peine et de misère à réintégrer le complexe s'étaient immédiatement remises en veilleuse dans leurs capsules pour effectuer des réparations à leurs systèmes. Mais il suffirait que Stavros passe près des hangars pour les réveiller de nouveau, et il ne s'en sortirait probablement pas vivant. Il avait donc verrouillé les sas d'accès entre le complexe médical, où lui et Nikka résidaient, et les héliports occupés par les dernières Banshee endormies.

La zone hors-temps de la base l'empêchait également d'entrer ou de sortir à l'aide de son manteau de brigadier. Au moins, il avait réussi à retirer les piles nucléaires de leurs engins. Stavros avait été malade pendant quelques jours tandis que son manteau épurait la radiation de ses systèmes, mais Nikka avait heureusement été inconsciente pendant cette période difficile.

Son manteau. Stavros jeta un regard au vêtement endommagé de Nikka, plié sur une chaise. Il secoua la tête en repensant à la violence des coups de Bruton. *Il a été capable d'endommager un navire de brigadier*, se dit-il en ramassant le morceau de tissu à moitié détruit. *La force de cet adepte était…*

Un petit objet sortit d'une des poches du vêtement et bondit sur le sol. Stavros se pencha pour ramasser le petit bouton métallique et l'observa quelques instants, songeur. *Un communicateur ?* Il haussa les épaules avant de l'enfouir dans son uniforme.

J'espère que le Trench et les autres auront réussi leur mission. Car, en ce moment, nous allons devoir rester sur cette base jusqu'à ce qu'ils...

Un témoin lumineux l'avertit qu'à l'infirmerie, celle qui lui servirait de laboratoire médical pendant plusieurs années dans le futur d'où il venait, Nikka reprenait conscience. Il sifflota un air plus enjoué et empoigna son cabaret avant de quitter les cuisines.

Des voyants percèrent lentement le voile de son sommeil, des veilleuses... des consoles médicales.

Nikka ouvrit difficilement les yeux ; ils étaient encore boursouflés en raison des coups qu'elle avait reçus. Au-dessus d'elle, une lampe suspendue la plongeait dans une douce lueur ambrée. Elle était allongée sur une couchette, entourée de consoles beiges, et elle avait mal presque partout.

— Stavros ? marmonna-t-elle faiblement.

— Je suis ici, répondit le gros sergent en apparaissant dans son champ de vision.

Il déposa un cabaret avec quelques plats sur une petite table à ses côtés.

— J'ai trouvé des rations d'urgence, dit-il en plaçant quelques ustensiles près d'une serviette. De la laitue synthétique, de la soupe... Tout ce dont tu auras besoin pour te refaire une santé.

— Je n'ai pas faim.

Il lui tendit quelques barres nutritives.

— Mange au moins ceci, supplia-t-il en ouvrant pour elle un sachet scellé hermétiquement.

Nikka mordilla la pâte sans saveur remplie de parcelles protéinées et tenta d'avaler une bouchée.

— Tu te sens mieux ? demanda Stavros.

Elle secoua la tête.

— Je ne pense pas… Je ne sens plus mes jambes…

Nikka regarda autour d'elle, mais ne vit que quelques tables couvertes d'instruments médicaux et des consoles qui annonçaient régulièrement ses fonctions vitales de manière audible.

— Où sommes-nous, Stavros ?

Le grand xénobiologiste se redressa et alla déposer le plateau de nourriture un peu plus loin.

— Nous sommes toujours sur la Lune, à la base de Kanawaka. Tu es inconsciente depuis quelques jours.

— Les Banshee ?… , dit-elle soudain, alarmée.

Mais Stavros lui fit signe de se calmer.

— Nous sommes en sécurité pour l'instant.

Il lui versa un verre d'eau pour aider à faire passer la barre nutritive.

— Et tu ne le croiras pas, Nikka, mais en cherchant dans ce complexe médical, j'ai retrouvé mon vieux labo !

Il leva les bras.

— Ici même !

La rouquine ferma les yeux et se força à les rouvrir.

— Je ne comprends pas…

Elle entendait sa voix comme si elle venait de loin, en sourdine.

— C'est ici que je vais travailler dans, oh, disons, trois millions d'années ? fit Stavros. Ça va être mon petit laboratoire où j'ai… où je *vais* examiner toutes les nouvelles espèces que vont rapporter les sondes interstellaires de Kanawaka. La décoration va être refaite avant mon arrivée, mais les dimensions seront encore sensiblement les mêmes. Je dois avouer que c'est un sentiment plutôt… étrange.

Nikka toussota. Il s'agenouilla près d'elle et la força à boire quelques gorgées avant de lui essuyer le menton.

— Stavros…, demanda-t-elle, la bouche pâteuse. Est-ce que je vais… survivre ?

Il baissa les yeux.

— J'ai tenté d'opérer, Nikka. Je m'y connais passablement en biologie animale et humaine, et j'ai tenté de…

— Stavros, insista Nikka en serrant sa main. Est-ce que je vais *vivre* ?

Le gros sergent poussa un soupir et s'assit à ses côtés sur la couchette. Il prit sa tête et la déposa doucement sur son gros ventre.

— Je… je ne sais pas, Nikka… Tu es paralysée, ta colonne vertébrale a subi de sérieux dégâts… Avec le temps, peut-être que je pourrais trouver une solution ici, quelque part, mais pour l'instant…

Des larmes perlèrent aux yeux de la jeune femme.

— Je voulais tellement revoir Morotti… Je n'ai pas eu le temps de lui parler… de lui expliquer…

— Je suis sûr que tu vas en avoir la chance.

Il caressa ses cheveux qu'il avait soigneusement lavés pendant son sommeil.

— Nous allons tous les retrouver, tu vas voir…

— Mon manteau, fit soudain Nikka en cherchant autour d'elle. Tu me l'as retiré ?…

— Je crois qu'il n'était déjà plus en très bon état lorsque tu l'as trouvé, ma petite. À ton arrivée à la Citadelle, il devait déjà être endommagé, peut-être même au-delà des capacités de la Technence à le réparer. Les coups de Bruton auront achevé les systèmes de régénération de l'engin, il ne devait plus te protéger très bien…

Il perd même des bouts. Je ne sais pas où tu l'as trouvé, mais il était déjà vieux quand tu l'as endossé.

— Rome…

— … quoi?

— Je l'ai trouvé à Rome, lors d'une émeute. L'homme qui le portait…, un brigadier, il semblait si vieux… brûlé… plissé… comme un homme mort qui cherchait à demeurer en vie, coûte que coûte…

— Giacosa, dit Stavros tout bas.

— Tu le connaissais?

— Seulement de réputation. Adler m'en a déjà parlé, c'était un collègue historien, originaire d'Italie. D'après ce qu'il m'a dit, c'était un brigadier compétent…, un homme qui possédait un grand sens de l'humour…

— Je… n'ai pas eu le temps de le connaître…

— Nikka…

La rouquine se mit à pleurer.

— Je ne…

Elle serra la main de Stavros aussi fort qu'elle le put.

— Stavros… tu dois m'écouter… Le traître…

Stavros arqua un sourcil.

— Qu'est-ce que tu dis, ma belle?

— Celui qui a forcé le drakkar à atterrir à la mauvaise époque, à Montréal… Le traître, c'est T'Gan…

Stavros se rassit plus confortablement sur la couchette.

— Qu'est-ce que tu racontes, au juste?

— Bruton…, poursuivit Nikka avec peine. Bruton est devenu régent de Galaron IV après notre départ…, mais il avait déjà capturé la femme et les enfants de T'Gan…

Ses mots venaient si péniblement que Stavros la laissa poursuivre sans commenter. Il tendit l'oreille tout en caressant machinalement ses cheveux de couleur rouille.

— Il les tient en otage… Il a forcé T'Gan à trahir Lody… C'est lui qui a fait dévier le drakkar… C'est lui qui aidait les Banshee à nous retrouver chaque fois…

— Tu te rends compte de ce que tu dis, Nikka? Comment T'Gan aurait-il pu faire tout cela?

— Des balises…

Elle cracha un peu de sang, et Stavros prit un linge propre pour essuyer son visage blême.

— Avant notre départ, la Technence et York… ont implanté dans nos manteaux… des balises de repérage… pendant notre inspection de routine…

Stavros jura silencieusement contre les prêtres de la Technence; il les maudit tous.

— J'aurais dû deviner bien avant…

— C'est T'Gan qui a essayé de faire assassiner le Trench… et Lody… à la Citadelle… Il a fait entrer cette créature pendant la nuit… Il n'avait pas le choix, Stavros…, ils allaient tuer ses enfants… et sa femme, Is'Talla.

— Nous avons tous des choix à faire, Nikka, grommela Stavros en lançant le linge souillé sur une console. Il aurait pu nous en parler, on aurait pu trouver une autre solution…

— C'est lui qui a infecté Lody, à l'Impérial…

Stavros demeura silencieux. Les témoins lumineux clignotèrent autour d'eux dans la pénombre sans faire de bruit.

— Lorsqu'on a rencontré la journaliste…, poursuivit Nikka. Au cinéma… Bruton a fait parvenir à T'Gan… il lui a fait parvenir un… un virus programmé par la Technence… pour infecter Lody…

Stavros tenta de remettre les morceaux en ordre dans sa mémoire.

— Mais… quand ça, au juste?

— Lorsque Lody a été électrocutée… par le drakkar, alors qu'on allait quitter l'île… c'était T'Gan… Tu venais d'être nommé sergent… Tu avais d'autres responsabilités…

Perdu dans ses pensées, Stavros sortit le petit communicateur de sa poche et le tint entre ses doigts boudinés. Il fit tournoyer le bouton de manchette à la lumière des consoles.

— Mais comment sais-tu tout ça, Nikka?

— Nous n'aurions pas pu… C'est… c'est moi qui ai court-circuité le drakkar… Stavros, c'est moi qui ai électrocuté Lody…

Le scientifique laissa un moment filer ; il ne savait quoi dire. Inconsciemment, il serra entre ses doigts le cuir chevelu de la rouquine.

— Tu as… tu as fait quoi?…

— Je n'ai jamais voulu être guerrière, Stavros… Je n'ai… je n'ai jamais été faite pour ce genre de chose… Je pensais qu'avec Woo à la tête de notre lame…

Elle toussota de nouveau et faillit perdre connaissance.

— Je voulais changer les choses…

— Tu… tu as aidé T'Gan à nous trahir?! Mais on… on se battait pour nos vies, Nikka!

Elle serra la main du gros homme, sa tête sur son ventre.

— Je voulais simplement partir avec Morotti… Plus de Banshee, plus de Trench…, plus de violence… Je n'ai jamais pensé que tu pourrais être blessé, Stavros… je… je n'ai pas pensé…

— Non…, dit-il en regardant le communicateur dans la paume de sa grosse main. Non, tu n'as pas pensé, Nikka.

La jeune femme tourna la tête pour pleurer doucement.

— Nikka, dit Stavros après un moment, le regard distant. Est-ce que tu reconnais ceci?

Il lui montra le petit bouton qui était tombé de son manteau.

— C'est un communicateur de l'Alliance, dit-il. Du genre que nous portons tous. Il peut être utilisé pour transmettre des données sur une vaste distance intertemporelle. Il est tombé de ta poche…

— Il ne provient pas de mon manteau! s'empressa de dire Nikka.

Désemparée, elle écarquilla les yeux et se mordilla les lèvres.

— C'est celui de T'Gan…

Stavros serra les doigts autour du communicateur.

— Qu'est-ce qu'il faisait dans ta poche? Il te l'a donné? demanda-t-il en devinant la réponse.

Au cours de l'attaque des Banshee, Éric avait confié Lody à Nikka, et toutes deux s'étaient réfugiées dans la salle de débarras du cinéma, transformée en infirmerie temporaire. T'Gan avait été emprisonné de l'autre côté d'un écran protecteur, il n'aurait jamais pu traverser le champ de force et infecter la médico. Nikka avait été la seule aux côtés de Lody.

— Le virus de la Technence était téléchargé dans ce communicateur, comprit Stavros.

Il poussa un soupir contrarié et se renfrogna.

— T'Gan te l'a donné pour que tu fasses sa sale besogne, dit-il, abattu. C'est toi qui as infecté Lody… pendant que nous, nous défendions notre peau…

Nikka pleura de nouveau.

— Je n'ai jamais voulu être guerrière…, répéta-t-elle.

Stavros chercha ses mots, mais n'en trouva aucun. Cette femme… cette *fillette* avait trahi son commandant…, son peloton, ses confrères…, ses seuls amis.

— Nous sommes en guerre, Nikka…, murmura Stavros, les yeux rivés dans le néant de l'obscurité.

Il crispa ses doigts plus profondément dans les cheveux de la rouquine.

— Stavros…, tenta Nikka. Stavros, tu me fais mal…

— Nous sommes en guerre, et la seule chose sur laquelle nous pouvons compter en temps de guerre, c'est nous-mêmes…

— Stavros… Arrête, tu me fais mal !

— Il n'y a aucune excuse pour cela. Un soldat qui trahit son commandant…, qui met la vie de ses compatriotes en danger en plein conflit… Nikka, c'est impardonnable, ce que tu as fait…

— Stavros !

Il agrippa fermement la tête de la jeune femme entre ses grosses mains, appuya son avant-bras autour de sa gorge pour créer un point d'appui et fit craquer son cou comme une noix. Nikka s'effondra dans ses bras, et il la déposa doucement sur l'oreiller de la couchette.

Stavros renifla un instant, regardant dans le vide, l'air hagard.

Il se leva, se dirigea vers la cuvette de ce qui allait un jour devenir son laboratoire et se lava lentement les mains sous la projection sonique du robinet.

Il jeta un dernier coup d'œil à Nikka : son cou était tordu et sa tête reposait sur le côté, perpendiculaire au reste de son corps. Ses yeux vitreux regardaient dans sa direction, sans vie, reflétant les voyants ambrés des consoles.

Je ne remettrai plus jamais les pieds ici, se dit Stavros en quittant la pièce. Il fit coulisser la porte et scella le laboratoire pour des millions d'années à venir, abandonnant derrière lui le dernier mauvais souvenir de sa présence sur cette base maudite.

Épilogue
LA RÉSISTANCE

Avertissement: les fonctions habituelles de votre manteau ont été interrompues. Une série d'opérations illicites se trament contre votre gré. Vous êtes inconsciente. Avertissement: je ne pourrai plus garder contact av…

Soudain, Lody ouvrit les yeux et tenta de s'asseoir.

La jeune médico regarda autour d'elle; elle était dans une tente remplie de couchettes étroites. Au fond de l'infirmerie, elle vit quelques hommes étendus, qui semblaient se remettre de leurs blessures. À ses côtés, elle remarqua la forme allongée de Morotti; il était attaché à son lit. De l'autre côté, l'homme-chien, Fünf, semblait être dans le même état, lui aussi retenu par de grosses sangles en cuir. Tous deux étaient inconscients.

— Par mesure préventive, dit une voix familière à ses côtés.

En remarquant que Lody s'était éveillée, Éric prit un petit banc et s'assit près de son lit.

— Ils ont encore des sautes d'humeur.

— Ils… ils vont s'en remettre? demanda faiblement le lieutenant.

— Pendant ton «sommeil», nous avons relié ton manteau de médico à leurs engins; ils devraient guérir l'infection normalement. Nous avons commencé par Xing-Woo, car nous avons besoin de ses talents de leader.

329

Elle semble aller beaucoup mieux. Adler me dit que cela devrait fonctionner.

Lody tenta de retrouver ses esprits.

— L'infection…, le virus de la Technence…, les Allemands!

Elle fit un mouvement pour se lever, mais Éric lui mit une main sur l'épaule.

— Doucement, dit-il. Notre nouveau campement semble sécuritaire pour l'instant. Et je crois que les armées nazies vont prendre quelques jours avant de se remettre de ce fiasco. Après tout, le führer a perdu son chef d'opérations au Québec; il va devoir réajuster ses plans.

Lody se frotta les yeux.

— Oh, j'ai la nette impression d'avoir commis des gestes que je vais regretter.

— Peut-être pas ceux auxquels tu penses, ajouta Éric, un sourire en coin.

— Qu'est-ce que tu veux dire?

— On s'en reparlera.

Elle prit sa main.

— Merci, Éric. Je ne comprends pas très bien ce qui s'est passé, mais… je me souviens de ce que tu as fait pour moi… pour nous.

Le Trench hocha sobrement la tête.

— Ça aura coûté assez cher, cette fois-ci, Lody. La province est sens dessus dessous; je ne sais pas si on va pouvoir arranger les choses.

— Et l'orage?

— Il ne repassera plus. Du moins, d'après Adler. Le carrefour temporel s'est stabilisé, et l'île est en sécurité. Si on fait abstraction d'une invasion nazie imminente, tout va pour le mieux.

Lody poussa un grognement.

— Cela ne change guère notre situation. Si les Allemands gardent le contrôle de la planète… Éric, je leur ai livré une technologie puissante, qui leur permettra de maintenir leur domination pendant des années à venir. Nous devons agir…

— Chaque chose en son temps, répondit calmement le Trench. Aujourd'hui, tu te reposes. Demain, on verra si on peut aller empêcher ce scientifique allemand de découvrir les fragments du portail, au cours des années 1930.

— Mais nous n'avons plus de piles nucléaires…

— Je n'en ai jamais eu besoin pour voyager. Et Adler travaille à des sources d'énergie alternatives pour alimenter vos moteurs.

— Et nos hommes ?

— Toujours aussi pragmatique…

Lody parvint à s'asseoir et jeta un coup d'œil aux deux hommes-bêtes allongés à ses côtés.

— Ils vont s'en tirer sans trop de séquelles ?

— Je crois que Morotti devra méditer pendant quelques jours pour contenir la rage que Xing-Woo lui a permis de libérer. Je te recommande d'ailleurs de suivre des séances avec lui ; ce que tu as vécu doit être traumatisant, et il pourrait t'aider…

— Je ne suis pas du genre à croire à la médecine douce, Éric, grogna la docteure.

Elle observa le Trench un instant.

— Mais je veux bien essayer…, parce que tu me le demandes.

Éric hocha la tête.

— Fünf devrait s'en sortir sans trop de peine, mais je crois que Morotti est très humilié par ce qu'il a vécu, et… il va devoir décider s'il reste avec nous ou non.

— Je comprends…

Lody observa son manteau, redevenu blanc.

— Mon engin…, il a vraiment réussi à guérir l'infection de la Technence ?

— Ton modèle de manteau est bourré de surprises médicales, Lody, mais il n'a pas fait le travail tout seul. Vous êtes connectés, tous les deux, et même si tu étais inconsciente, c'est un procédé qui s'est fait en collaboration. Grâce à toi, les autres devraient éventuellement parvenir à s'en sortir, eux aussi.

— Et T'Gan ?

Le visage du Trench s'assombrit un instant.

— Il est notre prisonnier. Nous n'avons pas encore décidé de ce que nous ferons de lui, nous préférions attendre ton réveil.

Lody hocha la tête.

— Et toi, mon pauvre Éric. Tu n'as plus de manteau… Je suis désolée.

Le jeune aventurier haussa les épaules.

— Pas moi. Pour la première fois depuis des années, je suis libre de respirer de l'air non recyclé et de marcher pour aller où je veux me rendre. Je peux enfin ressentir de la véritable pluie sur mon crâne. C'est… appréciable, dit-il sur un ton amical.

— Qu'est-ce que vous avez l'intention de faire, maintenant, sergent ? demanda-t-elle d'un ton plus formel.

— Vous ne vous en souvenez pas ? lança le Trench d'un ton moqueur. En votre absence, vous m'avez nommé lieutenant intérimaire, « capitaine » Lody.

Il baissa le regard, redevenant sérieux.

— Sincèrement, je ne sais pas encore. Je vais devoir méditer là-dessus, moi aussi. Et, maintenant que je ne possède plus de manteau, je crois que tu peux laisser tomber le rang, Lody. Je ne suis plus milicien.

Elle le dévisagea longuement, pesant ses mots.

— J'aurais espéré te faire changer d'idée. Tu as fait du beau travail pour nous, Éric, et l'Alliance a besoin de…

— Mais toi, Lody, interrompit le Trench, tu possèdes encore un avantage sur Gaurshin : il ignore si tu as retrouvé le manteau de Van Den Elst ou non. Tout n'est pas perdu.

— Gaurshin !

Elle voulut se lever de nouveau, mais, encore affaiblie, se contenta plutôt de s'appuyer contre le bras du Trench.

— Son armée est en route vers la Terre ! Il s'en vient ici avec une armée, centrée sur nos balises. Il va…

— Nous, euh…

Éric haussa les épaules.

— Nous avons triché un peu sur ce point.

Lody arqua les sourcils.

— Triché ?

— Ouais, nous avons retiré toutes nos balises ; elles étaient dissimulées dans les piles nucléaires de nos manteaux. Ridley est allé les balancer à la mer…

— Gaurshin va les retrouver…

— … il y a soixante-cinq millions d'années. En Antarctique.

Il sourit.

— En faisant dévier la trajectoire de son convoi, Valine a empêché Gaurshin de retrouver notre trace dans les lignes du temps. Les balises que contenaient nos piles nucléaires étaient la seule manière que le baron avait de nous retrouver sur Terre avec certitude. Au moment où on se parle, le gros Gaurshin et ses hommes doivent être coincés dans la glace, à se demander ce qu'ils font là. Avant qu'ils nous retrouvent ici, en 1942, nous aurons eu le temps de régler les problèmes et de quitter cette ligne de temps. Et il ne sait pas encore que Valine détient maintenant le manteau du monarque.

Lody réfléchit un instant.

— Ce n'est que partie remise, Éric. Tôt ou tard, il va découvrir la supercherie et…

— Il ne prendra pas le risque de détruire la planète sans d'abord savoir où est rendu son précieux manteau, Lody. Mais, d'ici à ce qu'il comprenne que nous ne sommes plus sur Terre, nous aurons eu le temps de contacter Valine et de retourner le manteau de Van Den Elst à l'Alliance.

— Tu crois vraiment qu'elle va s'en départir?

— Je lui fais confiance pour l'instant, répondit simplement le Trench. Elle sait aussi bien que nous la puissance que pourrait conférer cet engin s'il tombait entre de mauvaises mains.

Lody le dévisagea un instant.

Éric se sentit mal à l'aise.

— Quoi?

— Tu n'as pas pensé le garder pour toi, Éric? demanda-t-elle doucement. Pour remplacer ton propre manteau?

Il poussa un ricanement.

— Bah, moi, tu sais, je n'ai jamais voulu contrôler le Multivers. Je voulais juste contribuer à ma manière, aider les gens…

— Mais, pourtant, avec ce manteau…, s'obstina Lody.

— Éric!

Xing-Woo entra en courant dans la tente. En apercevant Lody, assise et consciente, elle demeura saisie. La jeune femme se reprit et se mit au garde-à-vous.

— Lieutenant Lody!

— Au repos, lança Lody. Après ce que l'on vient de traverser, je vais tolérer un certain relâchement pour quelques jours.

— Je suis heureuse de vous voir en santé, déclara la communicatrice, sincère. Nous avions cru au pire, et la situation devenait… critique.

— Vous avez un rapport à nous faire, constable ?

Le Trench se pencha à l'oreille de Lody et lui rappela qu'après l'attentat contre sa vie et son… séjour prolongé parmi les nazis, ils avaient dû improviser. Lody accepta l'explication d'Éric et se reprit.

— Votre rapport, sergent ?

Xing-Woo afficha un sourire radieux, le premier qu'Éric avait vu depuis des jours.

— Je viens vous dire que madame Moda est de retour au campement.

Éric se leva.

— Jenny est ici ? Elle est vivante ?

Xing-Woo hocha la tête.

— Et elle n'est pas venue seule.

Leur campement improvisé était lové au fond d'un vallon paisible, éloigné de la ville. À Montréal, les nazis en déroute cherchaient à reprendre le contrôle de leurs troupes. Un chef de la Gestapo avait été envoyé au Canada et devait arriver sous peu pour prendre la situation en main. Le sous-marin quasi indestructible rôdait toujours quelque part dans les eaux du fleuve Saint-Laurent, mais, sans Lody pour les diriger, les soldats ne faisaient qu'attendre de nouveaux ordres de la patrie allemande.

— Ce n'est pas une victoire retentissante, commenta Ridley en regardant les mercenaires entraînés par

Xing-Woo se regrouper au cœur du campement. Mais, au moins, le moral est bon : les hommes semblent de bonne humeur.

— En temps de guerre, répondit le Trench, debout à côté de lui en haut d'un petit promontoire boisé, le moral, c'est essentiel. Tu as fait du beau boulot, Ridley. Je pense que Lody songe à rendre ta promotion de sergent permanente.

— Tu crois ? demanda le rouquin, le torse bombé. Je l'espère bien. C'est mérité, après tout !

— Tu n'as pas trop la nausée ?

Ridley fit la moue ; après être retourné des millions d'années dans le passé pour jeter leurs piles nucléaires à la mer, il était venu les rejoindre à leur nouveau campement grâce aux dernières réserves d'énergie de son manteau.

— Bah, fit-il, ça a été moins pénible que la première fois. Après tout, je n'ai porté la pile que quelques minutes, cette fois-ci, le temps de faire échouer le convoi de Gaurshin. Disons que je ne m'ennuierai pas de ces saloperies radioactives.

Ils observèrent la traînée de poussière qui se dirigeait vers eux ; un convoi de motocyclettes et de camionnettes remplies de soldats défilait en direction du campement, fidèle au rendez-vous. Après la victoire à la gare Windsor, aux petites heures du matin, la plupart des mercenaires de la Résistance montréalaise avaient décidé de lever le camp et de quitter la ville. Ils venaient se joindre aux hommes de Xing-Woo, maintenant les hommes de Lody, et grossiraient leurs rangs pour appuyer leurs efforts dans les semaines à venir. Aux dires de Ridley, ils n'étaient pas prêts à abandonner leurs amis et leurs familles aux mains des nazis, et ce n'était que partie remise. Ensemble, ils trouveraient un moyen de repousser l'envahisseur et de rectifier les lignes du temps.

Le Trench avait demandé à la lame de brigadiers de Lody de rester encore quelque temps sur Terre ; ils auraient besoin de toute leur aide pour réparer l'immense déviation temporelle. À sa grande surprise, Lody avait tout de suite accepté ; elle n'allait pas abandonner le Trench en pleine Deuxième Guerre mondiale, quand même. Et, de toute manière, leur travail n'était pas encore terminé : s'ils ne réussissaient pas à corriger les lignes temporelles déraillées, il y avait de fortes chances pour que leurs destinées à tous soient compromises. Le problème devait être réglé avant qu'ils ne quittent la Terre, sinon leur vie tout entière, voire le futur de l'Alliance, en serait assurément affecté.

— Je suis désolé, avoua Ridley.

À ses côtés, le Trench semblait épuisé. Il huma l'air du matin, une brise qui porta l'essence des moteurs du convoi jusqu'à eux.

— De quoi, donc ? demanda-t-il distraitement.

— Tous ces gens qui sont morts à cause de nos erreurs… Je… je sais que tu prends ce genre de chose personnellement.

Éric se renfrogna et ne répondit rien.

— Tu crois qu'ils sont encore vivants ? demanda soudain Ridley en changeant de sujet. Stavros et Nikka ?

— Je ne sais pas.

— J'aurais dû aller faire un tour sur la Lune quand je suis allé larguer les balises dans le passé, dit le rouquin. J'aurais dû aller vérifier si…

— Tu n'aurais rien pu faire pour eux, Ridley, la base lunaire est inaccessible aux brigadiers. Il doit assurément rester quelques Banshee aux alentours du complexe, et tu te serais fait réduire en poussière. Nous tentons de les contacter, mais je crois que notre combat contre Bruton a abîmé la salle de communications. Nous n'avons pas encore reçu de nouvelles. Ils ne répondent pas... ou alors ils ne peuvent pas nous joindre.

Éric contempla distraitement le long serpentin de véhicules qui s'approchait du campement. Une fois de plus, Jenny avait surpassé ses attentes ; après la victoire inattendue contre les nazis, quelques heures plus tôt à la gare Windsor, la journaliste avait convaincu le chef de la Résistance montréalaise de venir rencontrer les brigadiers de Lody en personne. La patrouille de mercenaires armés qui se dirigeait présentement vers eux constituait les dernières forces de la Résistance au Québec ; les motos et les camions avaient été cachés à quelques endroits stratégiques autour de l'île avant que la plupart des ponts ne soient complètement barricadés par les nazis, et cela leur avait permis de se déplacer rapidement dans les ruines de la métropole sans se faire repérer. Même de loin, Éric put sentir la fébrilité des soldats ; ils semblaient confiants. Une réelle victoire était enfin à portée de main.

Après tout ce qu'ils viennent de traverser, se dit le Trench, admiratif, ils n'ont toujours pas perdu espoir...

— Viens, lança-t-il après un instant. Allons les accueillir.

Sous le soleil du midi, les deux hommes descendirent lentement la colline vers le campement. En s'approchant, ils purent entendre le vrombissement des moteurs de la caravane, ainsi que des airs de musique lancés par les nouveaux arrivants ; ils avaient apparemment réussi à sauver quelques instruments lors de l'invasion nazie. Le soleil se dirigeait lentement vers son zénith, et la plaine verdoyante reluisait encore à cause de la rosée du matin. Éric enfila un blouson de cuir et renifla, la goutte au nez, heureux de pouvoir enfin ressentir les changements de température sans que le climat soit automatiquement ajusté par son manteau.

De loin, il vit Lody, les traits tirés, mais resplendissante dans la lumière du jour dans son manteau d'un blanc immaculé. Xing-Woo et Adler l'accompagnaient fièrement en direction du peloton principal de véhicules. Les motos encerclèrent le campement et firent quelques tours, sous les applaudissements et les cris de victoire des miliciens. Des coups de feu furent tirés en l'air, et les soldats de deux camps qui ne s'étaient encore jamais officiellement rencontrés échangèrent des poignées de main amicales et des accolades chaleureuses.

Dans la cohue, Éric chercha Jenny, mais le tapage et la confusion qui planaient autour d'eux l'empêchèrent de la repérer. Du coin de l'œil, il remarqua une moto à l'allure militaire, de couleur ocre et brune, propre à l'armée canadienne de l'époque, qui filait vers eux dans un nuage de poussière. La moto était dotée d'un side-car, et Éric vit une femme en descendre rapidement avant même que le véhicule ne se soit complètement immobilisé.

Plus petite que lui, la soldate portait une veste militaire de couleur olive par-dessus une camisole blanche, un pantalon de style camouflage, des bottes d'armée et un revolver à la ceinture. Lorsqu'elle retira sa casquette de milicien pour donner une poignée de main ferme à un des hommes de Lody, Éric remarqua sa tignasse : une courte chevelure blonde de la couleur du miel. Elle avait un petit visage fin et jeune. Ses grands yeux bleus semblaient fatigués par les événements des dernières heures, mais remplis d'espoir.

Je connais cette fille, se dit le Trench en accélérant le pas.

Il ne savait pas pourquoi, mais il était convaincu d'avoir déjà vu cette blonde quelque part.

En 1997 ! se dit-il, *dans la ruelle ! Celle que j'ai vue dans mes rêves ! Se peut-il qu'après toutes ces années ?...*

Il se mit à courir dans sa direction, mais la perdit de vue dans un nuage de poussière que fit voler en freinant le dernier véhicule du convoi. Éric poussa à la hâte quelques fêtards hors de son chemin et contourna la foule pour tenter de la rejoindre. Son cœur battait de plus en plus vite ; il était maintenant convaincu que c'était la même jeune femme qui, des décennies plus tard, dans un cul-de-sac de Montréal, allait lui remettre son manteau au moment où il en avait le plus besoin.

Parmi la foule, il vit de nouveau la petite soldate donner quelques poignées de main avant de tourner la tête dans sa direction. Lorsqu'elle le remarqua, elle sembla elle-même surprise, mais s'éclipsa rapidement derrière un attroupement de soldats. Éric tenta de se lancer à sa poursuite, mais une femme lui sauta au cou.

— Éric ! s'écria Jenny, heureuse de le revoir. Aah ! Je te croyais mort ! Tu es vivant !

Le Trench suivit la jeune blonde des yeux jusqu'à ce qu'il la perde définitivement de vue et posa alors son regard sur la reporter.

— Jenny, dit-il enfin, souriant. Je suis content de te revoir. Tu as fait du beau boulot en amenant la Résistance à nous.

Il étreignit la journaliste de toutes ses forces. Elle semblait s'être plutôt bien adaptée à l'époque et portait un uniforme militaire improvisé, qu'elle avait évidemment raccommodé à sa manière. Elle avait attaché ses cheveux en queue de cheval et semblait avoir pris un coup de soleil sur le nez. Ses yeux étaient pétillants de fébrilité, et elle ne cessait de sourire.

— Nous avons entendu parler de ce que vous avez fait, Éric, dit-elle au-dessus de la cohue. La Résistance est bien impressionnée de ce que vous avez réussi à accomplir ici, toi et les autres !

— Ça va te faire un bon reportage, non ?

Elle lui adressa un clin d'œil.

— Tout à fait, fit-elle. Mais je ne parle pas juste de ce que vous avez fait à la gare Windsor. En rappelant toutes les Banshee de toutes les époques et en les emprisonnant dans le passé, tu as réussi à rétablir les lignes du temps. C'est vrai qu'à l'époque où nous sommes présentement, il reste encore cette invasion de nazis à régler, mais au moins, le futur d'où je viens devrait être assuré. Tu as sauvé la planète, Éric !

Elle hésita un instant.

— Au fait, dit-elle, songeuse, si le futur est rétabli, comment se fait-il que je me trouve encore ici avec vous ? Ne devrais-je pas être retournée à ma propre époque ?

— Tu as voyagé à l'intérieur de mon manteau, répondit le Trench d'un air distrait. Pour le moment, tu es encore dans une zone hors-temps, jusqu'à ce qu'on te retourne à ta propre ligne temporelle.

— Qu'est-ce que tu veux dire ?

— Tu te souviens, à l'Impérial, lorsque nous sommes retournés dans le passé pour vous sauver, toi et Simon ? C'est le même genre de procédé. Lorsque nous irons te porter à l'époque d'où tu viens, tu reprendras aussitôt ta place dans le cours normal des choses. Tu sais, on pourrait même te transporter à n'importe quel autre moment de ta vie, si tu veux.

— Si ça ne te dérange pas, je crois que je préférerais retourner au présent, répondit la reporter.

Éric se retourna vers elle.

— Mais je dois te prévenir, Jenny, les choses vont peut-être avoir changé. Maintenant que les Banshee n'ont jamais détruit le centre-ville de Montréal, tu risques de découvrir que bien des détails de ta vie telle que tu la connaissais ont changé.

— Pour le mieux, j'espère, répondit la jeune femme en souriant.

Derrière eux, Ridley, Xing-Woo et Adler vinrent les rejoindre. Au loin, Lody s'entretenait avec le motocycliste qui avait amené la mystérieuse petite blonde dans son side-car. Après quelques échanges et une poignée de main cordiale, ils se dirigèrent vers eux en discutant.

Éric sentit des soldats se presser autour d'eux ; il reçut de nombreuses tapes d'encouragement dans le dos, et plusieurs l'appelèrent « monsieur le Trench » en lui serrant la main. Les miliciens et les nouveaux arrivants formèrent un attroupement autour de la lame de Lody pour féliciter les brigadiers, et, bien malgré lui, Éric se mit à sourire, heureux d'avoir pu se racheter un peu pour tous ces décès causés par leur faute.

Il chercha distraitement autour de lui, mais la petite blonde semblait s'être volatilisée parmi la foule.

— Le chef de la Résistance a accepté de joindre ses forces et ses troupes à celles du lieutenant Lody ! annonça Jenny, la voix emportée par l'émotion ; elle parlait pour se faire entendre de tous.

Au cours des derniers jours, elle avait appris à connaître les hommes de la Résistance et avait traversé de rudes épreuves à leurs côtés ; tous semblaient l'apprécier. Les propos de Jenny furent accueillis par de longs applaudissements et des cris de joie.

Lorsque la foule se tut assez longtemps pour qu'elle puisse de nouveau parler, la journaliste se retourna vers les brigadiers de Lody.

— Vous nous avez donné une chance, une véritable chance de nous défendre, déclara-t-elle. Avec vos forces, votre technologie et vos méthodes, et les braves hommes de la Résistance, nous avons maintenant la possibilité de repousser les nazis hors de la ville une bonne fois pour toutes !

La foule, épuisée mais gonflée à bloc, rugit de nouveau.

— Votre chef, poursuivit Jenny, a maintenant en sa possession de puissantes armes de guerre, des armes venues d'ailleurs ! Ce n'est qu'une question de temps ! La victoire est à nous !

Tandis que la foule applaudissait, Lody les rejoignit, accompagnée du conducteur de la motocyclette. Éric remarqua distraitement que les hommes attroupés autour d'eux vouaient du respect au nouvel arrivant, le saluant au passage, et les rangs s'ouvrirent pour le laisser passer, ainsi que Lody.

— Laissez-moi vous présenter, annonça Jenny d'un ton solennel, le chef de la Résistance québécoise.

Le commandant de la Résistance portait un long trench-coat noir, de la même apparence que les leurs, et retira son casque d'allure militaire pour dévoiler une longue chevelure rousse, de la couleur d'un feu de camp. Ses cheveux ébouriffés luisaient au soleil, portés par la brise.

Elle était souriante et observait le Trench avec intérêt.

— Lieutenant, dit Lody en les présentant, laissez-moi vous présenter la chef de nos nouveaux alliés, madame…

— Mary Jane, fit Éric, estomaqué.

— Quoi ? tiqua Lody. Mais non, ce n'est pas…

Puis, elle lança un regard étonné vers la commandante et se tut.

À ses côtés, Jenny remarqua l'air étrange du Trench et baissa le regard. Elle comprit soudain qui était cette femme pour lui. Tous ces jours passés en sa compagnie, à planifier leur attaque, et elle n'avait pas une seule fois pensé qu'il s'agissait de la même personne.

— Mary Jane Rosencraft, souffla Éric. Après toutes ces années…

En s'approchant d'eux, Ridley lança un coup d'œil à Éric, puis à la ravissante chef de la Résistance.

— Vous vous connaissez ? demanda-t-il, confus.

— Je crois, dit la grande femme à la chevelure rousse en prenant les mains du Trench entre les siennes, que nous avons beaucoup de temps à rattraper, Éric.

RECYCLÉ
Papier fait à partir
de matériaux recyclés
FSC® C021757

Marquis imprimeur inc.

Québec, Canada
2011